U0096311

人民共和國文化與文學叢書

五 編

李 怡 主編

第 10 冊

新世紀文學論稿
——文學思潮(下)

孟繁華 著

花木蘭文化事業有限公司

國家圖書館出版品預行編目資料

新世紀文學論稿——文學思潮（下）／孟繁華 著 — 初版 — 新
北市：花木蘭文化事業有限公司，2017〔民106〕
目 4+212 面；19×26 公分
（人民共和國文化與文學叢書 五編；第 10 冊）
ISBN 978-986-485-081-5（精裝）
1. 中國文學 2. 文學評論
820.8   106013284

特邀編委（以姓氏筆畫為序）：

吳義勤 孟繁華 張 檸
張志忠 張清華 陳思和
陳曉明 程光煒 劉福春
（臺灣）宋如珊
（日本）岩佐昌暲
（新西蘭）王一燕
（澳大利亞）鄭 怡

ISBN-978-986-485-081-5

9 789864 850815

人民共和國文化與文學叢書
五 編 第 十 冊   ISBN：978-986-485-081-5

新世紀文學論稿——文學思潮（下）

作 者 孟繁華
主 編 李 怡
企 劃 北京師範大學民國歷史文化與文學研究中心
        四川大學現代中國文化與文學研究中心
總 編 輯 杜潔祥
副總編輯 楊嘉樂
編 輯 許郁翎、王 筑 美術編輯 陳逸婷
印 刷 普羅文化出版廣告事業
出 版 花木蘭文化事業有限公司
社 長 高小娟
聯絡地址 235 新北市中和區中安街七二號十三樓
        電話：02-2923-1455／傳真：02-2923-1452
網 址 http://www.huamulan.tw 信箱 hml810518@gmail.com
初 版 2017 年 9 月
全書字數 362552 字
定 價 五編 30 冊（精裝）台幣56,000 元

版權所有・請勿翻印

新世紀文學論稿
——文學思潮(下)

孟繁華 著

目次

下　冊

新世紀文學：文學政治的重建

——文學政治的內部視角與外部想像

　　80 年代初期，文學與政治的支配與被支配的權力關係被終結之後，這個關係已經不再被注意。這裡大概有兩個潛在的心理因素在起作用：一是在文學與政治的關係式裏，文學充滿了挫敗感和慘痛記憶，文學的依附性或奴婢身份使文學一直卑微和沒有尊嚴地存活。這個歷史成爲過去之後，沒有人願意再觸及這曾有的傷痛；二是這似乎已經是一個自明性的關係，文學是一個自由、獨立的領域。「祛政治」、甚至「消滅政治」就不僅是文學家的幻覺，他們更願意作爲一種新的文學實踐條件。但是，文學與政治的關係並沒有因此而解除，並沒有因這兩種心理因素的暗示而不存在。眞實的情況是，近年來不僅有學者呼籲建立「文學政治學」，〔註1〕而且海外學者和國內的「知識左翼」，一直沒有停止關於文化政治、文學政治的研究。更重要的是，文學作品中的政治，從來就沒有退場。儘管「個人寫作」、「解構宏大敘事」等口號和實踐改寫了中國文學的路向，但這種「祛政治」本身就是一種政治。我這裡所說的「文學政治」不是文學研究和批評中隱含的政治。比如藏棣的《「詩意」的文學政治》，他認爲：

　　　　對於新詩的歷史而言，「詩意」既是一個令人困惑的神話，又是一個無所不在的幽靈。説一首新詩「饒有詩意」或「富於詩意」，雖然意味著某種程度的贊揚，卻也可能隱含著更深層次的不滿；其批

〔註1〕如蘇州大學教授劉峰杰，曾發表多篇關於「文學政治學」的文章。

評的潛臺詞甚至可能是矛盾的，一方面，它可能是對這首新詩在內
容方面顯露出的古典氣質的稱贊，但放到整個新詩的語境中去衡量
的話，也僅僅是個特例。更普遍的情形則可能是「詩意」的匱乏。
另一方面，它也可能被如是看待：這首詩在技巧上或許還說得過去，
但缺少足夠真正的創意，這種創意的核心內容是回應新詩所應具有
的現代性。……我的主要目的是梳理「詩意」作爲一種話語是如何
呈現於新詩的實踐過程的；在不同的歷史時期，究竟有哪些詩學勢
力參與了「詩意」在新詩中的話語運作，並考察它們在特定的語境
中所包含的文學政治的意蘊。〔註2〕

　　藏棣發現了「詩意」是以古典詩歌的標準來評價新詩的，這裡隱含著「文
學政治」，這是對新詩評價中兩種立場借助「詩意」展開的鬥爭，背後隱含
著對新詩褒貶的認同關係；我所說的「文學政治」，也不是「政治文化」。政
治文化是一個民族在特定時期流行的一套政治態度、信仰和感情。這個政治
文化是本民族的歷史和現在社會、經濟、政治活動的進程所形成。人們在過
去的經歷中形成的態度類型對未來的政治行爲有著重要的強製作用。政治文
化影響各個擔任政治角色者的行爲、他們的政治要求內容和對法律的反應。
〔註3〕我所說的文學政治，是指文學同政治公開或隱秘的對話、表達和闡釋，
是在作品中直接表達對政治的看法。新世紀以來，鄉土文學、「官場小說」、
「底層寫作」、歷史小說、海外華文文學等，都與政治有扯不清的瓜葛。這
種現象的實質是：

　　　　種種實質性的不平等無論如何都不會從世界和國家裏消失；
　　　它們只會轉移到另一個領域裏去。它們可能脫離政治領域而在經
　　　濟領域集結起來，但它們之所以離開，是因爲它們現在在另一個
　　　領域獲得了新的、遠遠更富於決定性的重要性。在表面的、膚淺
　　　的政治平等的條件下，當一個領域裏的實質性不平等佔了上風（例
　　　如今天的經濟領域），這個領域就將取得對政治的支配權，這是不
　　　可避免的。任何對政治理論的反思都會看到，當今經濟學支配國

〔註2〕　藏棣：在 2006 年 11 月在東京舉行的由日本中國當代文學研究會、九葉讀詩
　　　　會、駒澤大學主辦的「中國現代詩國際學術討論會」上宣讀的論文。
〔註3〕　阿爾蒙德·鮑威爾：《比較政治學：體系、過程和政策》，曹沛林等譯，上海
　　　　譯文出版社 1987 年版，第 29 頁。

家和政治這個可悲的、受人詬病的現實，其背後真正的原因正在於此。無論在什麼地方，不平等概念都作爲一個連帶性概念制約著平等概念，而一旦對具體差別漠不關心的平等概念擺脫了這種制約，並在事實上控制了某個人類生活領域，這個領域就失去了它的實質性，另一個體現著不平等的無情力量的領域，就會把它籠罩在自己的陰影中。〔註4〕

本文要談論的兩部長篇小說，一部是對20世紀中國革命歷史的敘述與檢討，當這場革命終結之後我們如何評價它，因此我將其稱爲「內部視角」；一部是講述海外華人爲捍衛個人權利和尊嚴的鬥爭，因此我將其稱爲「外部想像」。無論是內外，它們的共同特徵就是鮮明的政治性。

無產階級革命在20世紀的發生和終結，應該是這個世紀最重要的文化遺產。如何評價、檢討這場革命，也應該是文學創作最重要的資源之一。我們當然也有很多表達這場革命的作品甚至是經典作品，比如「三紅一創保山青林」等。但這些作品還不是我們所說的對革命進行評價和檢討的作品。這些作品還只是從外部強調或證明某一時期革命的合理性或合法性，並沒有走進革命內部去分析革命以及革命文化帶來的深刻影響。而正面書寫被革命修辭、革命文化遮蔽的革命內部的隱秘，當代文學創作還不曾表達過。過去我們曾讀過類似的作品，比如索爾仁尼琴的《古拉格群島》、雷巴科夫的《阿爾巴特街的兒女們》、帕斯捷爾納克的《日瓦格醫生》、昆德拉的《生命不能承受之輕》等。這些作品曾給過我們以巨大的震動：這些作家對無產階級和社會主義革命的態度，與那些耳熟能詳的革命文化是如此的不同。遺憾的是，我們很少有作家對20世紀中國革命做正面強攻式的書寫。在這個意義上，艾偉的《風和日麗》的出現是我們期待以久的。這顯然是一部大作品，可以從不同的方面去解讀。但更重要的是艾偉對革命歷史多有同情的理解。他用文學的方式揭開了革命內部的隱秘，同時用理性的方式處理了對革命歷史的態度。

主人公楊小翼是一個「革命」的私生女。這個身份與革命構成了一種「弔詭」關係：一方面她身上流淌著革命者的血液，是革命者的後代；一方面她的身份不具有合法性，因此她是一個「革命棄兒」。雖然革命是風流、浪漫的

〔註4〕轉引自張旭東：《全球化時代的文化認同——西方普遍主義話語的歷史批判》（第二版），北京大學出版社2006年8月版，第341～342頁。

孿生兄弟，革命文學也多在浪漫主義範疇內展開。但革命的感召力本身具有鮮明的道德色彩，一切與「私」有關的事物都是與革命格格不入的：「私情」、「私通」、「私人」、「私仇」、「私心」、「私利」更不要說「私生子」了。「私」是革命的禁忌，是被嚴格排斥在革命話語和道德之外的。因此，楊小翼只因革命家尹桂澤和「革命情人」楊瀘的一夜風流而出生，實屬偶然和意外。革命具有強烈的流動性，它天上人間居無定所風馳電掣。尹桂澤從此沒了消息，他只對革命負責而不對「私」的領域負責。問題是楊小翼作為「私」的產物總要有人對她負責，她也有權力知道自己的來處。於是，革命內部的隱秘就這樣在一個他者的尋覓中逐漸呈現出來。

革命的風流氣質決定了革命家的風流。將軍的合法妻子周楠是在延安時組織安排，因此將軍以及所有人對「革命情人」楊瀘以及在法國里昂留學時的法蘭西姑娘守口如瓶諱莫如深。革命家的風流史是不能言說的，這不僅關係到將軍個人的命運前程，更重要的是與革命禁忌構成的尖銳對立，與革命的信仰以及革命教義是不相容的。如果談到，那也是「年輕時代的一件荒唐事而已」。將軍的情感世界不會向任何人打開，但他並不是一個沒有情感的人，只是將個人的感情掩藏在最深處而已。他可以不見楊瀘、多次拒絕楊小翼，但當外孫伍天安被警察帶走後，是他親自出面把天安接走了；當天安在逃亡路上意外車禍死不見屍時，是將軍找到了外孫的屍體並安葬在香山旁的墓地。這些細節是在緊要處、同時也是在險要處表達了將軍作為人的情感和倫理。

小說以楊小翼的經歷和視角展開，這個視角使小說充滿了私秘性。神秘的個人身世是楊小翼內心焦慮、緊張的根源，身份探詢既堅韌不拔又舉步惟艱。尋找的過程也是楊小翼經歷社會、與社會以及血緣逐步建立關係的過程。將軍、尹南方、夏津博、伍思岷、陳主任、北原、舒暢等。這個過程是楊小翼的成長過程、也是作家展示中國社會歷史變遷的過程。楊小翼的身份決定了她命運的一波三折，包括她的婚姻、社會角色、社會地位以及心理環境。楊小翼的人生可謂一言難盡。有趣的是，將軍經歷了三個女人，楊小翼也無意中經歷了三個男人：伍思岷、呂維寧、劉世軍與楊小翼都有身體關係。這三個男性與林道靜遭遇的三個男性不同，林道靜是在尋找精神導師。楊小翼或是因身份政治不得已的選擇或被迫就範，或是因童年記憶的情感認同。這個過程艾偉寫得驚心動魄感人至深，楊小翼的經歷就是身份政治的具體詮

釋。但在這個過程中，艾偉對楊小翼身體的書寫過於沉迷。我理解作家的意圖，艾偉不是道德化地書寫楊小翼與男性的關係，也不是出於對革命浪漫「風流」的報復。他是對身體自由狂歡的讚譽。也是對革命時期虛偽禁忌的挑戰。但這個本來危機四伏的私生女，她的身體卻險些成為公共場所。特別是和流氓呂維寧的關係，楊小翼的悲劇性被殘酷地化解了。

身份是政治，承認也是政治。在 20 世紀中國漫長的革命過程中，一直存在「承認的政治」。但楊小翼的「尋父」過程在作家觀念的支配下，從迫切逐漸轉化為淡然。「尋父」曾是楊小翼最大的焦慮，但當將軍不久人世就要接納她的時候，她卻放棄了這個機會。與其說她是在「求證疑慮」，毋寧說她是在言辭激烈地質詢歷史。當楊小翼對將軍實施了一次面對面的「報復」之後，她釋然了：「她不再糾纏於和將軍的關係」，「不再想得到他的認同」，她終於成了一個「心無掛礙」的人。這個過程與其說是楊小翼個人完成的，毋寧說是歷史進步完成的。是改革開放的社會政治瓦解了身份政治，楊小翼個人是沒有這樣力量的。但事實上「心無掛礙」的楊小翼從來也沒有離開過父親的形象。這不是血緣關係，它是革命神話的巨大魅力。小說最後為我們展現了一派「風和日麗」的景象，博大的情懷、理解和同情，將歷史轉述為一種誤會並在這裡冰釋前嫌言歸於好。但與我們說來，事情遠沒有這樣簡單，我們深懷的前期「楊小翼」式的困惑，並沒有跟隨後期的楊小翼一起釋然。

我必須承認，《風和日麗》是一部深懷艾偉巨大文學抱負的作品：在後革命時代，如何認識 20 世紀漫長的革命歷史，如何揭示隱藏在革命這個巨型符號下的諸多秘密，是他的期待所在。應該說艾偉部分地實現了自己的期許，小說那些和革命相關的浪漫場景、人物以及歷史，是我們記憶或親歷的一部分。它雖然過去了許多年，但它仍在我們記憶的深處，因此讀來仍有熱血沸騰般的感動。這一點我們應該感謝艾偉。

但是，我不能不遺憾地指出，這部深懷艾偉巨大文學抱負的作品，這部距帕斯捷爾納克、米蘭·昆德拉僅一步之遙的作品，就毀於他「政治正確」的歷史觀。艾偉對革命歷史深切的同情和理解是絕對正確的。這就是為什麼包括俄羅斯作家在內的文學界對雷巴科夫的《阿爾巴特街的兒女們》評價不高的原因。這部作品對斯大林時代的控訴幾乎空前絕後，在它看來，革命給俄羅斯帶來的只有無盡的災難。因此，這是用斯大林的方式來控訴斯大林，雷巴科夫對蘇聯革命歷史的敘述是不客觀的。但問題也會出現在另一個方

面：正確的歷史觀不能替代文學性。艾偉正確地理解了中國革命史，卻是以犧牲楊小翼作爲一個成功的文學人物爲代價實現的。無論我們如何評價歷史，楊小翼的悲劇性都不能改寫，她的身份無論曖昧還是被證實都不能改變。但作家爲了表達他正確的歷史觀，將楊小翼的悲劇人生拱手讓出，一個本來可以塑造出的震撼人心的人物，就這樣在艾偉的「風和日麗」中消失了。文學的力量在歷史觀中被極大地弱化，我爲此遺憾不已。但總體說來，這是我近年來讀到的最喜歡的小說之一。它改變了當下文學創作氣象不大的格局，在某種意義上修正了我們正在迷失的文學方向。

如果說，《風和日麗》是對 20 世紀中國興起的無產階級革命做出新的表達和闡釋，是一個關於中國革命歷史的「內部視角」的話，那麼，《口袋裏的美國》則是一個關於美國的「外部想像」的寓言。百餘年來，中國作家對西方的書寫，總會有一種忍俊不禁的「悲情」隱含其間。這與百年來中國不斷遭受西方凌辱的記憶有關。從《沉淪》、《又見棕櫚又見棕櫚》到《北京人在紐約》、《曼哈頓的中國女人》等莫不如此。其間，查建英的《叢林下的冰河》是個例外。它表達的是一個青年知識分子在美國／中國兩種文化之間的猶疑不決和欲罷不能的矛盾的心態。這種心態從一個方面透露了改革開放初期，離開母體文化之後的留學生對強勢文化和本土文化的兩難處境。但 90 年代初期，曹桂林的《北京人在紐約》、周莉的《曼哈頓的中國女人》等作品，開啓了另外一種風尚，這種風尚可以概括爲中國人在美國的成功想像。那個時代，文學界有一種強烈的「走向世界」的渴望，有一種強烈的被強勢文化承認的心理要求。這種欲望或訴求本身，同樣隱含著一種「悲情」歷史的文化背景：越是缺乏什麼就越是要突顯什麼。因此它是「承認的政治」的文化心理在文學上的表達。這些小說表現的是中國男人或女人在美國的成功，尤其是他們商業的成功。「中國式的智慧」在異域是否能夠暢行無阻並不重要，重要的是這些作品使中國的大眾文化市場喜出望外。一時間裏，權威傳媒響徹著「千萬里我追尋著你，可是你卻並不在意」，來自紐約和曼哈頓的神話幾乎家喻戶曉。但嚴格地說，這些作品的文學價值並不高，它們在文化市場的成功，只不過爲中國大眾文化的興起臨時性地添加了異國情調以及中國人的「美國想像」。但事過境遷也煙消雲散。

後來我們陸續地讀到過郁秀的《太陽鳥》、張撲的《輕輕的我走了》、顧曉陽的《收費風景區》等書寫美國或歐洲的小說，但這些作品影響有限反響

不大。留學生數量的劇增以及內外流通的頻繁和可能性的存在，這一題材的創作也空前地繁榮起來。批評界對這一領域表達了前所未有的關注。「流散文學」、「新移民文學」、「海歸文學」等概念相繼提出。這些不同概念的準確性另當別論，但它確實從一個方面反映了這一領域創作的豐富性和可闡釋的多種可能性。而張仁譯和津子圍的長篇小說《口袋裏的美國》，是在當下的背景下創作的，這部作品在藝術上的成就我們可以討論，但它在政治範疇內爲我們提供了新的闡釋空間，同時也改寫或者終結了以往對西方書寫的「悲情」的歷史。

與我們司空見慣的「留學生」身份不同的是，趙大衛在國內應該是一個「成功人士」。他從一個一文不名的知識青年一直做到大學中文系主任。他是因對國內體制的失望才到美國尋夢的。因此，他是帶著自己的歷史進入美國的。他有「以卵擊石」的性格成長史，從少年、知青時代一直到大學，他的性格都不曾改變。這種挑戰性與生俱來，並不是經過「美國化」之後才形成的。到美國的初期衝動，首先是個人生存，趙大衛的人生經歷和個人性格決定了他的生存能力，這得力於他的成長史。比如他到美國第一個落腳點金鳳餐館的經歷，與美國黑人打交道、與同胞老闆打交道等，他總是有驚無險遊刃有餘。這段經歷多少有些傳奇性，甚至黑人老大托尼都俯手稱臣。他的性格成就了他，他最終走進了美國的主流社會。因此，趙大衛沒有了查建英《叢林下的冰河》中主人公在中、西兩種文化之間的猶疑、徘徊或不知所措的矛盾；也蛻去了《北京人在紐約》、《曼哈頓的中國女人》等誇大商業成功從而凱旋的膚淺炫耀。《口袋裏的美國》最大的不同就在於，趙大衛的成功或勝利，不僅是商業性的，更重要的是，他是一種價值觀、文化精神的勝利。我們知道，一個強大的國家之所以強大，不僅在於經濟，軍事或 GDP，更在於他的價值觀，或者說他的價值觀對於世界有怎樣的影響。美國之所以傲慢驕橫，就在於美國認爲他的價值觀是普世的。但是我們對美國的想像和美國的自我想像、對美國的想像與個人經驗之間是存在巨大分裂的；美國自我想像與美國信心危機的內在緊張正逐漸顯現出來的。當年乘「五月花號」逃避宗教迫害而逃到美洲的英國清教徒，抵達美洲之後，感恩之餘，迅速地經歷了「美國化過程」。在實現「美國化」的過程中，他們因此建立了自己的「主體性」和優越感，美國不必到任何地方就可以瞭解世界。但是，這個美國式的優越，並不是平等賦予每個「抵達」美利堅的人。無論具有怎樣文化

背景的人，都必須經過「美國化」才能進入美國社會參與美國事務。沒有完成「美國化過程」的人，就沒有平等、公正可言。另一方面：「在政治領域，當人們互相面對時，他們並不是什麼抽象物，而是在政治上有利害關係、受政治制約的人，是公民、統治者或被統治者、政治同盟或對手——因此，在任何情況下，他們都屬於政治範疇。在政治領域，一個人不可能將政治的東西抽取出來，只留下人的普遍平等。經濟領域的情況亦復如此：人不是被設想成人本身，而是被設想成生產者、消費者等等；換言之，他們都屬於特殊的經濟範疇。」〔註5〕

《口袋裏的美國》的核心情節，是趙大衛的被解雇。他的被解雇當然是不合理的，因此在法庭辯論中，美國律師丹尼爾說：「『是什麼原因導致趙大衛先生這樣一位優秀的、傑出的雇員不但沒有得到他應有的禮遇，相反卻遭遇他不應該受到的不公正待遇呢？原因只有一個，』丹尼爾停了一下，目光投向法官史密斯：『那就是，他是一個亞裔，是一個中國人！導致這場悲劇的根本起因，就是種族歧視！』」小說的高潮設定在趙大衛的法庭陳詞自我辯護。應該說，趙大衛法庭上的辯護聲情並茂感人至深。由此出現的場景是：「面無表情的陪審團的十二名成員，開始變得有些坐立不安，難過的心情溢於表面。儘管他們被要求在法庭面前不可以有任何表態和彼此交流。」這一方面意味著趙大衛的訴訟已經勝利了，另一方面也表達了美國「平等、正義」的存在。趙大衛最終獲得了高額賠償，美國修改了法律例案。但這個過程我們應該注意的是，這時趙大衛的身份已經是一個「美國人」，因此，這場鬥爭無論是誰勝利，都可以看作是美國的勝利。但是我們又注意到，創作這部小說的，一個是華裔美國作家，一個是中國本土作家。他們共同擁有的文化背景——就像趙大衛說的那樣，「我加入了美國國籍，可我還是個中國人吶。這就好像一個嫁出去的女兒，她一方面要忠誠於她的先生，那是法律上的紐帶。可是，另一方面，她不可能忘記生她養她的娘家。」因此，這是一次「中國人」共同書寫的小說。如果是這樣的話，我們就不能不聯想到當下中國新的處境，或者說，今天的中國同《叢林下的冰河》和《曼哈頓的中國女人》已大不相同，更不要說郁達夫的《沉淪》時代了。當年《沉淪》的主人公「祖國啊你快強大起來吧」的呼喚，從某種意義上已經實現。經濟和軍事不再被

〔註5〕 轉引自張旭東：《全球化時代的文化認同——西方普遍主義話語的歷史批判》（第二版），北京大學出版社2006年8月版，第340頁。

欺凌，但事實上的不平等仍然存在。美國的文化優越感和文化霸權仍然讓人感到不舒服。這時，國家的整體戰略也發生了變化。這個變化就是提高文化軟實力，加強中國價值觀對世界的影響。學術界也從「讓中國文學走向世界」弱勢文化心態，改變爲「文化輸出」理論或「21 世紀是中國的世紀」豪言壯語。這些背景是《口袋裏的美國》人物塑造、情節設置乃至敘述話語的基礎。離開了這個背景，就沒有《口袋裏的美國》，當然也就沒有趙大衛的慷慨陳詞和改變美國法律的神話。因此，《口袋裏的美國》最終還要在政治的範疇內得到解釋，這與文學批評最終都是政治的是同樣的。

但是，縱覽小說全貌，我必須指出的是，儘管是兩個「中國作家」的「聯袂出演」，但他們超越了「冷戰思維」，是一次「跨社會主義和資本主義體系」的寫作，是一次充滿了批判精神的寫作。無論對中國還是對美國，那些有悖於公平、正義的事務，他們都給予了沒有妥協的批判。在中國，許文祿三天殺了蘇大哥一家兩條人命卻只被判了七年徒刑；美國雖然經過趙大衛案修改了法律例案，但中國人楊小慧不久又慘遭解雇，她只能遠走他國。這些不公正、不平等的現象與國別、主義沒有關係，都在作家的批判視野中。因此，最後趙大衛在回答美國記者採訪時說：

> 「我最感動的是美國公民們的正義和誠實。陪審團成員，與我無親無故、素不相識，可他們願意主持公道，伸張正義。從他們身上，我看到了美國的光明與希望。」

> 「我最失望的是我曾經那麼尊重和信賴的人。他們對我口蜜腹劍，居心叵測，編造出各種莫須有的罪狀加害於我。從這點上看，美國要徹底消滅種族歧視，讓所有人種取得真正的平等，還需要走很長的路，還需要我們幾代移民不懈地去努力，去爭取。」

這些感動、失望和批判就不僅是針對個人的經驗，它應該適於所有地區、領域的所有事務。但是，這些具有悖論性的表達，也從一個方面反映了全球化時代文化認同的危機和焦慮。張旭東在談到韋伯與文化政治時說：

> 人都有其最根本的衝動，這種衝動是不能被消解的。你不能不承認這種衝動，比如說什麼是基督徒，什麼是西方，什麼是德國，什麼是德國文化，什麼是德國人，這是一些非常基本的衝動，你不能拿一套所謂的民族國家都是建構起來的或虛構出來的時髦理論去去一筆勾銷它的存在。這不是一個純粹的理論遊戲的問題。實際上，

種種以「解構」面目出現的新的普遍論也不是純粹的理論遊戲，因爲它們都預設了一個新的普遍性的平臺，一個新的「主體之後的主體」，一種新的反民族文化的全球文化。然而，只要分析一下這種新世界主義文化的物質、社會、政治和意識形態的具體形態，人們就不會對其普遍性的修辭抱任何不切實際的幻想。因爲它所對應並賴以存在的生活世界從來就沒有在政治上和文化認同上放棄自己的特殊地位。在這個意義上，如果你說，人不一定要做德國人或中國人，做一個普遍的世界公民個體不是很好嗎？那你只是在表達一種特定的生活態度，它本身則是一種特定的生活方式的表象。你也可以說，後現代人都是多樣的多面的，人都是隨機的，是偶然性的等等，不一定要把自己納入民族國家或階級或歷史這樣的大敘事。爲什麼要讓自己服從於一種本質化的敘述？等等。你可以從各種各樣的角度去把它拆掉，但這種態度就是捷克裔英國社會學家蓋爾納（Ernest Gellner）所謂的「普遍的、原子式的態度」，它要以最小公約數來打掉集體性的種種壁壘，打掉種種「浪漫的、社群式的」人生觀。蓋爾納講的還不是當代，是十九世紀，是德國浪漫派面對工商社會的問題。韋伯的問題可以追溯到這個交叉路口，是這個現代性內在矛盾的較爲晚近的表述。他問的問題簡單地說就是我們要做什麼樣的人。什麼是我們身爲德國人的基本衝動？這個東西你要不要？第一是有沒有，第二是要不要，第三是拿它怎麼辦？〔註6〕

政治就這樣真實地存在於我們的生活中，無論是否喜歡都不能改變這樣的現實。有趣的是，這兩部長篇小說在 2010 年完整地表達了內外兩種不同的政治。它既表達了當代作家對社會政治生活的關注和介入，同時也給文學批評提供了新的闡釋和批判空間。

〔註6〕 張旭東：《韋伯與文化政治》。見張旭東《批評的蹤跡》，北京三聯書店 2003 年 8 月版，第 211～212 頁。

鄉村文明的變異與「50 後」的境遇

——當下中國文學狀況的一個方面

　　考察當下的文學創作，作家關注的對象或焦點，正在從鄉村逐漸向都市轉移。這個結構性的變化不僅僅是文學創作空間的挪移，也並非是作家對鄉村人口向城市轉移追蹤性的文學「報導」。這一趨向出現的主要原因，是中國的現代性——鄉村文明的潰敗和新文明的迅速崛起帶來的必然結果。這一變化，使百年來作為主流文學的鄉村書寫遭遇了不曾經歷的挑戰。或者說，百年來中國文學的主要成就表現在鄉土文學方面。即便到了 21 世紀，鄉土文學在文學整體結構中仍然處於主流地位。2011 年第八屆茅盾文學獎的獲獎作品基本是鄉土小說，足以說明這一點。但是，深入觀察文學的發展趨向，我們發現有一個巨大的文學潛流隆隆作響，已經浮出地表，這個潛流就是與都市相關的文學。當然，這一文學現象大規模湧現的時間還很短暫，它表現出的新的審美特徵和屬性還有待深入觀察。但是，這一現象的出現重要無比：它是對籠罩百年文壇的鄉村題材一次有聲有色的突圍，也是對當下中國社會生活發生巨變的有力表現和回響。值得注意的是，這一文學現象的作者基本來自「60 後」、「70 後」的中、青年作家。而「50 後」作家（這裡主要指那些長期以鄉村生活為創作對象的作家）基本還固守過去鄉村文明的經驗。因此，對這一現象，我們可以判斷的是：鄉村文明的潰敗與「50 後」作家的終結就這樣同時發生了。

一、鄉村文明的潰敗

　　鄉土文學，是百年來中國的主流文學。這個主流文學的形成，首先與中

國的社會形態有關。前現代中國的形態是「鄉土中國」，所謂「鄉土中國，並不是具體的中國社會的素描，而是包含在具體的中國基層傳統社會裏的一種特具的體系，支配著社會生活的各個方面」〔註1〕。中國社會獨特的形態決定了中國文學的基本面貌，文學的虛構性和想像力也必須在這樣的範疇和基本形態中展開。因此，20世紀20、30年代也形成了中國文學的基本形態，即鄉土文學，並在這方面取得了重要成就。40年代以後，特別是毛澤東的《在延安文藝座談會上的講話》發表之後，這一文學形態開始向農村題材轉變。鄉土文學與農村題材不是一回事。鄉土文學與鄉土中國是同構對應關係，是對中國社會形態的反映和表達，如果說鄉土文學也具有意識形態性質，那麼，它背後隱含的是知識分子的啓蒙立場和訴求；農村題材是一種政治意識形態，它要反映和表達的，是中國社會開始構建的基本矛盾——地主與農民的矛盾，它的基本依據是階級鬥爭學說。這一學說有一個重要的承諾：推翻地主階級，走社會主義道路，是中國和中國農民的出路。依據這一學說，現代文學開始發生轉變並一直延續到1978年。在這個過程中，文學家創作了大批紅色經典，比如丁玲的《太陽照在桑乾河上》，周立波的《暴風驟雨》，柳青的《創業史》，陳登科的《風雷》，浩然的《艷陽天》、《金光大道》等。這一文學現象密切配合中國共產黨實現民族全員動員、建立現代民族國家、走社會主義道路的要求。事實是，建立民族國家和走社會主義道路的目標都實現了，但是，中國農民在這條道路上並沒有找到他們希望找到的東西。80年代，周克芹的《許茂和他的女兒們》率先對這條道路提出質疑：在這條道路上，許茂和他的女兒們無論精神還是物質，依然一貧如洗，出路並沒有出現在他們面前。因此，這條道路顯然不能再堅持。這也是農村改革開放的現實依據和基礎。農村的改革開放，爲中國農民再次做出承諾：堅持改革開放是中國農民的唯一出路。隨著華西村、韓村河等明星村鎮的不斷湧現，中國農村的改革道路似乎一覽無餘前程似錦。但是，事情遠沒有這樣簡單。隨著改革開放的進一步發展，中國現代性的不確定性顯現得更爲複雜和充分。

　　或者說，鄉村中國的發展並沒有完全掌控在想像或設計的路線圖上，在發展的同時我們也看到，發展起來的村莊逐漸實現了與城市的同質化，落後的村莊變成了「空心化」。這兩極化的村莊其文明的載體已不復存在；而對所有村莊進行共同教育的則是大眾傳媒——電視。電視是這個時代影響最爲廣

〔註1〕 費孝通：《舊著〈鄉土中國〉重刊序言》，《鄉土中國》，三聯書店1985年版。

泛的教育家，電視的聲音和傳播的消息、價值觀早已深入千家萬戶。鄉村之外的滾滾紅塵和雜陳五色早已被接受和嚮往。在這樣的文化和媒體環境中，鄉村文明不戰自敗，哪裏還有什麼鄉村文明的立足之地。20年前，王朔在《動物凶猛》中寫道：「我羨慕那些來自鄉村的人，在他們的記憶裏總有一個回味無窮的故鄉，儘管這故鄉其實可能是個貧困凋敝毫無詩意的僻壤，但只要他們樂意，便可以盡情地遐想自己丟失殆盡的某些東西仍可靠地寄存在那個一無所知的故鄉，從而自我原宥和自我慰藉。」〔註2〕但是，20年後的今天，鄉村再也不是令人羨慕的所在：「延續了幾千年的鄉土生機在現代中國日趨黯然。青年男女少了，散步的豬牛羊雞少了，新樹苗少了，學校裏的歡笑聲少了——很多鄉村，已經沒有多少新生的鮮活的事物，大可以用「荒涼衰敗」來形容。與此同時，鄉村的倫理秩序也在發生異化。傳統的信任關係正被不公和不法所瓦解，勤儉持家的觀念被短視的消費文化所刺激，人與人的關係正在變得緊張而缺乏溫情。故鄉的淪陷，加劇了中國人自我身份認同的焦慮，也加劇了中國基層社會的秩序混亂。」〔註3〕這種狀況不僅在紀實性的散文如耿立的《誰的故鄉不沉淪》〔註4〕、厲彥林的《故鄉啊故鄉》〔註5〕等有悲痛無奈的講述，而且在虛構性的小說中同樣有形象生動的表達。

孫惠芬的長篇小說《上塘書》〔註6〕，以外來者視角描繪了上塘的社會生活及變化。孫惠芬的敘述非常有趣，從章節上看，幾乎完全是宏大敘事：從地理、政治、交通、通訊到教育、貿易、文化、婚姻和歷史。這一宏大敘事確實別具匠心：一方面，鄉村中國哪怕細微的變化，無不聯繫著中國社會發展的歷史進程，鄉村的歷史並不是沿著傳統的時間發展的；一方面，在具體的敘述中，宏大敘事完全被上塘的日常生活置換。上塘人嚮往以城市為代表的現代社會和生活，因此，「往外走」就成了上塘的一種「意識形態」，供出大學生的要往外走，供不出大學生的也要往外走，「出去變得越來越容易」，「不出去越來越不可能」。在上塘生活了一輩子的申家爺爺，為了跟孫子進城，提前一年就開始和上塘人告別，但是，進城之後，他不能隨地吐痰，不願意看

〔註2〕 王朔：《動物凶猛》，《收穫》1991年6期。

〔註3〕 見《中國新聞週刊》總第540期特稿《深度中國.重建故鄉》，2012年3月29日。

〔註4〕 耿立的《誰的故鄉不沉淪》，《北京文學》2011年6期。

〔註5〕 厲彥林的《故鄉啊故鄉》，《北京文學》2012年1期。

〔註6〕 孫惠芬：《上塘書》，人民文學出版社2004年7月版。

孫媳婦的臉色，只好又回到上塘。那個想讓爺爺奶奶見識一下城裏生活的孫子，也因與妻子的分歧，夢裏回到上塘，卻找不到自己的家。這些情節也許只是故事的需要、敘述的需要，但揭示了鄉村和現代兩種文化的尖銳對立，鄉村文化的不肯妥協，使鄉村文化固守於過去而難以進入現代。勉強進入現代的鄉村子孫卻找不到家園了。《上塘書》更像是一個隱喻或象徵，它預示了鄉村文明危機或崩潰的現實。後來我們在劉亮程的《鑿空》等作品中，也會發現這一現象的普遍存在以及作家對這一危機的普遍感知。

《鑿空》與其說這是一部小說，毋寧說是劉亮程對沙灣、黃沙梁——阿不旦村莊在變動時代深切感受的講述。與我們只見過浮光掠影的黃沙梁——阿不旦村不同的是，劉亮程是走進這個邊地深處的作家。見過邊地外部的人，或是對奇異景觀的好奇，或是對落後面貌的拒之千里，都不能也不想理解或解釋被表面遮蔽的豐富過去。但是，就是這貌不驚人的邊地，以其地方性的知識和經驗，表達了另一種生活和存在。阿不旦在劉亮程的講述中是如此的漫長、悠遠。它的物理時間與世界沒有區別，但它的文化時間一經作家敘述竟是如此緩慢：以不變應萬變的邊遠鄉村的文化時間確實是緩慢的，但作家的敘述使這一緩慢更加悠長。一頭驢，一個鐵匠鋪，一隻狗的叫聲，一把坎土曼，這些再平凡不過的事物，在劉亮程那裏津津樂道，樂此不疲。雖然西部大開發聲勢浩大，阿不旦的周邊機器轟鳴，但作家的目光依然從容不迫地關注那些古舊事物。這道深情的目光裏隱含了劉亮程的某種拒絕或迷戀：現代生活就要改變阿不旦的時間和節奏了。它將像其他進入現代生活的發達地區一樣：人人都將被按下快進鍵，「把耽誤的時間搶回來」變成了全民族的心聲。到了當下，環境更加複雜，現代、後現代的語境交織，工業化、電子化、網絡化的社會成形，資源緊缺引發爭奪，分配不平衡帶來傾軋，速度帶來煩躁，便利加重煩躁，時代的心態就是再也不願意等。什麼時候我們喪失了慢的能力？中國人的時間觀，自近代以降歷經三次提速，已經停不下來了。我們需要的是時刻看著鐘錶，計劃自己的人生：一步到位、名利雙收、嫁入豪門、一夜暴富、三十五歲退休……沒有時間感的中國人變成了最著急最不耐煩的地球人，「一萬年太久，只爭朝夕」〔註7〕。這是對現代人浮躁心態和煩躁情緒的絕妙描述。但阿不旦不是這樣。阿不旦是隨意和散漫的：「鐵匠鋪是

〔註7〕 見《急之國——中國人爲什麼喪失了慢的能力》，載《新週刊》2010年7月15日。

村裏最熱火的地方，人有事沒事喜歡聚到鐵匠鋪。驢和狗也喜歡往鐵匠鋪前湊，雞也湊。都愛湊人的熱鬧。人在哪扎堆，它們在哪結群，離不開人。狗和狗纏在一起，咬著玩，不時看看主人，主人也不時看看狗，人聊人的，狗玩狗的，驢叫驢的，雞低頭在人腿驢腿間覓食。」〔註8〕這是阿不旦的生活圖景，劉亮程不時呈現的大多是這樣的圖景。它是如此平凡，但它就要被遠處開發的轟鳴聲吞噬了。因此，巨大的感傷是《鑿空》中的坎兒井，它流淌在這些平凡事物的深處。

　　阿不旦的變遷已無可避免。於是，一個兩難的命題再次出現了。《鑿空》不能簡單地理解為懷舊，事實上自現代中國開始，對鄉村中國的想像就一直沒有終止。無論是魯迅、沈從文還是所有的鄉土文學作家，一直存在一個悖論：他們懷念鄉村，是在城市懷念鄉村，是城市的現代照亮了鄉村傳統的價值，是城市的喧囂照亮了鄉村緩慢的價值。一方面他們享受著城市的現代生活，一方面他們又要建構一個鄉村烏托邦。就像現在的劉亮程一樣，他生活在烏魯木齊，但懷念的卻是黃沙梁——阿不旦。在他們那裏，鄉村是一個只能想像卻不能再經驗的所在。其背後隱含的卻是一個沒有言說的邏輯——現代性沒有歸途，儘管它不那麼好。如果是這樣，《鑿空》就是又一曲送別鄉土中國的輓歌，這也是《鑿空》對緩慢如此迷戀的最後理由。但是，劉亮程的感傷畢竟不能留住阿不旦詩意的黃昏，而遠去的也包括作家自己。

　　青年作家梁鴻的《梁莊》〔註9〕的發表，在文學界引起了巨大反響。在這部非虛構作品中，梁鴻尖銳地講述了她的故鄉多年來的變化，這個變化不只是十幾年前奔流而下的河水。寬闊的河道不見了，那在河上空盤旋的水鳥更是不見蹤跡。重要的是，她講述了為難的村支書、無望的民辦教師、服毒自盡的春梅、住在墓地的一家人等。梁莊給我們的印象，一言以蔽之就是破敗。破敗的生活，破敗的教育，破敗的心情。梁莊的人心已如一盤散沙難以集聚，鄉土不再溫暖詩意。更嚴重的是，梁莊的破產不僅是鄉村生活的破產，而是鄉村傳統中道德、價值、信仰的破產。這個破產幾乎徹底根除了鄉土中國賴以存在的可能，也就是中國傳統文化載體的徹底瓦解。現代性的兩面性，在《梁莊》中被揭示得非常透徹，作品尖銳地表達的中國走向現代的代價。現在，我們依然在這條道路上迅猛前行，對現代性代價的反省還僅僅停留在書

〔註8〕劉亮程：《鑿空》第二章《鐵匠鋪》，作家出版社2010年版。
〔註9〕梁鴻：《梁莊》，人民文學2010年9期。

生們的議論中。應該說，梁鴻書寫的一切在今天已經不是個別現象。三十年的改革開放取得了巨大成就，但改革開放的成果沒有被全民共享，發展的不平衡性已經成為突出問題。找到諸如梁莊這樣的例子不是一件困難的事情。另外，我們發現，在虛構的小說中，講述變革的鄉村中國雖然不及《梁莊》尖銳，但觀念的分化已是不爭的事實。這些不同的講述是鄉村中國不同現實的反映，同時也是中國作家對鄉村中國未來發展不同觀念的表達。

鄉村文明的危機或崩潰，並不意味著鄉土文學的終結。對這一危機或崩潰的反映，同樣可以成就偉大的作品，就像封建社會大廈將傾卻成就了《紅樓夢》一樣。但是，這樣的期待當下的文學創作還沒有為我們兌現。鄉村文明的危機一方面來自新文明的擠壓，一方面也為湧向都市的新文明的膨脹和發展提供了多種可能和無限空間。鄉村文明講求秩序、平靜和詩意，是中國本土文化構建的文明；都市文化凸顯欲望、喧囂和時尚，是現代多種文明雜交的集散地或大賣場。新鄉土文學的建構與「50 後」一代關係密切，但鄉村文明的崩潰和內在的全部複雜性，卻很少在這代作家得到揭示。這一現象表明，在處理當下中國面臨的最具現代性問題的時候，「50 後」作家無論願望還是能力都是欠缺的。上述提到的作家恰好都是「60 後」、「70 後」作家。

二、「50 後」與承認的政治

「50 後」一代從 70、80 年代之交開始登上中國文壇，至今已經三十餘年。三十多年來，這個文學群體幾乎引領了中國文學所有的主潮，奠定了文壇不可取代的地位。公允地說，這一代作家對中國文學做出了不可磨滅的貢獻，甚至將當代中國文學推向了我們引以為榮的時代。歷數三十多年來的文學成就，這個群體佔有巨大的份額。這是我們討論問題的前提。但是，就在這個群體站在巔峰的時候，問題出現了。80 年代，「50 後」同「30 後」一起，與主流意識形態度過了一個短暫的蜜月期，被放逐的共同經歷，使其心理構成一種文化同一性，控訴文革和傾訴苦難使這兩個代際的作家一起完成了新時期最初的文學變革。值得注意的是，「知青」作家一出現就表現出與復出作家——即在 50 年代被打成「右派」的一代人——的差別。復出作家參與了對 50 年代浪漫理想精神的構建，他們對這一時代曾經有過的忠誠和信念有深刻的懷念和留戀。因此，復出之後，那些具有「自敘傳」性質的作品，總是將個人經歷與國家命運聯繫起來，他們所遭受的苦難就是國家民族的苦難，他們

個人們的不幸就是國家民族的不幸。於是，他們的苦難就被塗上了一種悲壯或崇高的詩意色彩，他們的復出就意味著重新獲得社會主體地位和話語權力，他們是以社會主體的身份去言說和構建曾經經歷的過去的。「知青」一代無論心態還是創作實踐，都與復出的一代大不相同。他們雖然深受父兄一代理想主義的影響，並有強烈的情感訴求，但閱歷決定了他們不是時代和社會的主角，特別是被灌輸的理想在「文革」中幻滅，接受再教育的生活孤寂無援，模糊的社會身份決定了他們徬徨的心境和尋找的焦慮。因此，「知青」文學沒有統一的方位或價值目標，其精神漂泊雖然激情四溢，卻歸宿難尋。

需要指出，「知青」文學中所體現出的理想精神，與 50 年代那種簡單、膚淺和盲目樂觀的理想精神已大不相同。過早地進入社會也使他們在思想上早熟，因此他們部分作品所表現出的迷茫和不安如同北方早春的曠野，蒼涼料峭，春色若隱若現。也許正是這種不確定性成就了獨具一格的文學特徵，使那一時代的青春文學呈現出了精神自傳的情感取向。我們發現，最能表達這一時代文學特徵作品命名，大都選擇了象徵的方式，如《本次列車終點》、《南方的岸》、《黑駿馬》、《北極光》、《在同一地平線上》、《今夜有暴風雪》等等。這種象徵不是西方的象徵主義文學，這些作品沒有感傷頹廢的氣息和意象。這種象徵的共同選擇，恰恰是這代青春對未來、理想、目標等難以確定和模糊不清的表徵，都試圖在這些能夠停靠和依託的象徵性意象中結束漂泊，結束精神遊子的遊蕩，它反映出的是激情歲月的又一種理想。

但是，「知青」作家與復出作家在內在精神上畢竟存在著文化同一性。這種同一性決定了這個時代文學變革的有限性。就其生活和文學資源而言，那時的「50後」還不足以與「30後」抗衡。王蒙、張賢亮、劉紹棠、從維熙、鄧有梅、李國文、陸文夫、高曉聲、張弦、莫應豐、張一弓等領銜上演了那個時代文學的重頭戲。「50後」在那個時代還隱約地有些許壓抑感，因此也有強烈的文學變革要求。現代派文學就發生於那個時代。當然，把現代派文學的發生歸於「30後」的壓抑是荒謬的。應該說，這個如期而至的文學現象的發生，首先是對政治支配文學觀念的反撥，是在形式層面向多年不變的文學觀念的挑戰。這個挑戰是「50後」作家完成的。雖然王蒙有「集束手榴彈」〔註10〕的爆破，張賢亮有《習慣死亡》的發表，但是，普遍的看法是

〔註10〕80年代初期，王蒙先後發表的《夜的眼》、《海的夢》、《春之聲》、《風箏飄帶》、《布禮》和《蝴蝶》，當時被稱為「集束手榴彈」。

殘雪、劉索拉、徐星等「50後」作家完成了現代派文學在中國的實踐。從那一時代起,「30後」作家式微,「50後」作家開始成為文壇的主體。此後的「尋根文學」、「新寫實小說」以及「新歷史主義文學」等,都是由「50後」主演的。特別是2000年第五屆茅盾文學獎得主張平(《抉擇》)、阿來(《塵埃落定》)、王安憶(《長恨歌》)、王旭峰(《南方有佳木》),全部是「50後」,成為「50後」文學登頂的標誌性事件。此後,熊召政(《張居正》)、徐貴祥(《歷史的天空》)、賈平凹(《秦腔》)、周大新(《湖光山色》)、張煒(《你在高原》)、劉醒龍(《天行者》)、莫言(《蛙》)、劉震雲(《一句頂一萬句》)等先後獲得「茅獎」。如果說「茅獎」也是一種「承認的政治」的話,那麼,「50後」作家無疑已經成為當下文學的主流。這個主流,當然是在文學價值觀的意義上的指認,而不是擁有讀者的數量。站在這個立場上看,獲獎與讀者數量不構成直接關係。如果說,90年代以前的獲獎作品,比如古華《芙蓉鎮》、周克芹《許茂和他的女兒們》、路遙《平凡的世界》等都擁有大量讀者的話,那麼,近幾屆獲獎作品的受眾範圍顯然縮小了許多——紙媒的「青春文學」或網絡文學有大量讀者,但這些作品的價值尚沒有得到主流文學價值觀的認同,儘管可以參評,但還沒有獲得進入主流社會的通行證,因此難以獲獎。

第八屆「茅獎」獲獎名單公佈之後,國務院新聞辦公室8月26日上午十時在新聞發佈廳舉行媒體見面會,請獲獎作家張煒、劉醒龍、莫言、劉震雲介紹創作經歷和獲獎作品情況,並答記者問。這是獲獎作家第一次享有這樣規格的見面會,可見國家和社會對這次「茅獎」的重視程度。除了在國外的畢飛宇,其他獲獎者都參加了見面會。四位作家在回答記者提問的同時,也表達了他們的文學價值觀。他們的文學觀既不同於80年代的「作家談創作」,也不同於「70後」、「80後」對文學的理解。

莫言的小說《蛙》的講述方式由五封信和一部九幕話劇構成。「我姑姑」萬心從一個接生成果輝煌的鄉村醫生,到一個「被戳著脊梁骨罵」的計劃生育工作者,其身份變化喻示了計劃生育在中國實踐的具體過程。當資本成為社會宰制力量之後,小說表達了生育、繁衍以及欲望等醜惡的人性和奇觀。莫言說:「幾十年來,我們一直關注社會,關注他人,批判現實,我們一直在拿著放大鏡尋找別人身上的罪惡,但很少把審視的目光投向自己,所以我提出了一個觀念,要把自己當成罪人來寫,他們有罪,我也有罪。當某種社會災難或浩劫出現的時候,不能把所有責任都推到別人身上,必須檢討一下

自己是不是做了什麼值得批評的事情。《蛙》就是一部把自己當罪人寫的實踐，從這些方面來講，我認爲《蛙》在我 11 部長篇小說裏面是非常重要的。」〔註11〕

劉醒龍的《天行者》延續了他著名的中篇小說《鳳凰琴》的題材。劉醒龍對鄉村教師、準確地說是鄉村代課教師有深厚的情感。他說：「我在山裏長大，從一歲到山裏去，等我回到城裏來已經 36 歲了，我的教育都是由看上去不起眼的鄉村知識分子，或者是最底層的知識分子來完成的。……所以《天行者》這部小說，就是爲這群人樹碑立傳的，可以說我全部的身心都獻給了他們。在 20 世紀 60 年代到 90 年代，中國鄉村的思想啓蒙、文化啓蒙幾乎都是由這些民辦教師完成的，我經常在想，如果在中國的鄉村，沒有出現過這樣龐大的 400 多萬民辦教師的群體，那中國的鄉村會不會更荒蕪？當改革的春風吹起來的時候，我們要付出的代價會更大，因爲他們是有知識、有文化的，和在一個欠缺文化、欠缺知識的基礎上發展代價是完全不一樣的。」〔註12〕

劉震雲的《一句頂一萬句》的不同就在於，他告知我們除了突發事件如戰爭、災害等不可抗拒因素外，普通人的生活就是平淡無奇的。作家就是要在平淡無奇的生活中發現小說的元素。劉震雲說：「我覺得文學不管是作者還是讀者，在很多常識的問題上，確實需要進行糾正，對於幻想、想像力的認識，我們有時候會發生非常大的偏差，好像寫現實生活的就很現實，寫穿越的和幻想的題材就很幻想、就很浪漫、很有想像力，其實不是這樣的。有很多寫幻想的、寫穿越的，特別現實。什麼現實？就是思想和認識，對於生活的態度，特別現實。也可能他寫的是現實的生活，但是他的想像力在現實的角落和現實的細節裏。」〔註13〕

這些作家的表述有什麼錯誤嗎？當然沒有。不僅沒有錯誤，而且他們的無論是「把自己當作罪人來寫」，還是歌頌民辦教師，無論是尋找「說話」的政治、肯定文學的想像力，還是像賈平凹在《古爐》中否定「文革」，在當下

〔註11〕 以上引文均見《第八屆茅盾文學獎獲獎作家媒體見面會實錄》。見 http://www.
chinawriter.com.cn　2011 年 08 月 26 日 15：05　中國作家網。

〔註12〕 以上引文均見《第八屆茅盾文學獎獲獎作家媒體見面會實錄》。見 http://www.
chinawriter.com.cn　2011 年 08 月 26 日 15：05　中國作家網。

〔註13〕 以上引文均見《第八屆茅盾文學獎獲獎作家媒體見面會實錄》。見 http://www.
chinawriter.com.cn　2011 年 08 月 26 日 15：05　中國作家網。

的語境中，還有比這些更正確的話題和結論嗎！實事求是地說，這些作品都有一定的思想和藝術價值，我也曾在不同的場合表達過我的肯定。但是，文學創作不止是要表達「政治正確」，重要的是他們在多大程度上關注了當下的精神事務，他們的作品在怎樣的程度上與當下建立了聯繫。遺憾的是，他們幾乎無一例外地走向了歷史。當然，「一切歷史都是當代史」。但是，借用歷史來表達當代，它的有效性和針對性畢竟隔了一層。另一方面，講述歷史的背後，是否都隱含了他們沒有表達的「安全」考慮？表達當下、尤其是處理當下所有人都面臨的精神困境，才是真正的挑戰，因為它是「難」的。在這個意義上，我認同「美是難的」。

其實，這種情況並非只發生在中國的「50 後」。據報導，任期長達十七年的芥川獎最資深評委石原慎太郎日前宣布，決定在今年 1 月的第一百四十六屆芥川獎評選之後辭去評委職務。石原在發表辭職感言時批評日本作家沒有反映當今時代。「日本現代著名作家高見順經常說，對作家而言，最重要的是與時代同眠。像我這樣的人，就與時代同床共枕，為自己的青春與戰後日本的青春重疊在一起而感到慶幸。」石原指出，經過了半個多世紀，時代發生了質變，作家也經歷了蛻變，他們的自我意識變得越來越薄弱。「當今時代本身就毫無性格，作家也沒有反映當今時代，無法找到引爆自己內心衝突的導火線。」在石原的心目中，「好的作家」應該像已故的高橋和巳那樣熱烈擁抱時代，用「高密度的文體」寫出尖銳揭示社會問題的作品，他的代表作《悲之器》探討了知識分子的責任和命運，也是一部日本的精神史。「相比之下，現在的芥川獎候選作品雖然也想緊貼現實，但總顯得粗糙而沒有價值。而且較之以往文學新人獎的作品，整體水準在走下坡路。」〔註14〕

「50 後」是有特殊經歷的一代人，他們大多有上山下鄉或從軍經歷，或有鄉村出身的背景。他們從登上文壇到今天，特別是「30 後」退出歷史前臺後，便獨步天下。他們的經歷和成就已經轉換為資本，這個功成名就的一代正傲慢地享用這一特權。他們不再是文學變革的推動力量，而是竭力地維護當下的文學秩序和觀念，對這個時代的精神困境和難題，不僅沒有表達的能力，甚至喪失了願望。而他們已經形成的文學觀念和隱形霸權統治了整個文壇。這也正是我們需要討論這一文學群體的真正原因。

〔註14〕《芥川獎最資深評委：日本作家沒有反映當今時代》，載《中華讀書報》2012年 3 月 7 日。

三、新文明的崛起與文學的新變

在鄉村文明崩潰的同時，一個新的文明正在崛起。這個新的文明我們暫時還很難命名。這是與都市文明密切相關又不盡相同的一種文明，是多種文化雜糅交匯的一種文明。我們知道，當下中國正在經歷著不斷加速的城市化進程，這個進程最大的特徵就是農民進城。這是又一次巨大的遷徙運動。歷史上我們經歷過幾次重大的民族大遷徙，比如客家人從中原向東南地區的遷徙、錫伯族從東北向新疆的遷徙、山東人向東北地區的遷徙等。這些遷徙幾乎都是向邊遠、蠻荒的地區流動。這些遷徙和流動起到了文化交融、邊地開發或守衛疆土的作用，並在當地構建了新的文明。但是，當下的城市化進程與上述民族大遷徙都非常不同。如果說上述民族大遷徙都保留了自己的文化主體性，那麼，大批湧入城市的農民或其他移民，則難以保持自己的文化主體性，他們是城市的「他者」，必須想盡辦法盡快適應城市並生存下來。流動性和不確定性是這些新移民最大的特徵，他們的焦慮、矛盾以及不安全感是最鮮明的心理特徵。這些人改變了城市原有的生活狀態，帶來了新的問題。正是這多種因素的綜合，正在形成以都市文化為核心的新文明。

當然，以都市文化為核心的新文明還沒有建構起來，與這個新文明相關的文學也在建構之中。這裡有兩個方面的原因：一是建國初期存在「反城市的現代性」。反對資產階級的香風毒霧，主要是指城市的資產階級生活方式，因此，從 50 年代初期批判蕭也牧的《我們夫婦之間》，到話劇《霓虹燈下的哨兵》、《千萬不要忘記》等的被推崇，反映的都是這一意識形態，也就是對城市生活的警覺和防範。在這樣的政治文化背景下，都市文學的生長幾乎是不可能的。第二，都市文學從某種意義上說是「貴族文學」，沒有貴族，就沒有文學史上的都市文學。「新感覺派」、張愛玲的小說以及曹禺的《日出》、白先勇的《永遠的尹雪艷》等，都是通過貴族或資產階級生活來反映都市生活的。雖然老舍開創了表現北京平民生活的小說，並在今天仍有回響，比如劉恒的《貧嘴張大民的幸福生活》，但對當今的都市生活來說已經不具有典型性。因此，建構起當下中國的都市文化經驗，都市文學才能夠真正的繁榮發達。但是，今天我們面臨的這個新文明的全部複雜性還遠沒有被我們認識，過去的經驗也只能作為參照。儘管如此，我們還是看到了很多中青年作家對這個新文明的頑強表達——這是艱難探尋和建構中國新的文學經驗的一部分。

　　有趣的是，這一新的文學經驗恰恰是「60 後」、更多的是「70 後」作家為我們提供的。關於「70 後」作家，宗仁發、施戰軍、李敬澤曾發表過對話《被遮蔽的「70 年代人」》〔註15〕。十幾年前他們就發現了這一「被遮蔽」的現象。但由於當時認識的局限，他們只是部分地發現了 70 年代被遮蔽的原因，比如 70 年代完全在商業炒作的視野之外，「白領」意識形態對大眾蠱惑誘導等。他們還沒有發現「50 後」這代人形成的隱性意識形態對「70 後」的遮蔽。「『70 年代人』中的一些女作家對現代都市中帶有病態特徵的生活的書寫，不能不說具有真實的依託。問題不在於她們寫的真實程度如何，而在於她們所持的態度。應該說 1998 年前後她們的作品是有精神指向的，並不是簡單地認同和沉迷，或者說是有某種批判立場的。」「70 後」的這些特徵恰恰是「50 後」作家在當前所不具備的。但是，由於後者在文壇的統治地位和主流形象，已經成為一隻「看不見的手」，壓抑和遮蔽了後來者。

　　表面看，官場、商場、情場、市民生活、知識分子、農民工等，都是與都市文學相關的題材。但是，中國都市的深層生活很可能沒有在這些題材中得到表達，而是隱藏在都市人的內心深處。魏微的《化妝》〔註 16〕刻畫了都市人靈魂深處的「惡」：十年前，那個貧寒但「腦子裏有光」的女大學生嘉麗，在中級法院實習期間愛上了張科長。張科長穩重成熟，但相貌平平，兩手空空，而且還是一個八歲孩子的父親。但這都不妨礙嘉麗對他的愛，這個荒謬無望的不倫之戀表達了嘉麗的簡單或涉世未深；然後是嘉麗的獨處十年：她改變了身份，改變了經濟狀況。一個光彩照人但並不快樂的嘉麗終於擺脫了張科長的陰影。但「已經過去的一頁」突然被接續，張科長還是找到了嘉麗。於是小說在這裡才真正開始：嘉麗並沒有以「成功人士」的面目去見張科長，而是在舊貨店買了一身破舊的裝束，將自己「化妝」成十年前的那個嘉麗。她在路上，世道人心開始昭示：路人側目，曖昧過的熟人不能辨認，惡作劇地逃票，進入賓館的尷尬，一切都是十年前的感覺，擺脫貧困的十年路程瞬間折返到起點。我們曾恥於談論的貧困，這個剝奪人的尊嚴、心情、自信的萬惡之源，又回到了嘉麗身上和感覺裏，這個過程的敘述耐心而持久，因為對嘉麗而言，它是切膚之痛；這些還不重要，重要的是當年的張科長，這個

〔註15〕宗仁發、施戰軍、李敬澤：《被遮蔽的「70 年代人」》，載《南方文壇》2000
　　　　年第 9 期。
〔註16〕魏微：《化妝》，《花城》2003 年 5 期。

當年你不能說沒有真心愛過嘉麗的男人的出現，暴露的是這樣一副醜陋的魂靈。嘉麗希望的同情、親熱哪怕是憐憫都沒有，他如此以貌取人地判斷嘉麗十年來是賣淫度過的。這個本來還有些許浪漫的故事，這時被徹底粉碎。

魏微赤裸裸地撕下男性虛假的外衣，戳穿了這個時代的世道人心。現代文化研究表明，每個人的自我界定以及生活方式，不是由個人的願望獨立完成的，而是通過和其他人「對話」實現的。在「對話」過程中，那些給予我們健康語言和影響的人，被稱爲「意義的他者」，他們的愛和關切影響並深刻地造就了我們。我們是在別人或者社會的鏡像中完成自塑的，那麼，這個鏡像是真實或合理的嗎？張科長這個「他者」帶給嘉麗的不是健康的語言和影響，恰恰是它的反面。嘉麗因爲是一個「腦子裏有光」的女性，是一個獲得了獨立思考能力和經濟自立的女性，是她「腦子裏的光」照射出男人的虛偽。如果說嘉麗是因爲見張科長才去喜劇式地「化妝」的話，那麼，張科長卻是一生都在悲劇式地「化妝」，因爲他的「妝」永無盡期。小說看似寫盡了貧困與女性的屈辱，但魏微在這裡並不是敘述一個女性文學的話題，這是一個普遍性的問題，是一個關乎世道人心的大問題。在這個問題裏，魏微講述的是關於心的疼痛歷史和經驗，她發現的是嘉麗的疼痛——那是所有人在貧困時期的疼痛和經驗。當然，小說不能回答所有的問題，就像嘉麗後來不貧困了，但還是沒有快樂。那我們到底需要什麼呢？新文明就是帶著這樣的問題一起來到我們面前的。

深圳青年女作家吳君有一個中篇小說《親愛的深圳》〔註17〕，講述了一個新興移民城市的人與事。拔地而起的新都市曾給無數人帶來那樣多的激動或憧憬，它甚至成爲蒸蒸日上、日新月異的象徵。但是，就在那些表象背後，吳君發現了生活的差異性、等級和權力關係。作爲一個新城市的「他者」，底層生活醒目地躍然紙上。它對城市打工生活的表達達到了新的深度：一對到深圳打工的青年夫妻既不能公開自己的夫妻關係，也不能有正當的夫妻生活。如果他們承認了這種關係，就意味著必須失去眼下的工作。都市規則、或資本家的規則是資本高於一切，人性的正當需要並不在規則之中。在過去的底層寫作中，我們更多看到的是物資生存的困難，是關於「活下去」的要求。在《親愛的深圳》中，作家深入到一個更爲具體和細微的方面，是對人的基本生理要求被剝奪過程的書寫。它不那麼慘烈，卻更非人性。當然，吳

〔註17〕吳君：《親愛的深圳》，《中國作家》2007 年 7 期。

君也從另一個方面揭示了農民文化和心理的複雜性和劣根性。她接續了《阿Q正傳》、《陳奐生上城》的傳統，並賦予了當代特徵。吳君不是對「苦難」興致盎然，不是在對苦難的觀賞中或簡單的同情中表達她的立場，而是在現代性的過程中，在農民一步跨越現代突如其來的轉型中，發現這一轉變的悖論或不可能性。李水庫和程小桂夫婦付出的巨大代價，是一個意味深長的隱喻。但在這個隱喻中，吳君卻發現了中國農民偶然遭遇或走向現代的艱難。民族的劣根性和農民文化及心理的頑固和強大，將使這一過程格外漫長。儘管在城市裏心靈已傷痕累累，但可以肯定的是，他們很難再回到貧困的家鄉——這就是「現代」的魔力：它不適於所有的人，但任何人一旦遭遇它，就不再有歸期。這同中國遭遇現代性一樣，儘管是與魔共舞，卻不得不難解難分。這也是新文明帶給底層民眾的新的精神困境。

廣州女作家徯晗的中篇小說《誓言》〔註18〕，讀後給人一種窒息的感覺。這種窒息感不是來自關於夫妻、婚變、情人、通姦等當下生活或文學中屢見不鮮又興致盎然的講述。這些場景或關係，從法國浪漫派一直到今天，都是小說樂此不疲的內容和話題，這些話題和內容還要講述下去，我也相信不同時代的作家一定會有新奇的感覺和想像給我們震驚。但《誓言》的窒息感是來自母子關係，這裡的母愛是一種由愛及恨的「變形記」，它匪夷所思但又是切實被「發現」的故事。事情緣起於鄭文濤與許尤佳的婚變，婚變後的許尤佳在心理上逐漸發生了變化，這個變化與她後來的情感經歷有關，男人可憎的面目不斷誘發和強化了她的仇怨感。許尤佳爲了報復前夫鄭文濤，和兒子的關係也發生了變異，爲了阻止鄭文濤兌現誓言，阻止鄭文濤再婚，也爲了將兒子留在身邊，竟然在兒子考大學的關鍵時刻在他的飲食中做了手腳：第一年是讓兒子臨考前夜不能寐，昏昏然地考砸了；第二年復考時給兒子的豆漿裏放了大量安定。這是小說最易引起爭議的細節：一個母親真的會這樣嗎？這可能嗎？小說不是現實的複製或摹寫，小說有自己的邏輯。小說就是要寫出不可思議和出人意料的人物、場景、心理和命運。無論多麼離奇，只要符合小說人物的性格邏輯，這就是小說。

這些作品中的很多觀念都「不正確」：一個男人打量女人的心理如此陰暗、「企業制度」明目張膽地阻止夫妻過正常生活、一個母親竟對自己的兒子痛下「毒手」。但是，這就是新文明崛起後的「心理現實」。在這些作品中，

〔註18〕徯晗：《誓言》，《北京文學》2011年8期。

被揭示的心理或精神現象集中在「惡」的方面，這是因為這些作家就生活在
這無所不包無奇不有的「新文明」中，而「惡」——就是都市生活最深處正
在發生的兵荒馬亂，是這個時代生活的本質方面之一。無論我們是否願意接
受，它都是這個時代生活真實或本質的反映，我們都會明確無誤地感受到，
這樣的文學才與我們的當下生活建立了聯繫。只有關懷、關注當下生活的作
家，才能寫出與當下生活相關的作品。

　　50後剛剛登上文壇時，除了他們新奇的藝術形式、敏銳的藝術感覺，也
正是他們的批判性和時代感為他們贏得了聲譽。那時的他們如東方蓬勃欲出
的朝陽，他們青春的面孔就是中國文壇未來的希望。他們在80年代發起或推
動的文學潮流或現象，無論曾經受到過怎樣的詬病和批判，他們白樺林般的
青春氣息至今仍然給我們巨大的感動和感染。那時的他們引領著社會新的風
潮，也表現著那個時期的社會心理。莫言的《透明的紅蘿蔔》雖然表現了對
色彩的敏銳感覺，使小說在形式上如彩練當空五彩繽紛。但是，當我們走進
黑孩生活的現實世界時，一股強大的黑暗撲面而來。命運多艱的黑孩一直生
活在成人世界的醜陋中，他只能用想像的方式拒絕現實。有趣的是，黑孩越
是不幸，他幻想的景象就越加美麗動人。莫言沒有用世俗的眼光考慮黑孩的
外部世界「如此黑暗」是否政治正確，他就要用極端化的方式書寫他心愛的
人物，同時也以極端化的方式批判了現實的「惡」。只有這樣，1985年代的莫
言才會異峰突起而成為當代文學的英雄；賈平凹的創作幾乎貫穿新時期文學
30年。他1978年發表《滿月兒》引起文壇注意，但真正為他帶來較高文學聲
譽的，是1983年代他先後發表的描寫陝南農村生活變化的「商周系列」小說。
其中代表性的作品是：《雞窩窪人家》、《小月前本》、《臘月·正月》、《遠山野
情》以及長篇小說《商州》、《浮躁》等。這些作品的時代精神使賈平凹本來
再傳統不過的題材走向了文學的最前沿。那時的鄉村改革還處在不確定性之
中，沒有人知道它的結局，但是，政治正確與否不能決定文學的價值。遺憾
的是，這兩位「50後」的代表性作家離開了青年時代選擇的文學道路和立場。
他們的創作道路，在某種意義上就是一部「衰敗史」，他們此後的創作再沒有
達到那個時代的高度。我們知道，在當代文學史上，「十七年時期」的作家時
常遭到詬病，周立波、柳青、王汶石、陳登科以及浩然等，他們被指責為政
治服務，追隨著當時的思想路線，而這條路線後來證明是錯誤的。但是，他
們當時所處理的問題，不僅是「中國向何處去」的問題，同時也是那個時代

人們的精神狀況問題。因此，即便現在看來他們「政治不正確」，但仍然爲我們留下了眾多的「社會主義時期」的文學人物，仍然是我們談論中國當代文學難以繞行的。

現在的 50 後已經功成名就，青春對他們來說已經過於遙遠。當年他們對文學的熱情和誠懇，今天都已成爲過去。如今，他們不僅仍然固守在「過去的鄉土中國」，對新文明崛起後的現實和精神問題有意擱置，而且刻意處理的「歷史」也早已有了「定論」，他們的表達不越雷池一步，我們既看到了這代人的謹小愼微，也看到了這代人的力不從心。也正因爲如此，我們才更深切地理解，爲什麼作家張承志、史鐵生深受讀者和文學界的愛戴，原因之一就是因爲他們一直關注中國的現實和精神狀況；爲什麼 2011 年格非的《春盡江南》〔註 19〕獲得了批評界廣泛的好評？就因爲格非敢於迎難而上，表達了對當下中國精神跌落的深切憂患，這樣的作家作品理應得到掌聲和喝彩。一個時期以來，曹征路的《那兒》、《霓虹》，遲子建的《起舞》，魏微的《化妝》、《姊妹》、《家道》，曉航的《一張桌子的社會幾何原理》、《靈魂深處的大象》，魯敏的《飢餓的懷抱》、《細細紅線》、《羽毛》、《惹塵埃》，吳君的《親愛的深圳》、《複方穿心蓮》、《菊花香》，南飛燕的《紅酒》、《黑嘴》，葛水平的《紙鴿子》、《一時之間如夢》，黃詠梅的《契爺》、《檔案》，李鐵的《點燈》、《工廠的大門》，李浩的《在路上》、《那天晚上的電影》，余一鳴的《不二》，胡學文的《隱匿者》，邵麗的《劉萬福案件》，關仁山的《根》，楊小凡的《歡樂》等，構成了新的文學經驗洶湧的潮流。如果是這樣的話，我們可以肯定，當下文學正在發生的結構性變化，這不僅僅是空間或區域的變化，不僅僅是場景和人物的變化，它更是一種價值觀念、生活方式和情感方式的大變化。而對這一變化的表達或處理是由 60 後、70 後作家實現的。「50 後」作家還會用他們的創作證明自己存在的價值，但是，當他們的創作不再與當下現實和精神狀況建立關係時，終結他們構建的隱形意識形態就是完全有理由和必要的。

〔註 19〕格非《春盡江南》，上海文藝出版社 2011 年版。

建構時期的中國城市文學
——當下中國文學狀況的一個方面

　　百年來，由於中國的社會性質和特殊的歷史處境，鄉土文學和農村題材一直占據著中國文學的主流地位。這期間雖然也有變化或起伏變動，但基本方向並沒有改變。即便是在新世紀發生的「底層寫作」，其書寫對象也基本在鄉村或城鄉交界處展開。但是，近些年來，作家創作的取材範圍開始發生變化，不僅一直生活在城市的作家以敏銳的目光努力發現正在崛起的新文明的含義或性質，而且長期從事鄉村題材寫作的作家也大都轉身書寫城市題材。這裡的原因當然複雜。一個方面，根據國家公佈的城鎮化率計算，2011 年我國城鎮人口超過了農村人口。這個人口結構性的變化雖然不足以說明作家題材變化的原因，但可以肯定的是，城市人口的激增，也從一個方面加劇了城市原有的問題和矛盾。比如就業、能源消耗、污染、就學、醫療、治安等。文學當然不是處理這些事務的領域，但是，這些問題的積累和壓力，必定會影響到世道人心，必定會在某些方面或某種程度上催發或膨脹人性中不確定性的東西。而這就是文學書寫和處理的主要對象和內容。當下作家的主力陣容也多集中在城市，他們對城市生活的切實感受，是他們書寫城市生活最重要的依據。

　　我曾分析過鄉村文明崩潰後新文明的某些特徵：這個新的文明我們暫時還很難命名。這是與都市文明密切相關又不盡相同的一種文明，是多種文化雜糅交匯的一種文明。我們知道，當下中國正在經歷著不斷加速的城市化進程，這個進程最大的特徵就是農民進城。這是又一次巨大的遷徙運動。歷史

上我們經歷過幾次重大的民族大遷徙，比如客家人從中原向東南地區的遷徙、錫伯族從東北向新疆的遷徙、山東人向東北地區的遷徙等。這些遷徙幾乎都是向邊遠、蠻荒的地區流動。這些遷徙和流動起到了文化交融、邊地開發或守衛疆土的作用，並在當地構建了新的文明。但是，當下的城市化進程與上述民族大遷徙都非常不同。如果說上述民族大遷徙都保留了自己的文化主體性，那麼，大批湧入城市的農民或其他移民，則難以保持自己的文化主體性，他們是城市的「他者」，必須想盡辦法盡快適應城市並生存下來。流動性和不確定性是這些新移民最大的特徵，他們的焦慮、矛盾以及不安全感是最鮮明的心理特徵。這些人改變了城市原有的生活狀態，帶來了新的問題。正是這多種因素的綜合，正在形成以都市文化爲核心的新文明。〔註1〕

這一變化在文學領域各個方面都有反應。比如評獎——2012 年《中篇小說選刊》公佈了 2010～2011 年度古井貢杯全國優秀中篇小說獲獎作品：蔣韻的《行走的年代》、陳繼明的《北京和尚》、葉兆言的《玫瑰的歲月》、余一鳴的《不二》、范小青的《嫁入豪門》、遲子建的《黃雞白酒》六部作品獲獎；第四屆「茅臺杯」《小說選刊》年度大獎獲獎作品是中篇小說：戈舟的《等深》、方方的《聲音低回》、海飛的《捕風者》；短篇小說是范小青的《短信飛吧》、裘山山的《意外傷害》、女眞的《黑夜給了我明亮的眼睛》。這些作品居然沒有一部是農村或鄉土題材的。這兩個例證可能有些偶然性或極端化，而且這兩個獎項也不是全國影響最大的文學獎，但是，它的「症候」性卻不作宣告地證實了文學新變局的某些方面。

在我看來，當代中國的城市文化還沒有建構起來，城市文學也在建構之中。這裡有兩個方面的原因：一是建國初期的五、六十年代，我們一直存在著一個「反城市的現代性」。反對資產階級的香風毒霧，主要是指城市的「資產階級」生活方式，因此，從五十年代初期批判蕭也牧的《我們夫婦之間》，到話劇《霓虹燈下的哨兵》、《千萬不要忘記》等的被推崇，反映的都是這一意識形態，也就是對城市生活的警覺和防範。在這樣的政治文化背景下，城市文學的生長幾乎是不可能的；第二，現代城市文學從某種意義上說是「貴族文學」，沒有貴族，就沒有文學史上的現代城市文學。不僅西方如此，中國依然如此。「新感覺派」、張愛玲的小說以及曹禺的《日出》、白先勇的《永遠的尹雪艷》等，都是通過「貴族」或「資產階級」生活來反映城市生活的；

〔註1〕 見《鄉村文明的變異與 50 後的境遇》，載《文藝研究》2012 年 6 期。

雖然老舍開創了表現北京平民生活的小說，並在今天仍然有回響，比如劉恒的《貧嘴張大民的幸福生活》，但對當今的城市生活來說，已經不具有典型性。王朔的小說雖然寫的是北京普通青年生活，但王朔的嬉笑怒罵調侃諷喻，隱含了明確的精英批判意識和顛覆訴求。因此，如何建構起當下中國的城市文化經驗——如同建構穩定的鄉土文化經驗一樣，城市文學才能夠真正的繁榮發達。儘管如此，我們還是看到了作家對都市生活頑強的表達——這是艱難探尋和建構中國都市文學經驗的一部分。

表面看，官場、商場、情場、市民生活、知識分子、農民工等，都是與城市文學相關的題材。當下中國的城市文學也基本是在這些書寫對象中展開的。一方面，我們應該充分肯定當下城市文學創作的豐富性。在這些作品中，我們有可能部分地瞭解了當下中國城市生活的面貌，幫助我們認識今天城市的世道人心及價值取向；另一方面，我們也必須承認，建構時期的中國城市文學，也確實表現出了它過渡時期的諸多特徵和問題。探討這些特徵和問題，遠比作出簡單的好與不好的判斷更有意義。在我看來，城市文學儘管已經成為這個時代文學創作的主流，但是，它的熱鬧和繁榮也僅僅表現在數量日趨向上。中國城市生活最深層的東西還是一個隱秘的存在，最有價值的文學形象很可能沒有在當下的作品中得到表達，隱藏在城市人內心的秘密還遠沒有被揭示出來。具體地說，當下城市文學的主要問題是：

一、城市文學還沒有表徵性的人物

今天的城市文學，有作家、有作品、有社會問題、有故事，但就是沒有這個時代表徵性的文學人物。文學史反覆證實，任何一個能在文學史上存留下來並對後來的文學產生影響的文學現象，首先是創造了獨特的文學人物，特別是那些「共名」的文學人物。比如法國的「局外人」、英國的「漂泊者」、俄國的「當代英雄」、「床上的廢物」、日本的「逃遁者」、中國現代的「零餘者」、美國的「遁世少年」等人物，代表了西方不同時期文學成就。如果沒有這些人物，西方文學的巨大影響就無從談起；當代中國「十七年」文學，如果沒有梁生寶、蕭長春、高大泉這些人物，不僅難以建構起社會主義初期的文化空間，甚至也難以建構起文學中的社會主義價值系統；新時期以來，如果沒有知青文學、「右派文學」中的受難者形象，以隋抱樸為代表的農民形象，現代派文學中的反抗者形象，「新寫實文學」中的小人物形象，以莊之蝶為代

表的知識分子形象，王朔的「玩主」等，也就沒有新時期文學的萬千氣象。但是，當下的城市文學雖然數量巨大，我們卻只見作品不見人物。「底層寫作」、「打工文學」整體上產生了巨大的社會效應，但它的影響基本是文學之外的原因，是現代性過程中產生的社會問題。我們還難以從中發現有代表性的文學人物。因此，如何創作出城市文學中的具有典型性的人物，比如現代文學中的白流蘇、駱駝祥子等，是當下作家面臨的重要問題。當然，沒落貴族的舊上海、平民時代的老北京，已經成為過去。我們正在面臨和和經歷的新的城市生活，是一個不斷建構和修正的生活，它的不確定性是最主要的特徵。這種不確定性和複雜性對生活其間的人們來說，帶來了生存和心理的動蕩，熟悉的生活被打破，一種「不安全」感傳染般地在彌漫；另一方面，不熟悉的生活也帶來了新的機會，一種躍躍欲試、以求一逞的欲望也四處滋生。這種狀況，深圳最有代表性。彭名燕、曹征路、鄧一光、李蘭妮、南翔、吳君、謝宏、蔡東、畢亮等幾代作家，正在從不同的方面表達對深圳這座新城市的感受，講述著深圳不同的歷史和現在。他們創作的不同特點，從某個方面也可以說是當下中國城市文學的一個縮影。因此，深圳文學對當下中國文學而言，它的症候性非常具有代表性。這些優秀的作家雖然還沒有創作出令人震撼的、具有普遍意義的人物形象，但是，他們積累的城市文學創作經驗，預示了他們在不遠的將來終會雲開日出柳暗花明。

但是，就城市文學的人物塑造而言，普遍的情況遠不樂觀。更多的作品單獨來看都是很好的作品，都有自己的特點和發現。但是，如果整體觀察的時候，這個文學書寫的範疇就像北京的霧霾一樣變得極端模糊。或許，這也是批評界對具體的作家肯定，對整體的文學持有批評的依據之一。事實也的確如此。比如魯敏，絕對是一個優秀作家，她的許多作品頻頻獲獎已經從一個方面證實了這個說法並非虛妄。但是，她轉型書寫城市文學之後，總會給人一種勉為其難的感覺。比如她的《惹塵埃》〔註2〕，是一篇典型的書寫都市生活的小說：年輕的婦人肖黎患上了「不信任症」：「對目下現行的一套社交話語、是非標準、價值體系等等的高度質疑、高度不合作，不論何事、何人，她都會敏感地聯想到欺騙、圈套、背叛之類，統統投以不信任票。」肖黎並不是一個先天的「懷疑論者」，她的不信任緣於丈夫的意外死亡。丈夫兩年半

〔註2〕 蔣肖斌：《別讓沒有背景的年輕人質疑未來——訪〈涂自強的個人悲傷〉作者方方》，《中國青年報》2013 年 6 月 18 日。

前死在了城鄉交接處的「一個快要完工、但突然塌陷的高架橋下」，他是大橋垮塌事件唯一的遇難者。就是這樣一個意外事件，改變了肖黎的「世界觀」：施工方在排查了施工單位和周邊學校、住戶後，沒有發現有人員傷亡並通過電臺對外做了「零死亡」的報導。但是死亡的丈夫終於還是被發現，這對發佈「零死亡」的人來說遇到了麻煩。於是他們用丈夫的電話給肖黎打過來，先是表示撫慰，然後解釋時間：「這事情得層層上報，現場是要封鎖的，不能隨便動的，但那些記者們又一直催著，要統一口徑、要通稿，我們一直是確認沒有傷亡的」；接著是地點，「您的丈夫『不該』死在這個地方，當然，他不該死在任何地方，他還這麼年輕，請節哀順便……我們的意思是，他的死跟這個橋不該有關係、不能有關係」；然後是「建議」：「你丈夫已經去了，這是悲哀的、也不可更改了，但我們可以把事情盡可能往好的方向去發展……可不可以進行另一種假設？如果您丈夫的死亡跟這座高架橋無關，那麼，他會因爲其他的什麼原因死在其他的什麼地點嗎？比如，因爲工作需要、他外出調查某單位的稅務情況、途中不幸發病身亡？我們想與你溝通一下，他是否可能患有心臟病、腦血栓、眩暈症、癲癇病……不管哪一條，這都是因公死亡……」。接著還有「承諾」和巧妙的施壓。這當然都是陰謀，是彌天大謊。處在極度悲痛中的肖黎，又被這驚人的冷酷撕裂了心肺。

但是，事情到這裡遠沒有結束——肖黎要求將丈夫的隨身物品還給她，鑰匙、手機、包等。當肖黎拿到丈夫的手機後，她發現了一條信息和幾個未接的同一個電話。那條信息的署名是「午間之馬」。「肖黎被『午間之馬』擊中了，滿面是血，疼得不敢當眞。這僞造的名字涵蓋並揭示了一切可能性的鬼魅與欺騙。」正是這來自於社會和丈夫的兩方面欺騙，使肖黎患上了「不信任症」。不信任感和沒有安全感，是當下人們普遍的心理症候，而這一症候又反過來詮釋了這個時代的病症。如果對一般人來說這只是一種感受的話，那麼對肖黎來說就是切膚之痛了。於是，「不信任症」眞的就成了一種病症，它不只是心理的，重要的是它要訴諸於生活實踐。那個年過七十的徐醫生徐老太太，應該是肖黎的忘年交，她總是試圖幫助肖黎開始「新生活」，肖黎的拒絕也在意料和情理之中。落魄青年韋榮以賣給老年人保健品爲生，在肖黎看來這當然也是一個欺騙的行當。當肖黎勉爲其難地同意韋榮住進她的地下室後，韋榮的日子可想而知。他屢受肖黎的刁難、質問甚至侮辱性的奚落。但韋榮只是爲了生活從事了這一職業，他並不是一個壞人或騙子。倒是徐老

太太和韋榮達觀的生活態度，最後改變了肖黎。當徐老太太已經死去、韋榮已經遠去後，小說結尾有這樣一段議論：

> 也許，懷念徐醫生、感謝韋榮是假，作別自己才是真——對傷逝的糾纏，對真實與道德的信仰，對人情世故的偏見，皆就此別過了，她將會就此踏入那虛實相間、富有彈性的灰色地帶，與虛偽合作，與他人友愛，與世界交好，並欣然承認謊言的不可或缺，它是建立家國天下的野心，它是構成宿命的要素，它鼓勵世人對永恆佔有的假想，它維護男兒女子的嬌痴貪，它是生命中永難拂去的塵埃，又或許，它竟不是塵埃，而是菌團活躍、養分豐沛的大地，是萬物生長之必須，正是這謊言的大地，孕育出辛酸而熱鬧的古往今來。

「惹塵埃」就是自尋煩惱和自己過不去嗎？如果是這樣，這篇小說就是一部勸誡小說，告戒人們不要「惹塵埃」；那麼，小說是要人們渾渾噩噩得過且過嗎？當然也不是。《惹塵埃》寫出了當下生活的複雜以及巨大的慣性力量。有誰能夠改變它呢？流淌在小說中的是一種欲說還休的無奈感。而小說深深打動我們的，還是韋榮對肖黎那有節制的溫情。這些都毋庸置疑地表明《惹塵埃》是一部好小說，它觸及的問題幾乎就要深入到社會最深層。但是，放下小說以後，裏面的人物很難讓我們再想起——作家更多關注的是城市的社會問題，而人物性格的塑造卻有意無意地被忽略了。類似的情況我們在很多優秀作家的作品都可以看到。一方面，文學在今天要創作出具有「共名」性的人物，確實並非易事。90 年代以來社會生活和文化生活的多樣性和多元性，使文學創作主題的同一性成為不可能，那種集中書寫某一典型或類型人物的時代已經過去。但是，更重要的問題可能還是作家洞察生活能力以及文學想像力的問題。同樣是 90 年代，《廢都》中的莊之蝶及其女性形象，還活在今天讀者的記憶中。就是因為賈平凹在 90 年代發現了知識分子精神幻滅的驚天秘密，他通過莊之蝶將一個時代的巨大隱秘表現出來，一個「共名」的人物就這樣誕生了。李佩甫《羊的門》中的呼天成、閻真《滄浪之水》中的池大為等人物，同樣誕生於 90 年代末期就是有力的佐證。因此，社會生活的多樣性、文化生活的多元性，只會為創作典型人物或「共名」人物提供更豐饒的土壤，而絕對不會構成障礙。

二、城市文學沒有青春

　　90 年代以後，當代文學的青春形象逐漸隱退以致面目模糊。青春形象的退隱，是當下文學的被關注程度不斷跌落的重要原因之一，也是當下文學逐漸喪失活力和生機的佐證。也許正因爲如此，方方的《涂自強的個人悲傷》發表以來，引起了強烈的反響，在近年來的小說創作中並不多見。「涂自強的個人悲傷」打動了這麼多讀者的心、特別是青年讀者的心，重要的原因就是方方重新接續了百年中國文學關注青春形象的傳統，並以直面現實的勇氣，從一個方面表現了當下中國青年的遭遇和命運。

　　涂自強是一個窮苦的山裏人家的孩子。他考取了大學。但他沒有、也不知道「春風得意馬蹄疾，一朝看遍長安花」的心境。全村人拿出一些零散票子，勉強湊了涂自強的路費和學費，他告別了山村。從村長到鄉親都說：念大學，出息了，當大官，讓村裏過上好日子。哪怕只是修條路。「涂自強出發那天是個周五。父親早起看了天，說了一句，今兒天色好出門。屋外的天很亮，兩架大山聳著厚背，卻也遮擋不住一道道光明。陽光輕鬆地落在村路上，落得一地燦爛。山坡上的綠原本就深深淺淺，叫這光線一抹，彷彿把綠色照得升騰起來，空氣也似透著綠。」這一描述，透露出的是涂自強、父親以及全村的心情，涂自強就要踏上一條有著無限未來和期許的道路了。但是，走出村莊之後，涂自強必須經歷他雖有準備、但一定是充滿了無比艱辛的道路——他要提早出發，要步行去武漢，要沿途打工掙出學費。於是，他在餐館打工，洗過車，幹各種雜活，同時也經歷了與不同人的接觸並領略了人間的暖意和友善，他終於來到學校。大學期間，涂自強在食堂打工，做家教，沒有放鬆一分鐘，不敢浪費一分錢。但即將考研時，家鄉因爲修路挖了祖墳，父親一氣之下大病不起最終離世。畢業了，涂自強住在又髒又亂的城鄉交界處。然後是難找工作，被騙，欠薪；禍不單行的是家裏老屋塌了，母親傷了腿。出院後，跟隨涂自強來到武漢。母親去餐館洗碗，做家政，看倉庫，掃大街，和涂自強相依爲命勉強度日。最後，涂自強積勞成疾，在醫院查出肺癌晚期。他只能把母親安置在蓮溪寺——

　　涂自強看著母親隱沒在院墻之後，他抬頭望望天空，好一個雲淡風輕的日子，這樣的日子怎麼適合離別呢？他黯然地走出蓮溪寺。沿墻行了幾步，腳步沉重得他覺得自己已然走不動路。便蹲在了墻根下，好久好久。他希望母親的聲音能飛過院墻，傳達到他這裡。他跪下來，對著墻說，媽，不知道

什麼時候才能再見。媽，我對不起你。

　　此時涂自強的淡定從容來自於絕望之後，這貌似平靜的訣別卻如驚雷滾地。涂自強從家鄉出發的時候是一個「陽光輕鬆地落在村路上，落得一地燦爛」的日子。此時的天空是一個「雲淡風輕的日子」。從一地燦爛到雲淡風輕，涂自強終於走完了自己年輕、疲憊又一事無成的一生。在回老家的路上，他永遠離開了這個世界。小說送走了涂自強後說：「這個人，這個叫涂自強的人，就這樣一步一步地走出這個世界的視線。此後，再也沒有人見到涂自強。他的消失甚至也沒被人注意到。這樣的一個人該有多麼的孤單。他生活的這個世道，根本不知他的在與不在。」

　　讀《涂自強的個人悲傷》，很容易想到 1982 年代路遙的《人生》。80 年代是中國改革開放的初始時期，也是壓抑已久的中國青年最為躁動和躍躍欲試的時期。改革開放的時代環境使青年、特別是農村青年有機會通過傳媒和其他信息方式瞭解了城市生活，城市的燈紅酒綠和花枝招展總會輕易地調動農村青年的想像。於是，他們紛紛逃離農村來到城市。城市與農村看似一步之遙卻間隔著不同的生活方式和傳統，農村的前現代傳統雖然封閉，卻有巨大的難以超越的道德力量。高加林對農村的逃離和對農村戀人巧珍的拋棄，喻示了他對傳統文明的道別和奔向現代文明的決絕。但城市對「他者」的拒絕是高加林從來不曾想像的。路遙雖然很道德化地解釋了高加林失敗的原因，卻從一個方面表達了傳統中國青年邁進「現代」的艱難歷程。作家對「土地」或家園的理解，也從一個方面延續了現代中國作家的土地情結，或者說，只有農村和土地才是青年或人生的最後歸宿。但事實上，農村或土地，是只可想像而難以經驗的，作為精神歸屬，在文化的意義上只因別無選擇。90 年代以後，無數的高加林湧進了城市，他們會遇到高加林的問題，但不會全部返回農村。「現代性」有問題，但也有它不可阻擋的巨大魅力。另一方面，高加林雖然是個「失敗者」，但我們可以明確地感覺到高加林未作宣告的巨大「野心」。他雖然被取消其公職，被重又打發他回到農村，戀人黃亞萍也與其分手，被他拋棄的巧珍早已嫁人，高加林失去了一切，獨自一身回到農村，撲倒在家鄉的黃土地上。但是，我們總是覺得高加林身上有一股「氣」，這股氣相當混雜，既有草莽氣也有英雄氣，既有小農氣息也有當代青年的勃勃生機。因此，路遙在講述高加林這個人物的時候，他懷著抑制不住的欣賞和激情的。高加林給人的感覺是總有一天會東山再起捲土重來。

　　但是涂自強不是這樣。涂自強一出場就是一個溫和謹慎的山村青年。這不只是涂自強個人性格使然，他更是一個時代青春面貌的表徵。這個時代，高加林的性格早已終結。高加林沒有讀過大學，但他有自己的目標和信念：他就是要進城，而且不只是做一個普通的市民，他就是要娶城裏的姑娘，為了這些甚至不惜拋棄柔美多情的鄉下姑娘巧珍。高加林內心有一種不達目的不罷休的「狠勁」，這種性格在鄉村中國的人物形象塑造中多有出現。但是，到涂自強的時代，不要說高加林的「狠勁」，就是合理的自我期許和打算，已經顯得太過奢侈。比如《人生》中的高加林轟轟烈烈地談了兩場戀愛，他春風得意地領略了巧珍的溫柔多情和黃亞萍的熱烈奔放。但是，可憐的涂自強呢，那個感情很好的女同學採藥高考落榜了，分別時只是給涂自強留下一首詩：「不同的路／是給不同的腳走的／不同的腳／走的是不同的人生／從此我們就是／各自路上的行者／不必責怪命運／這只是我的個人悲傷」。涂自強甚至都沒來得及感傷就步行趕路去武漢了。對一個青年而言，還有什麼能比沒有愛情更讓人悲傷無望呢，但涂自強沒有。這不是作家方方的疏漏，只因為涂自強沒有這個能力甚至權力。因此，小說中沒有愛情的涂自強只能更多將情感傾注於親情上。他對母親的愛和最後訣別，是小說最動人的段落之一。方方說：「涂自強並不抱怨家庭，只是覺得自己運氣不好，善良地認為這只是『個人悲傷』。他非常努力，方向非常明確，理想也十分具體。」但結果卻是，一直在努力，從未得到過。其實，他拼命想得到的，也僅僅是能在城市有自己的家、讓父母過上安定的生活——這是有些人生來就擁有的東西。然而，最終夭折的是不僅是理想，還有生命。〔註3〕過去我們認為，青春永遠是文學關注的對象，是因為這不僅緣於年輕人決定著不同時期的社會心理，同時還意味著他們將無可質疑地佔領著未來。但是，從涂自強還是社會上的傳說到方方小說中的確認，我們不得不改變過去的看法：如果一個青年無論怎樣努力，都難以實現自己哪怕卑微的理想或願望，那麼，這個社會是大有問題的，生活在這個時代的青年是沒有希望的。從高加林時代開始，青年一直是「落敗」的形象——高加林的大起大落、現代派「我不相信」的失敗「反叛」一直到各路青春的「離經叛道」或「離家出走」，青春的「不規則」形狀決定了他們必須如此，如果不是這樣那就不是青春。他們是「失敗」的，同時也是英武的。但是，涂自強是多麼規矩的青年啊，他沒有抱怨、沒有反抗，他從

〔註3〕魯敏：《惹塵埃》，《人民文學》2010年期。

來就沒想做一個英雄，他只想做一個普通人，但是命運還是不放過他直至將他逼死，這究竟是爲什麼！一個青年努力奮鬥卻永遠沒有成功的可能，扼制他的隱形之手究竟在哪裏，或者究竟是什麼力量將涂自強逼到了萬劫不復的境地。一個沒有青春時代，就意味著是一個沒有未來的時代。方方的這部作品從一個方面啓示我們，關注青春是城市文學的重要方面，特別是從鄉村走向城市的青年，不僅爲文學提供了豐饒的土壤，更重要的是，從鄉村走向城市，也是當今中國社會的一個巨大隱喻。我甚至隱約感覺到，中國偉大的文學作品，很可能產生在從鄉村到城市的這條道路上。高加林、涂自強都是這樣的青年。

三、城市文學的「紀實性」困境

百年中國特殊的歷史處境，決定了中國文學與現實的密切關係。如果有點歷史感，我們都會認爲文學的這一選擇沒有錯誤。當國家民族處在風雨飄搖危在旦夕的時刻，作家自覺地選擇了與國家民族同呼吸共命運，這是百年中國文學值得引以爲榮的偉大傳統。但是，文學畢竟是一個虛構領域，想像力畢竟還是文學的第一要義。因此，沒有大規模地受到浪漫主義文學洗禮的中國文學，一直保持著與現實的「反映」關係，使文學難以「飛翔」而多呈現爲寫實性。只要我們看看「底層寫作」和「打工文學」，它的非虛構性質或報告文學特徵就一目了然。

關仁山是當下最活躍、最勤奮的作家之一。在我看來，關仁山的價值還不在於他的活躍和勤奮，而是他對當下中國鄉村變革——具體地說是對冀東平原鄉村變革的持久關注和表達。因此可以說，關仁山的創作是與當下中國鄉村生活關係最爲密切的和切近的創作。自「現實主義衝擊波」以來，關仁山的小說創作基本集中在長篇上，中、短篇小說寫得不多。現在要議論的這篇《根》〔註4〕是一部短篇小說，而且題材也有了變化。

小說的內容並不複雜：女員工任紅莉和老闆張海龍發生了一夜情——但這不是男人好色女人要錢的爛俗故事。老闆張海龍不僅已婚，而且連續生了三個女兒。重男輕女、一心要留下「根兒」的張海龍懷疑自己的老婆再也不能生兒子了，於是，他看中了女員工任紅莉，希望她能給自己帶來好運——

〔註 4〕關仁山：《根》，《北京文學》2011 年 11 期。

爲自己生一個兒子。任紅莉也是已婚女人，她對丈夫和自己生活的評價是：他「人老實、厚道，沒有宏偉的理想，性格發悶，不善表達。他目光迷茫，聽說落魄的人都是這樣目光。跟這種男人生活在一起，非常踏實。就算他知道自己女人有了外遇，他也不會用這種以牙還牙的方式。他非常愛我，我在他心中的地位，誰也無法動搖。我脾氣暴躁，他就磨出一副好耐性。爲了維持家庭的和諧，他在很多方面知道怎樣討好我，即便有不同意見，他也從來不跟我當面衝突。其實，他一點不窩囊，不自卑，嘴巴笨，心裏有數，甚至還極爲敏感。我不用操心家裏的瑣碎事。生活清貧、寒酸、忙亂，但也有別樣的清靜、單純。」但是任紅莉畢竟還是出軌了。任紅莉的出軌最根本的原因還是利益的問題，而不是做一個代孕母親。張海龍多次說服和誘惑後，任紅莉終於想通了：「換個角度看問題，一種更爲廣闊的眞實出現在我的視野。刹那間，我想通了，如今人活著，並不只有道德一個標準吧？並不是違背道德的人都是壞人。我心裏儲滿了世俗和輕狂。我和闔志的愛情變得那樣脆弱、輕薄。我們的生存面臨困境了，牟利是前提，人們現在無處不在地相互掠奪與賺錢。賺錢的方式，是否卑鄙可恥，這另當別論了。他沒有本事，我怎能袖手旁觀？從那一天開始，恐懼從我的心底消失了。這一時期，我特別討厭以任何道德尺度來衡量自己的思想和行爲。可是，有另外一種誘惑吸引著我。資本像個傳說，雖然隱約，卻風一樣無處不在。一種致命的、喪失理智的誘惑，突然向我襲來了。我似乎抓住了救命稻草，我要給張海龍生個孩子。」

任紅莉終於爲張海龍生了孩子。不明就裏的丈夫、婆婆的高興可想而知；張海龍的興奮可想而知。任紅莉也得到了她想得到的東西，似乎一切都圓滿。但是，面對兒子、丈夫、張海龍以及張海龍的老婆，難以理清的糾結和不安的內心，在驚恐、自責、幻想等各種心理因素的壓迫左右下，任紅莉終於不堪重負成了精神病人。關仁山的這篇小說要呈現的就是任紅莉怎樣從一個健康的人成爲一個精神病人的。蘇珊·桑塔格有一本重要的著作——《疾病的隱喻》，收錄了兩篇重要的論文：「作爲隱喻的疾病」及「艾滋病及其隱喻」。桑塔格在這部著作中反思批判了諸如結核病、艾滋病、癌症等疾病，如何在社會的演繹中一步步隱喻化的。這個隱喻化就是「僅僅是身體的一種病」如何轉換成了一種社會道德批判和政治壓迫的過程。桑塔格關注的並不是身體疾病本身，而是附著在疾病上的隱喻。所謂疾病的隱喻，就是疾病之外的具有某種象徵意義的社會壓力。疾病屬於生理，而隱喻歸屬於社會意義。在桑

塔格看來，疾病給人帶來生理、心理的痛苦之外，還有一種更爲可怕的痛苦，那就是關於疾病的意義的闡釋以及由此導致的對於疾病和死亡的態度。

任紅莉的疾病與桑塔格所說的隱喻構成了關係，或者說，任紅莉的疾病是違背社會道德的直接後果。值得注意的是，這個隱秘事件導致的病患並不是緣於社會政治和道德批判的壓力，而恰恰是來自任紅莉個人內心的壓力。在這個意義上說，任紅莉還是一個良心未泯、有恥辱心、負罪感的女人。任紅莉代人生子並非主動自願，作爲一個女人，她投身社會的那一刻，她的身體也同時被男性所關注，因此，從某種意義上說，對女性身體的爭奪是歷史發展的一部分。《根》中描述的故事雖然沒有公開爭奪女性的情節，但暗中的爭奪從一開始就上演並越演越烈。值得注意的是，男人與女人的故事歷來如此，受傷害的永遠是女人。但話又說回來，假如任紅莉對物質世界沒有超出個人能力的強烈欲望，假如這裡沒有交換關係，任紅莉會成爲一個精神病人嗎？關仁山在《根》中講述的故事對當下生活而言當然也是一個隱喻——欲望是當下生活的主角，欲望在推動著生活的發展，這個發展不計後果但沒有方向，因此，欲望如果沒有邊界的話就非常危險。任紅莉儘管在周醫生的治療下解除或緩解了病情，但我們也知道，這是一個樂觀或缺乏說服力的結尾——如果這些病人通過一場談話就可以如此輕易地解除病患的話，那麼，我們何妨也鋌而走險一次？如是看來，《根》結尾的處理確實簡單了些。從另一方面看，一直書寫鄉村中國的關仁山，能選擇這一題材，顯然也是對自己的挑戰。

但是，值得我們進一步深究的是，生活中存在的「一夜情」在文學究竟應該怎樣表達，或者說，這樣的生活現象爲文學提供了哪些「不可能」性。新世紀以來，關於「一夜情」的作品曾大行其道。比如《天亮以後說分手》的受歡迎程度在一個時期裏幾乎所向披靡，隨之而來的《長達半天的快樂》、《誰的荷爾蒙在飛》、《我把男人弄丟了》、《紫燈區》等也極度熱銷。這些作品從一個方面反映了年輕一代的價值觀以及時代的文化氛圍，同時也與市場需求不無關係。有人認爲《天不亮就分手》與《廊橋遺夢》是美國作家羅伯特·詹姆斯·沃勒的《廊橋遺夢》相類似，並斷言「肯定沒有人覺得它是一部庸俗低級的書」。〔註5〕這個判斷顯然是值得商榷的。《廊橋遺夢》作爲通俗的文學讀物，在美國也被稱爲「燒開水小說」。它的主要讀者是無所事事的家

〔註5〕見《新聞晚報》2003年11月23日。

庭中年婦女或家庭主婦，小說的整體構思都是爲了適應這個讀者群體設計。一個攝影藝術家與一個中年家庭主婦偶然邂逅並發生了幾天的情感。但這個家庭主婦弗郎西斯卡最後還是回到了家庭，藝術家金凱在一個大雨滂沱的夜晚遠走他鄉。這個再通俗不過的故事，一方面滿足了中年婦女婚外情的想像性體驗，一方面又維護了美國家庭的尊嚴。因此，它的好萊塢式的情節構成雖然說不上「庸俗低級」，但肯定與高雅文學無關。在這個意義上，當下中國都市文學中關於「一夜情」的書寫，甚至還沒有達到西方「騎士文學」的水準。更不要說後來的浪漫主義文學了。因此，問題不在於是否寫了「一夜情」，重要的是作家在這些表面生活背後還會爲我們提供什麼？當下都市文學在情感關係的書寫上，還多處在類似《根》這樣作品的水準，普遍存在的問題是還難以深入地表現這個時代情感關係攫取人心的東西。這一方面，應該說美國作家菲茨杰拉德的《了不起的蓋茨比》還是給了我們巨大的啓示。蓋茨比與黛茜的故事本來是個非常普通的愛情故事。但作家的深刻就在於，蓋茨比以爲靠金錢、地位或巨大的物質財富就可以重溫失去的舊夢，就可以重新得到曾經熱戀的姑娘。但是蓋茨比錯了，爲了追回黛茜他耗盡了自己的感情和一切，甚至葬送了自己的生命。他不僅錯誤地理解了黛茜這個女人，也錯誤地理解了他所處的社會。蓋茨比的悲劇就緣於他一直堅信自己編織的夢幻。但是，小說的動人之處就在於蓋茨比的痴情，就在於蓋茨比對愛情的心無旁騖。他幾乎動用了所有的手段試圖喚回黛西昔日的情感。他失敗了。但成功的文學人物幾乎都是失敗者，因爲他們不可能獲得俗世的成功。有趣的是，這部寫於 1925 年代的小說，特別酷似情感生活失序的當下中國。可惜的是，關於愛情、關於人的情感世界與物質世界的關係，我們除了寫下一堆艷俗無比的故事外，幾乎乏善可陳。對生活表層的「紀實性」表現，是當下城市文學難以走出的困境之一。應該說菲茨杰拉德創造性地繼承了浪漫主義的文學傳統，他的想像力與深刻性幾乎無以倫比。

因此，這個時候我們特別需要重溫西方 19 世紀浪漫主義文學。勃蘭兌斯在《十九世紀文學主流》中論述的「法國浪漫派」、「英國浪漫派」、「青年德意志」等涉及的作品，也許會爲我們城市文學創作提供新的想像空間或啓示。在這方面，一些書寫歷史的作品恰恰提供了值得注意的經驗。比如蔣韻的《行走的年代》〔註6〕，這是一篇受到普遍好評的小說。如何講述 80 年代的故事，

〔註 6〕 蔣韻：《行走的年代》，《小說界》2010 年 4 期。

如何通過小說表達我們對 80 年代的理解，就如同當年如何講述抗日、反右和文革的故事一樣。在 80 年代初期的中國文壇，「傷痕文學」既為主流意識形態所肯定，也在讀者那裏引起了巨大反響。但是，當一切塵埃落定之後，文學史家在比較中發現，真正的「傷痕文學」可能不是那些爆得大名聲名顯赫的作品，而恰恰是《晚霞消失的時候》、《公開的情書》、《波動》等小說。這些作品把文革對人心的傷害書寫得更深刻和複雜，而不是簡單的「政治正確」的控訴。也許正因為如此，這些作品才引起了激烈的爭論。近年來，對 80 年代的重新書寫正在學界和創作界展開。就我有限的閱讀而言，《行走的年代》是迄今為止在這一範圍內寫得最好的一部小說。它流淌的氣息、人物的面目、它的情感方式和行為方式、以及小說的整體氣象，將 80 年代的時代氛圍提煉和表達得爐火純青，那就是我們經歷和想像的青春時節：它單純而浪漫，決絕而感傷，一往無前頭破血流。讀這部小說的感受，就如同 1981 年讀《晚霞消失的時候》一樣讓我激動不已。大四學生陳香偶然邂逅詩人莽河，當年的文藝青年見到詩人的情形，是今天無論如何都難以想像的：那不止是高不可攀的膜拜和是發自內心的景仰，那個年代的可愛就在於那是可以義無返顧地以身相許。於是一切就這樣發生了。沒有人知道這是一個偽詩人偽莽河，他從此一去不復返。有了身孕的陳香只有獨自承擔後果；真正的莽河也行走在黃土高原上，他同樣邂逅了一個有藝術氣質的社會學研究生。這個被命名為葉柔的知識女性，像子君、像蕭紅、像陶嵐、像丁玲，亦真亦幻，她是五四以來中國知識女性理想化的集大成者。她是那樣地愛著莽河，卻死於意外的宮外孕大出血。兩個女性，不同的結局相同的命運，但那不是一場風花雪夜的事。因此，80 年代的浪漫在《行走的年代》中更具有女性氣質：它理想浪漫卻也不乏悲劇意味。當真正的莽河出現在陳香面前時，一切都真相大白。陳香堅持離婚南下，最後落腳在北方的一座小學。詩人莽河在新時代放棄詩歌走向商海，但他敢於承認自己從來就不是一個詩人，儘管他的詩情詩意並未徹底泯滅。他同樣是一個誠懇的人。

《行走的年代》的不同，就在於它寫出了那個時代的熱烈、悠長、高蹈和尊嚴，它與世俗世界沒有關係，它在天空與大地之間飛翔。詩歌、行走、友誼、愛情、生死、別離以及酒、徹夜長談等表意符號，構成了《行走的年代》浪漫主義獨特的氣質。但是，當浪漫遭遇現實，當理想降落到大地，留下的僅是青春過後的追憶。那代人的遺產和財富僅此而已。因此，這是一個

追憶、一種檢討，是一部「爲了忘卻的紀念」。那代人的青春時節就這樣如滿山杜鵑，在春風裏怒號並帶血綻放。不誇張地說，蔣韻寫出了我們內心流淌卻久未唱出的「青春之歌」。

如前所述，當下中國的城市文學如同正在進行的現代性方案一樣，它的不確定性是最重要的特徵。因此，在當下中國城市文學的寫作，也是一個「未竟的方案」。它向哪個方向發展或最終建構成何等身影，我們只能拭目以待。

2013 年 9 月 15 日於北京寓所

失去青春的中國文學
——當下中國文學狀況的一個方面

　　內容提要：青春形象是新文學誕生以來最重要的文學形象之一。青春形象塑造背後的訴求雖然並不相同，但沒有或缺乏青春形象的文學是不可想像的。當代中國在社會主義初始階段，試圖通過文學青春形象的塑造建構起社會主義的價值觀，那一時代的文學實現了這個期許。但作爲文學形象，對他們的爭論或存疑一直沒有終止；新時期文學的興起，也首先是青春形象突破冰河，爲這一時代的文學奠定了激越和理想的總體形象；90 年代以後，文學的青春形象逐漸模糊甚至退隱，與文化消費領域中狂歡的青春面貌形成鮮明比照。這是文學人口被分流的原因之一。因此，重建當下中國文學的青春形象，就成爲一個不容忽視的現實問題。文學要重新與青年建立起應有的關係，首先要塑造與這個時代青年生活有關的青春形象。而文學史爲我們提供的有效經驗，仍然沒有成爲過去。

　　中國新文學自誕生始，一直站立著一個「青春」的形象。這個「青春」是《新青年》、是「吶喊」和「徬徨」，是站在地球邊放號的「天狗」；是面目一新的「大春哥」、「二黑哥」、「當紅軍的哥哥」；是猶疑不決的蔣純祖；是「組織部新來的年輕人」、是梁生寶、蕭長春，是林道靜和歐陽海；是「回答」、「致橡樹」和「一代人」，是高加林、孫少平，是返城的「知青」平反的「右派」；是優雅的南珊、優越的李淮平；當然也是「你別無選擇」和「你不可改變我」的「頑主」。同時還有「一個人的戰爭」等等。90 年代以後，或者說自《一地

雞毛》的林震出現之後,當代文學的青春形象逐漸隱退以致面目模糊。青春文學的變異,是當下文學被關注程度不斷跌落的重要原因之一,也是當下文學逐漸喪失活力和生機的重要原因。那麼,青春形象對文學來說究竟意味這什麼,是什麼原因和力量改變了文學的青春,今天重建文學的青春形象有怎樣的意義?這是我們要討論的問題。

一、青春形象與價值觀

　　青春形象的塑造,不僅要創作出不同時代具有「共名」性的青春人物,同時,它也與不同時代的價值取向有密切關係。共和國文學的初始階段,由於文化實踐條件的變化,使跨入共和國門檻的作家一時還難以適應社會主義初期的文化實踐,他們的迷茫狀態還難以找到屬於自己的文學創作路向。因此,當蕭也牧、路翎、何其芳等,試圖用自己原有的情感方式書寫生活的時候,他們顯然並不理解那個時代究竟需要什麼樣的文學。他們或過於樂觀,或仍在情感範疇展開想像,或面對新的生活仍然猶豫不決。因此,他們慘遭批判的命運雖在意料之外卻在宿命之中;新中國成長的第一批作家,在 50 年代中期開始了自己的文學之旅,他們那時風華絕代涉世未深,以初生牛犢的姿態亮相的「青春寫作」,雖然有所顧忌但也初具風骨。這些作品,在思想內容上主要表現在兩個方面:一是對外部世界或社會生活作出反映的,可以稱作是「干預生活」的創作;一是走進人性深處,表達年輕人對愛情的理解,並以此維護個人情感和價值的,可以稱作是「愛情小說」。前者有劉賓雁的特寫《在橋梁工地上》、《本報內部消息》;王蒙的《組織部新來青年人》;耿龍祥的《明鏡臺》;李國文的《改選》;劉紹棠的《田野落霞》;耿簡的《爬在旗杆頂上的人》;荔青《馬端的墮落》;白危《被圍困的農莊主席》等,後者有宗璞的《紅豆》;鄧友梅的《在懸崖上》;陸文夫的《小巷深處》等。這些帶有鮮明青春氣息的寫作,不久就遭到了激烈的批評。他們被認為是「修正主義的思潮和創作傾向」,被質疑「干預生活」、「寫真實」的實質是什麼?〔註 1〕此後相當長的一段時間裏,「干預生活」和表現人性、人情、愛情的創作,因被視為「創作上的逆流」而成為禁區。

　　因此,社會主義初始階段的「青春形象」,並沒有在這樣的作品中獲得確

〔註 1〕 李希凡:《所謂「干預生活」、「寫真實」的實質是什麼?》,載《人民文學》
　　　　 1957 年 11 期。

立。其原因就在於，這些作品塑造的青春形象，與社會主義尋找和建構的價值觀存在巨大差異。事實上，塑造什麼樣的文學人物和青春形象，從早期共產黨人到共和國執政者，一直注意從外部尋找資源。而蘇聯作爲社會主義的成功範本，也首先創造了具有社會主義典範意義的文學和理論，在文藝創作和理論上向蘇聯學習，就是一種合乎邏輯的選擇。據《中國新文學大系史料索引》和《翻譯總目》記載，「五四」後的八年間，187 部單行本的翻譯作品中，俄國就有 65 部。《新青年》、《晨報》譯介的各國小說中俄國小說的數量均占第一位。在中國的讀者中，普希金的《驛站長》、萊蒙托夫的《當代英雄》、果戈理的《欽差大臣》、屠格涅夫《父與子》、《獵人筆記》、契柯夫《櫻桃園》、奧斯特洛夫斯基的《大雷雨》、列夫‧托爾斯泰的《復活》、《安娜‧卡列尼娜》、高爾基的《母親》、法捷耶夫的《毀滅》、奧斯特洛夫斯基的《鋼鐵是怎樣煉成的》等作品，幾乎被長久地閱讀著。建國後，對蘇聯文學、特別是蘇聯作家創作的青春形象的介紹，更顯示出了空前的熱情。短短幾年的時間，《青年近衛軍》、《眞正的人》、《早年的歡樂》、《水泥》、《不平凡的夏天》等，先後譯介並迅速被我國讀者所熟悉，它們被關注和熟知的程度，幾乎超過了任何一部當代中國文學作品。高爾基、法捷耶夫、費定、奧斯特洛夫斯基成了最有影響的文化英雄，保爾‧柯察金、丹娘、馬特洛索夫、奧列格成了青年無可爭議的楷模和典範。

這些青春形象雖然在意識形態的意義上滿足了我們建構社會主義價值觀的需要，並在文學上給我們以示範意義。但是，那畢竟還不是中國的「青春形象」。因此，在一個時期裏，我們陷入了一個巨大的矛盾、焦慮和悖論之中。1953 年 9 月 24 日在中國文學藝術工作者第二次代表大會上，周揚的報告肯定了四年來文藝工作「不容忽視和抹煞的」有益「貢獻」之後，也對存在的問題作了如下概括：「許多作品都還不免於概念化、公式化的缺陷，這就表現了我們文學藝術中現實主義薄弱的方面。主觀主義的創作方法是嚴重存在的。有些作家在進行創作時，不從生活出發，而從概念出發，這些概念大多只是書面的政策、指示和決定中得來的，並沒有通過作家個人對群眾生活的親自體驗、觀察和研究，從而得到深刻的感受，變成作家的眞正的靈感源泉和創作基礎。這些作家不是嚴格地按照生活本身的發展規律，而是主觀地按照預先設定的公式來描寫生活。」〔註2〕同年，馮雪峰在《關於創作和批評》的長

────────────────

〔註2〕1953 年 9 月 24 日在中國文學藝術工作者第二次代表大會上，周揚的報告肯定

文中也批評了公式化和概念化的問題，他甚至點名批評了劉白羽編劇的電影《人民戰士》。認為這部作品不能感動觀眾，是「因為作品根基不是放在現實的真實的鬥爭基礎上，而是放在作者觀念上的鬥爭的基礎上的緣故」，這些看法，是當時文藝界領導人關於「文學性」焦慮的明確表達；〔註3〕另一方面，關於如何塑造社會主義新人，同樣是這些領導者的焦慮的一部分。在同一個報告裏，周揚提出：「當前文藝創作的最重要的、最中心的任務：表現新的人物和新的思想」；馮雪峰也在《英雄和群眾》一文中說：「創造正面的、新人物的藝術形象，現在已經成為一個非常迫切的要求，十分尖銳地提在我們面前」。〔註4〕這時我們就會明白，為什麼當《創業史》、《青春之歌》、《歐陽海之歌》等作品出現後，獲得了那麼高的贊許和評論。其中最重要的原因，就是在這些青春形象身上，建構了社會主義初始階段的價值觀和嶄新的文化空間。

我們知道，《創業史》受到肯定和好評最重要的原因，就是塑造了梁生寶這個嶄新的中國青年農民形象。這個「嶄新」的形象，既不同於魯迅、茅盾等筆下的麻木、愚昧、貧困、愁苦的舊農民形象，也不同於趙樹理筆下的小二黑、小芹、李有才等民間新人。梁生寶是一個天然的中國農村「新人」，他對新中國、新社會、新制度的認同幾乎是與生俱來的。在塑造梁生寶這一形象時，柳青幾乎調動了一切藝術手段來展示這個新人的品質、才能和魅力。作家為他設定了重重困難：他要度過春荒、要準備種子肥料、要提高種植技術、要教育基本群眾、要同自發勢力歪風鬥爭、要團結中農、要規勸沒有覺悟的繼父……，但一切都難不倒梁生寶。他通過高產稻種增產豐收，無言地證實了集體生產的優越性，證實了走社會主義道路的優越性。梁生寶不是集合了傳統中國農民的性格特徵，他不是那種盲目、蠻幹、仇恨又無所作為一籌莫展的農民英雄。他是一個健康、明朗、朝氣勃勃、成竹在胸、年輕成熟的嶄新農民。在解決一個個矛盾的過程中，《創業史》完成了對中國新型農民

了四年來文藝工作「不容忽視和抹煞的」有益「貢獻」之後，也對存在的問題作了上述概括。見《周揚文集》第二卷，人民文學出版社，1985年，第241～242頁。

〔註3〕 馮雪峰：《關於創作和批評》，見《馮雪峰文集》（下），人民文學出版社，1981年，第40頁、37頁。

〔註4〕 馮雪峰：《群眾和英雄》，見《馮雪峰文集》（下），人民文學出版社，1981年，第68頁。

的想像性建構和本質化書寫。因此,當時的評論稱讚說:「在梁生寶的身上,我們可以看到:一種嶄新的性格,一種完全是建立在新的社會制度和生活土壤上面的共產主義性格正在生長和發展。」梁生寶這個形象,「應當看作是十年來我們文學創作在正面人物塑造方面的重要收穫。」〔註5〕但這一評價似乎還顯得表面一點。倒是姚文元的評論顯示出了某種時代的「高度」:梁生寶「從進入青年時代起,就生活在無產階級掌權的光明的新社會裏,他用不著一個尋找黨的領導的過程,他用不著再經歷長期的從自發鬥爭到自覺鬥爭的摸索過程,而是一開始就在黨的領導下參加了轟轟烈烈的土地改革運動,接著就是以百折不撓的毅力,領導下堡鄉的農民為實現農業合作化而進行了堅決的鬥爭。老成持重的青年人梁生寶的性格中,繼承著老一輩農民勤勞、堅韌的品格,也繼承著新民主主義革命時期『穿上軍衣的莊稼人』的武裝革命的鬥爭精神,我們從這些方面不難找到他同朱老忠精神上的聯繫。但突出地吸引廣大讀者的,是梁生寶身上發出的嶄新的社會主義思想的光輝,是他身上具有的作為社會主義革命事業帶頭人的無產階級的政治覺悟。」〔註6〕姚文元是「從文學作品中的人物看中國農民的歷史道路的」,在他看來,中國現代文學作品中的農民人物譜系,只有到了梁生寶這裡,才真正完成了中國農民革命從自發到自覺的過程。當然,年輕的梁生寶顯然示喻了社會主義中國無限廣闊的錦繡前程。這是梁生寶得到肯定的價值原因。

但是,沒有人想到,從梁生寶、蕭長春、高大泉等示喻的這條道路上,中國共產黨和廣大中國農民並沒有找到他們希望找到的東西。1979 年,當周克芹的《許茂和他的女兒們》的出版,我們發現,許茂和他的女兒們的目光、神態以及體像等,與阿 Q、華老拴、祥林嫂、老通寶等並沒有區別。半個多世紀以來,真正的革命並沒有在中國廣大農民身上發生。社會歷史發展的現狀,使梁生寶、蕭長春、高大泉等青春人物的塑造難以為繼,他們徹底失去了存在的現實依據。

另一方面,我們發現在社會主義初始階段文學作品中成功的青年人物,在文學上大都不是那麼成功的青春形象。這一點是否具有普遍性我們還難以斷定,但可以肯定的是,梁生寶、蕭長春、林道靜等青春形象,從誕生之日起,

---

〔註 5〕 馮牧:《初讀〈創業史〉》,《文藝報》1960 年 1 期。
〔註 6〕 姚文元:《從阿 Q 到梁生寶——從文學作品中的人物看中國農民的歷史道路》,《上海文學》1961 年期。

對其文學性的質疑和批評就沒有終止過。不同的看法是，梁三老漢這個形象比梁生寶更有血肉、更生動和成功。1960 年 12 月，邵荃麟在《文藝報》的一次會議上說：「《創業史》中梁三老漢比梁生寶寫得好，概括了中國幾千年來個體農民的精神負擔。但很少人去分析梁三老漢這個人物，因此，對這部作品分析不夠深。僅僅用兩條路線鬥爭和新人物來分析描寫農村的作品（如《創業史》、李準的小說）是不夠的。」〔註 7〕在大連農村題材短篇小說創作座談會上，他又說：「我覺得梁生寶不是最成功的，作為典型人物，在很多作品中都可以找到。梁三老漢是不是典型人物呢？我看是很高的典型人物。」〔註 8〕邵荃麟的觀點不止是對一個具體人物和一部小說的評價，事實上他對流行的文學觀念和批評標準產生了疑慮。

這些材料尚未公開之前，嚴家炎對《創業史》作了系統的分析和評價，他連續發表了四篇文章，對作品的主要成就提出了不同看法。在他看來，《創業史》的成就主要是塑造了梁三老漢這個人物，這一觀點與邵荃麟不謀而合。他在《關於梁生寶形象》一文中明確指出：《創業史》中最有價值的人物形象是梁三老漢而不是梁生寶，「梁三老漢雖然不屬於正面英雄形象之列，但卻有巨大的社會意義和特有的藝術價值。」他是『全書中一個最有深度的、概括了相當深廣的社會歷史內容的人物。』他同時認為：「藝術典型之所以為典型不僅在於深廣的社會內容，同時在於豐富的性格特徵，在於宏深的思想意義和豐滿的藝術形象的統一，否則它就無法根本區別概念化的人物。」〔註 9〕在這樣的表述中，嚴家炎實際上已經隱約委婉地對梁生寶的形象提出某種質疑甚至批評。

楊沫《青春之歌》的出版，在那個年代應該是一個奇跡。知識分子在那個時代的身份是不明的，而工農兵作為文學表達的主體，其內在結構也隱含了對知識分子的排斥或拒絕。因此，林道靜這個形象雖然有意見不同的爭論，但仍是幾代青年無比熱愛的文學偶像，特別是改編成電影之後。對小說正面評價的主要理由，說它是知識分子思想改造、走向革命的成功範本。當然，《青春之歌》的出版時間與同是表現知識分子命運的《財主的兒女們》相比，晚了十年，這十年於中國知識分子說來是至關重要的，他們經歷過的一切足以從根本上改變他們的心態和精神面貌。在路翎的時代，他還幻想以自己的真

〔註 7〕 《關於「寫中間人物」的材料》，《文藝報》1964 年 8、9 期合刊。
〔註 8〕 《關於「寫中間人物」的材料》，《文藝報》1964 年 8、9 期合刊。
〔註 9〕 嚴家炎：《關於梁生寶形象》，《文學評論》1963 年 3 期。

誠寫出知識分子追尋革命，同時又必須進行自我搏鬥的矛盾和痛苦，還幻想以自己的眞誠捍衛藝術的眞實性原則，捍衛自己理解的現實主義精神，內心還蕩漾著不能換取的衝動。到楊沫的時代，這種衝動早已被視爲異端多次被批判過。公允地說，楊沫內心的衝動也許比路翎還要激烈。不同的是，楊沫走出了路翎的困惑，她不再有內心矛盾衝突的苦痛，她已放棄了「小資產階級知識分子」由高級文化培育出的猶疑、多慮、患得患失以及敏感纖細等情感特徵，她內心激蕩的是經過改造和過濾之後的對更崇高、更神聖、更純潔的嚮往和追求。《青春之歌》正是知識分子完成了自己思想改造後，對其思想改造必由之路的確認並通過個人的心路歷程得到確證的一個文學文本。

與蔣純祖不同的是林道靜在成長過程中的情感和角色。前者始終沒有放棄個人主義的立場，作爲一個進步青年他同時也始終擁有個人的精神空間，對革命他熱情嚮往，但又不能克服甚至不能掩飾與「革命者」在思想情感上無法相通的固執。因此他始終是革命的一個邊緣人，他沒有改變他作爲「財主的兒女」出身的小資產階級知識分子的「主觀主義」和「個人主義」，他也因此沒有進入革命的中心，他目送著革命隊伍漸漸遠去，自己仍掙扎於靈魂的痛苦深淵直至死亡。林道靜不是這樣，在她的成長道路上，她沒有猶疑、徘徊，沒有痛苦和矛盾，她的道路上鋪滿了不斷來臨的、可以預知的欣喜，每一次的欣喜都預示著精神解放的臨近。不同的是，作家有意不斷地暴露了這位小資產階級知識女性的弱點，而這正是她之所以需要不斷改造的依據，她的心理對這一幫助、導引完全沒有疑慮或排斥、反感，恰恰相反，林道靜與這些內心崇拜並渴望的人物總是不期而遇，並從他們那裏不斷地獲取思想情感轉變的資源與動力。這一情境自然預示並規定了林道靜的角色歸屬，她最後成爲共產黨員，並因這一「命名」而完成了思想改造的過程，被塑成爲凱旋式的英雄。後來，學者戴錦華認爲，《青春之歌》之所以受到舉薦，是因爲它是「一種特殊的讀本：一部知識分子的思想改造手冊」〔註10〕因此，青年形象的塑造，在那個時代一直與價值觀的建構密切相關。

二、從「失敗的青春」到沉默的青春

歷史進入 1978 年之後，是青春的星星之火點燃了新時期文學的燎原之

〔註10〕 戴錦華：《〈青春之歌〉歷史領域中的重讀》，《再解讀》，牛津大學出版社，1994，
　　　　第 148 頁。

勢。但是，這簇青春之火不是郭小川的《閃耀吧，青春的火光》,《向困難進軍》;不是賀敬之的《西去列車的窗口》、《雷鋒之歌》等青春頌歌。而是盧新華的《傷痕》、北島的《回答》、靳凡的《公開的情書》、趙振開的《波動》、禮平的《晚霞消失的時候》等充滿懷疑精神的青春文學。這種懷疑精神不是青年作家無病呻吟的空穴來風，而是經歷過文革之後一代人發自內心的切膚之痛。這個新生的文學是批判的文學，也是站立著青春形象的文學。從某種意義上也可以說，80 年代的文學，是一個青春帝國的文學：傷痕文學潮流過後，高加林、白音寶力格、孫少平以及知青形象、右派形象、現代派文學中的反抗者、叛逆者形象等，一起構成了 80 年代文學綿延不絕的青春形象序列。這些青春形象同那個時代的港臺音樂、校園歌曲以及崔健的搖滾、第五代導演的電影等，共同構建了 80 年代激越的文化氛圍和撲面而來的、充滿激情的青春氣息。任何一個時代的文化心理、氛圍和具有領導意義的潮流，都是由青年擔當的。因此，沒有青春文化和沒有青春形象的文學，對任何時代都是不能想像的。

值得注意的是，與社會主義初期青春形象建構價值觀的訴求完全不同的是，80 年代建構的青春文學形象，幾乎沒有「成功者」或「凱旋者」。這以狀況不僅符合生活邏輯，而且更符合文學邏輯。青春就是成長，就是自以爲是，就是以理想的方式看待世界，就是激情、熱情大於理性，作爲文學人物的他們是精神的孤兒，他們猶疑徘徊徬徨迷茫。另一方面，當文學以典型或個性化處理青春形象的時候，青春的個性特徵不僅得以表達，重要的是作家要用誇張的方式進一步凸顯他的人物特徵。如果是這樣的話，青春形象從一開始就與世俗世界構成了緊張關係，抑或說，青春人物的誕生，就是爲挑戰世俗世界而來的。這一點也文學的歷史所證實。比如德國的「煩惱者」維特、法國的「局外人」阿爾道夫、默爾索、「世紀兒」沃達夫、英國的「漂泊者」哈洛爾德、「孤傲的反叛者」康拉德、曼弗雷德、俄國的「當代英雄」畢巧林、「床上的廢物」奧勃洛摩夫、日本的「逃遁者」內海文三、中國現代的「零餘者」、美國的「遁世少年」霍爾頓及其他「落難英雄」等，用世俗尺度考量這些人物，他們都與成功無關。但他們卻是成功的文學人物。但是，值得我們注意的是，80 年代過去之後，中國文學的青春形象，從超拔飛躍、激情四射突然落寂了。沉默的青春使當下文學失去了生機和生氣。一些重要的青年作家和值得注意的作品，以另一種面貌出現在我們面前：這就是放棄價值和

感情的虛無主義的流行和被反覆書寫。

吳玄的作品並不多，至今也只有十幾個中篇和一部長篇。因此他不是一個風情萬種與時俱進的作家，而是一個厭倦言辭熱愛修辭的作家。今天對這樣一個作家來說不是一個恰逢其時的時代。但吳玄還是寫出長篇小說《陌生人》。關於《陌生人》先得從中篇小說《同居》說起，這部中篇小說對吳玄來說重要無比，他開始眞正地找到了「無聊時代」的感覺，何開來由此誕生。何開來這種人物我們也許並不陌生，他就是這個時代的「多餘人」或「零餘者」。當中國的「現代派」文學潮流過去之後，「多餘人」的形象也沒了蹤影。爲什麼在這個時候吳玄逆潮流而動，寫出了何開來？吳玄對何開來的家族譜系非常熟悉，塑造何開來是一個知難而上正面強攻的寫作。他一直是有自己獨立的看法的，他說：「我寫的這個陌生人——何開來，可能很容易讓人想起俄國的多餘人和加繆的局外人。是的，是有點像，但陌生人並不就是多餘人，也不是局外人。多餘人是 19 世紀批判現實主義的產物，是社會人物，多餘人面對的是社會，他們和社會是一種對峙的關係，多餘人是有理想的，內心是憤怒的；局外人是 20 世紀存在主義的人物，是哲學人物，局外人面對的是世界，而世界是荒謬的，局外人是絕望的，內心是冷漠的；陌生人，也是冷漠絕望的，開始可能是多餘人，然後是局外人，這個社會確實是不能容忍的，這個世界確實是荒謬的，不過，如果僅僅到此爲止，還不算是陌生人，陌生人是對自我感到陌生的那種人。」「對陌生人來說，荒謬的不僅是世界，還有自我，甚至自我比這個世界更荒謬。」〔註 11〕何開來和我們見到的其他文學人物都不同，這個時代幾乎所有的人物對生活充滿了盎然興趣，對滾滾紅塵心想往之義無反顧。無邊的欲望是他們面對生活最大的原動力。但何開來對所有的事情都沒有興趣，生活彷彿與他無關，他不是生活的參與者，甚至連旁觀者都不是。

因此，《同居》裏的何開來既不是早期現代派文學裏的「憤青」，也不是網絡文化中欲望無邊的男主角。這個令人異想天開的小說裏，進進出出的卻是一個無可無不可、周身彌漫的是沒有形狀的何開來。「同居」首先面對的就是性的問題，這是一個讓人緊張、不安也躁動的事物。但在何開來那裏，一切都平靜如水處亂不驚。何開來並不是專事獵艷的情場老手，重要的是他對性的一種態度；當一個正常的男性對性事都失去興趣之後，他還會對什麼感

〔註11〕吳玄：《陌生人》自序，重慶出版社 2008 年 10 月版。

興趣呢？於是，他不再堅持任何個人意志或意見，柳岸說要他房間鋪地毯，他就去買地毯，柳岸說他請吃飯需要理由，他說那就你請。但他不能忍受的是虛偽或虛榮，因此，他寧願去找一個眞實的小姐也不願意找一個冒牌的「研究生」。如果是這樣，作爲「陌生人」的何開來的原則是不能換取的，這就是何開來的內部生活。

長篇小說《陌生人》可以看做是《同居》的續篇，主人公都是何開來，也可以看做是吳玄個人的精神自傳，作爲作家的吳玄有表達心理經驗的特權。《陌生人》是何開來對信仰、意義、價值等「祛魅」之後的空中漂浮物，他不是入世而不得的落拓，不是因功名利祿失意的委頓，他是一個主動推卸任何社會角色的精神浪人。一個人連自我都陌生化了，還能夠同什麼建立起聯繫呢。社會價值觀念是一個教化過程，也是一種認同關係，只有進入到這個文化同一性中，認同社會的意識形態，人才可以進入社會，才能夠獲得進入社會的「通行證」。何開來放棄了這個「通行證」，首先是他不能認同流行的價值觀念。因此在我看來，這是一部更具有「新精神貴族」式的小說。吳玄是將一種對生活、對世界的感受和玄思幻化成了小說，是用小說的方式在回答一個哲學問題，一個關於存在的問題，它是一個語言建構的烏托邦，一朵匿名開放在時代精神世界的「惡之花」。在這一點上，吳玄以「片面的深刻」洞穿了這個時代生活的本質。有思考能力的人，都不會懷疑自己與何開來精神狀態的相似性，那裏的生活圖像我們不僅熟悉而且多有親歷。因此，何開來表現出的是一個時代的精神病症。如果從審美的意義上打量《陌生人》，它猶如風中殘荷，帶給我們的是頹唐之美，是「今宵酒醒何處，楊柳岸，曉風殘月」的蒼茫、無奈和悵然的無盡詩意。

李師江最初引人注意的小說是《比愛情更假》和《愛你就是害你》。讀這些作品的直覺告訴我們，李師江是這個時代的文學奇才。他的小說和我們曾經習慣了的閱讀經驗相去甚遠。這兩部長篇小說，就其題材和敘述方法上有某些相似性，但這些作品都是非常好看的小說，他的題材幾乎都與當下特別是他那代人獨特的生活方式和處境相關，與他觀察世界的方式和話語方式相關，在社會與學院的交結地帶。過去被認爲最純粹的群體所隱含的或與生俱來的問題，被他無情地撕破。知識分子群體，無論是青年還是老年，他們中某些人的瑣屑、無聊、空洞和脆弱，都被他暴露的體無完膚。他的殘忍正是來自於他對這個群體切身的認識和感知。在只有兩個人存在的時候，生活尚

未展示在公共領域的時候，人沒有遮掩和表演意識的時候，本來的面目才有可能被認識。李師江處理的生活場景，有大量的兩個人私密交往，這時，他就為自己創造了充分的剝離人性虛假外衣的可能和機會。在他的作品中我們不僅看到了不曾被揭示的靈魂世界，而且看到了更年輕一代自由、鬆弛和處亂不驚的處世態度。因此在今日複雜多變的生活中，他們才是遊刃有餘的生活的主人和青春的表達者和解釋者。

李師江的長篇小說《逍遙遊》〔註12〕，延續了他一貫的語言風格：行雲流水旁若無人，出人意料又在情理之中，幽默智慧又奔湧無礙。它不是「苦情小說」，但表面的「逍遙」卻隱含了人生深刻的悲涼，它不是「流浪漢小說」，但不確定的人生卻又呈現出了真正的精神流浪。在漂泊和居無定所的背後，言說的恰恰是一種沒有歸屬感的無辜與無助。這種評價雖然也可以成立，但好像過於「西方」。如果我們從另一個角度闡釋這部小說的話，我認為這是一部當代的「文人小說」。「文人」是一個本土的說法，它既不是古代「為萬事開太平」的官僚階層，也不是「以天下為己任」的現代知識分子，他們不名道救世，不啟蒙救亡。他們只是社會中的一個邊緣群體，既生活於黎民百姓之中，又有自己的趣味和交往群體。他們落拓但不卑微，我行我素但有氣節，明清之際的文人群體是最具代表性的。《逍遙遊》中的李師江、吳茂盛等就有「文人氣」。他們有各種讓人不能接受的習氣和生活習慣，無組織無紀律，言而無信不拘小節。但他們又都多情重義、熱愛生活和女人。他們沒有穩定的生活，似乎也不渴望更不羨慕「成功人士」。他們更像是生活的旁觀者，一切都可遇不可求，雖然漂泊動蕩為生存掙扎，但也隨遇而安得過且過。他們經常上當受騙但決不悲天憫人自艾自憐。生活彷彿就在他們放肆的話語中成為過去。李師江、吳茂盛們沒有宏大抱負，大處不談國家社稷小處不談愛情。這些事情在他們看來既奢侈又矯情。因此李師江筆下的人物都很放達，很有些胸懷。這就是小說的「文人」的氣質，評論李師江小說的文字，都注意到了他很「現代」的一面，這是對的，但他對傳統文化的接續和繼承似乎還沒有被注意。在李師江這裡，小說又重新回到了「小說」，現代小說建立的「大敘事」的傳統被他重新糾正，個人生活、私密生活和文人趣味等，被他重新鑲嵌於小說之中。作為作家的李師江似乎也不關心小說的西化或本土化的問題，但當他信筆由韁揮灑自如的時候，他確實獲得了一種自由的快感。於是，

〔註12〕李師江：《逍遙遊》，遠方出版社 2005 年版。

他的小說是現代：因爲那裏的一切都與現代生活和精神處境相關。他的小說也是傳統的：因爲那裏流淌著一種中國式的文人氣息。

　　青年女作家娜彧的成名作應該是《薄如蟬翼》〔註13〕。這應該是一部展示當代青年虛無主義的小說範本：作家「我」、涼子、葉理、鄭列、鍾書鵬等人物，無論是閒得無所事事還是忙得焦頭爛額，都心裏空空沒有著落。男女性事是他們之間的主要關係，「我」的前男友是涼子現任男友，我的現任男友又和他朋友的女友上床。這些人處理的主要事務就是床上的事務。主要人物涼子應該是 80 年代先鋒小說式的人物，她的基本存在狀態似乎只在講述與身體有關的故事，「做愛」是她毫不避諱掛在嘴上的詞，她不止是話語實踐，而是切實的身體實踐。她最後還是死於做愛之後，理由是「做完了以後發現更沒意思」。涼子的這一結論令人震驚無比。我們知道，現代主義文學敘事一直與身體有密切關係，吸毒、性交、群交、濫交曾是現代主義文學和行爲藝術的拿手好戲。即便在 80 年代的中國，《綠化樹》、《荒山之戀》、《錦繡谷之戀》一直到 90 年代的《廢都》、《白鹿原》等，也一直視身體解放爲「現代」或「先鋒」，或是精神世界淪陷之後自我確認的方式。「女性主義文學」在這方面更不甘示弱，其大膽和張揚有過之無不及。當這一切都成爲過去之後，由涼子宣布其實「更沒意思」，確實意味深長。虛無主義至此可以說達到了登峰造極。當然，這一現象早已構成症候。虛無主義的再度流行，是這個時代精神危機的重要表徵。《漸行漸遠》應該是《薄如蟬翼》的續篇。小說從涼子之死寫起，然後迅速改變了方向：「我」的男友葉理與涼子很早就在日本交往了，而且竟然有十二年之久。十二年裏，兩人的故事不能說不感人，其間發乎情止乎禮的克制和友愛，已幾近十九世紀的浪漫小說。但是，從小說開頭涼子的「殉什麼也不能殉情啊」的宣言，到最後「我」夢醒之後「的確什麼都沒有」的確證，我們發現，小說還是在虛無主義的世界展開並結束的。值得注意的是，在《漸行漸遠》中，娜彧爲人物提供了虛無主義世界觀形成的土壤──一個在異國他鄉謀生存的女孩，經歷的生存境況大體可以想像。有這樣刻骨銘心經歷的女孩，還會有別的價值選擇嗎？即便男人葉理，他所面對的現實生活是：「我去的時候那叫個前程似錦啊，飛機飛到了天上，感覺自己多麼偉大，未來多麼美好。用你的話說，那叫理想對吧？可是只過了半年，我他媽的想到理想之類的詞就覺得自己幼稚，我完全淪落到了以打工掙錢爲目的的境

〔註13〕娜彧：《薄如蟬翼》，載《十月》2010 年 2 期。

地。我開始後悔,我的父母一生的積蓄我憑什麼毫不猶豫地就交到了我完全
不認識的人手裏?我爲什麼要把錢交給他們還要受他們的氣?很長的一段時
間裏,我感覺自己像一個大傻逼,被人欺騙既不敢聲張又不甘心的大傻逼。
你在日本看到新聞裏那些殺人的、騙錢的中國留學生,可惡吧?不,一點也
不可惡,他們跟我一樣準是後悔了,但是他們比我有血氣,他們不想讓人白
白地欺侮,他們要拿回自己應得的。誰過得好好的想著去殺人騙錢?」〔註14〕
因此,娜彧小說的虛無主義是有內在邏輯和現實依據的。

　　這些青年作家書寫的幾乎是同一個主題,就是這個時代青年對生活認知
的無聊、無意義甚至絕望感。作家東西說:「我們不屑於抒情,抒情沒了。我
們不屑於寫感動,感動沒了。我們認爲故事不夠現代或後現代,故事沒了。
我們故意粗鄙,不屑於思想,思想沒了。於是,文學只剩一堆字,歌曲只剩
一堆怪聲音。」〔註15〕這個說法我們不見得全部接受,但它確實從一個方面
表達了這代青年作家對生活的認知和心理狀態。因此,上述作品也塑造了大
體相同的「共名」人物,即這個時代的——「多餘人」的形象。應該說,這
作品和人物是當下文學中最有深度的青春形象之一。但是,由於嚴肅文學的
日益小眾化,以及與狂歡的各種青春娛樂節目訴求的背道而馳,它們難以被
更多的青年讀者接受。更多的青年在踐行著作品人物的生存狀態,而書寫他
們的作家作品卻無人問津。這就是我們這個時代的文學生活。

三、重建中國文學的青春形象

　　不可否認,今天在青年中流行的價值觀發生了巨大變化。不然我們就不
能解釋爲什麼那些消費性的文化產品受到如此熱情的歡迎和追捧。由此我們
想到,是什麼力量支配了今天的青春文化生產,今天的青春文化的讀者和觀
眾發生了哪些變化。各種現象表明,支配今天青春形象生產的最大的隱形之
手是金融資本。當文化作爲一種「產業」被開發以後,文化也同時成爲攫取
剩餘價值的資源。既然是一種產業,就要遵循商品生產和消費規律。這樣,
文化產業一開始就不是以文藝或文學生產規律來要求行業的。在今天,包括
文化產業在內的商品生產,出新獵奇吸引眼球是第一要義。「注意力經濟」已
經廣爲人知深入人心。要達到這樣的效果,文化產業要生產什麼樣的文化產

〔註14〕娜彧:《漸行漸遠》,載《作品》2011 年 6 期。
〔註15〕東西在 2013 年 10 月 9 日微博發表的言論。

品就不難理解了。比如，2011 年，EL 詹姆斯的《五十度灰》出版以來，在西方出版市場炒得沸沸揚揚，出版 10 個月後，一舉衝上紐約時報暢銷小說榜，上榜第一周即占據榜首。紙質書和電子書的銷量居高不下，英美主流媒體包括網絡爭相報導，對其議論的熱情至今仍經久不衰興致盎然。它被稱為是一部「繼《達芬奇密碼》後，蘭登書屋再次創造的圖書銷售神話」的小說，是「21 世紀的口耳相傳」取得巨大成功的小說，並且在英國國家圖書獎評選中獲得了「年度圖書」大獎等等。那麼，《五十度灰》究竟是一本什麼樣的小說，是什麼原因使這部小說如此吸引讀者的眼球並獲得巨大的市場效益？

從小說的角度看，《五十度灰》本是一部並無驚人之舉相貌平平的通俗小說：21 歲的文學女青年安娜斯塔西婭‧斯迪爾臨近畢業的同時也面臨就業危機。此時，她受病休室友凱瑟琳之託，代表校報去採訪格雷集團首席執行官克里斯蒂安‧格雷。在宏偉壯麗的格雷集團大廈內，初出茅廬的斯迪爾謹小慎微，她發現她的採訪對象是一個典型的「高富帥」，令她大感意外的是自己的一見鍾情。她試圖忘掉他，回到勤工儉學的郊區五金店上班，沒想到的是在這裡與格雷邂逅重逢。光鮮照人的億萬富翁親臨這個名不見經傳的五金店，親自購買華盛頓州難尋的稀有商品：繩子和膠帶。於是兩人迅速陷入情網。小說如果沿著這條線索展開，最多也就是一個耳熟能詳的浪漫愛情故事。但是，走近格雷的斯迪爾發現，格雷不僅是一個腰纏萬貫的企業帝國的王者，而且還是一個會品酒、會彈鋼琴，有教養的優雅男士。而斯迪爾的美貌也讓格雷一見傾心欲罷不能。但是，格雷很快就向斯迪爾展示了他另一面的與眾不同：格雷有一間精心設計的「密室」，這間密室成為兩人性愛活動的主要場所。於是，SM、性奴、虐待與被虐待等情節成為小說集中講述的內容並且不厭其煩。值得注意的是，在格雷的調動下，斯迪爾從不適、恐懼逐漸到接受甚至渴望。她在與格雷不正常的接觸中也發現了另一個自己，抑或說是格雷塑造了另一個斯迪爾。說最後一定是一個感傷的結局，這不僅因為《五十度灰》沿用了浪漫主義感傷小說的基本元素，重要的是，那與人性相悖的性行為一開始就預示了危機的存在。這一點與中國古代白話小說的始亂終棄模式並不相同。是斯迪爾主動離開了格雷，不是格雷拋棄了斯迪爾。斯迪爾在格雷的誘導下對性虐雖然也產生了興趣甚至期待，但是斯迪爾的承受力終還是有限的——當格雷對其訴諸暴力之後，斯迪爾再也不能忍受，她主動提出了分手。因為格雷給她的皮帶撕咬肉體之痛，「與這場蹂躪相比根本不在話下」。

　　本書的作者介紹中說，EL 詹姆斯「從小就夢想能創作出人人都愛看的小說」。由於要照顧家人和自己的事業，這一夢想只能束之高閣。直到四十五歲方鼓起勇氣動筆寫了自己第一部小說《五十度灰》，並隨後出版了《五十度黑》和《五十度飛》。這裡的關鍵是 EL 詹姆斯所理解的「人人都愛看的小說」是什麼樣的小說。應該說《五十度灰》從一方面揭示了人性的多面性和複雜性，格雷表面上與常人沒有區別，他年輕富有帥氣，博得女孩子好感甚至青睞都在情理之中。但是，這一外表掩蓋下的性趣味卻是常人無論如何難以理解的。但是，恰恰是沒有任何性經驗的天真的女大學生斯迪爾遇到了他，關鍵是斯迪爾不僅接受了格雷的趣味而且越陷越深不能自拔，她獲得的快感也被表述得一覽無餘。因此，如果「常人」是被社會觀念塑造出來的話，那麼，「趣味」顯然也是被誘導或塑造出來。在這個意義上可以說，小說對人的不確定性和多種可能性的揭示或表達，並非是空穴來風。但是，小說的本意顯然不在這裡。

　　小說全篇毫無遮掩的情色場面和描寫，既是小說倍受爭議的焦點，也是小說在市場暢行無阻的核心要素。我們知道，無論是貝塔斯曼、蘭登書屋或全球其他知名出版商，他們對大眾文化的敏銳嗅覺幾乎無人能敵。有資料說：「蘭登書屋在捕捉到具有市場潛力的小說內容後，發揮傳統出版商的優勢，主動與作者溝通並迅速簽約，同時獲得了紙質書和電子書的雙重出版權，通過多角度和途徑積極推廣兩種版本的圖書。為慶賀《五十度灰》取得的巨大成功，蘭登書屋傳承貝塔斯曼與員工分享利潤的合作夥伴精神，在新年來臨之際獎勵了全體員工，每人分得五千美金作為分紅獎勵。」《五十度灰》的市場神話並非獨一無二。此前，在全球圖書市場創下銷售神話的《哈利·波特》系列小說被翻譯成七十四種語言，在全世界兩百多個國家累計銷量達五億多冊，居歷史上非宗教圖書市場銷售第一；《達·芬奇密碼》被喻為「陰謀與驚悚被巧妙地糅合到諸多精心設置的懸念當中，……眾多的難解之謎，環環相扣，構成一個令人著迷的神話」在營銷中大獲全勝；而《暮光之城》系列的故事雖然簡單，「但其中隱含的情感足以震撼人心」。這些不無誇張的評論本身就是市場營銷的一部分。因此，《五十度灰》的神話也是策劃、營銷和製造出來的。它是西方文化產業——圖書營銷策略的產物，是以不同的方式奪取讀者注意力的具體實踐。創意產業是不可複製的，試想，當《哈利·波特》、《達·芬奇密碼》、《暮光之城》的奇異之光即將暗淡之後，還有什麼內容能夠再次激起讀者興奮的神經呢？只有情色甚至變態的情色。情色與暴力是大

眾文化永遠取之不盡用之不竭的泉源。而《五十度灰》正是以極端的方式再次利用了這一資源。它從一個方面也表達了創意產業如果一味關注市場和利潤，它究竟能走多遠可能會成為一個問題。在這個意義上，《五十度灰》應該是一個值得認真分析、解剖的個案。它或許會成為我們從「文化產業迷思」到「文化產業超克」過渡的一個起點或誘因。

　　另一方面，今天的文學讀者，已經從過去的趣味、知識、審美閱讀，已改變為「粉絲閱讀」。作家偶像化，讀者粉絲化已經成為常見的現象。或者說，一部作品寫了什麼並不重要，重要的是誰寫的。比如，《哈利波特》的作者羅琳 2013 年出版了偵探小說《杜鵑在呼喚》，羅琳故意化名「羅伯特・蓋爾布萊斯」，想看看自己的名字和內容哪個好賣。結果這本書上市 3 個月，只賣出了 1500 冊。而就在這時，「羅伯特・蓋爾布萊斯就是羅琳」的消息被披露，《杜鵑在呼喚》的銷量頓時猛增，在亞馬遜銷售排行榜名列第一。〔註 16〕這種情況在當下中國也並不陌生。由同濟大學文化批評研究所等單位發起的「中國出版機構暨文學刊物 10 強」評選中，郭敬明主編的《最小說》以 6835 票高登文學期刊 10 強之榜首，而純文學的重要期刊《收穫》僅以 459 票名列第 6，青春文學期刊超過了《收穫》及《人民文學》等文學大刊。張悅然的《鯉》也名列第九。品牌純文學期刊居然沒有新生的青春文學期刊受歡迎。〔註 17〕青春文學作家不僅在青春文學期刊上風光無限，其領軍人物郭敬明也登陸純文學期刊。2006 年《人民文學》刊登了郭敬明的小說《小時代 2.0》，中學生紛紛購買這本期刊。〔註 18〕《文藝風賞》的主編笛安認為：「我們相信今天的年輕人能夠做出真正的好文學，相信在當下的都市生活裏有深刻的情感表達與精神訴求，相信在功利、急躁的時代我們能夠延續『文學』那縷柔軟、抒情，寧為玉碎、不為瓦全的魂魄。」〔註 19〕

　　這是一種全新的文學生產格局。這一現象表明，任何一種文學生產方式在當下都難以統攝全局，霸權話語不做宣告地被削弱之後，多元的、游牧式

〔註 16〕《上海青年報》，2013 年 7 月 24 日。

〔註 17〕 魏曉虹：《論青春文學雜誌的出版策略及發展前景》，蕭然校園文學網，2011
　　　　年 11 月 30 日。

〔註 18〕 魏曉虹：《論青春文學雜誌的出版策略及發展前景》，蕭然校園文學網，2011
　　　　年 11 月 30 日。

〔註 19〕 魏曉虹：《論青春文學雜誌的出版策略及發展前景》，蕭然校園文學網，2011
　　　　年 11 月 30 日。

的文學生產方式已經發生並根深蒂固。但是，需要強調的是，眞正的文學不是滿足快感的領域，文學要處理的依然是人類的情感和精神事務。如果是這樣的話，我們有必要強調重建中國文學的青春形象。一個極端化的例子是，2013 年作家方方發表的中篇小說《涂自強的個人悲傷》引起的巨大反響。涂自強這個鄉村的苦孩子，通過努力終於考上了大學。鄉親們爲他湊足了學費，他還得步行去武漢，要沿途打工省出路費。他在餐館打工，洗過車，幹各種雜活，同時也經歷了與不同人的接觸並領略了人間的暖意和友善，他終於來到學校。大學期間，涂自強在食堂打工，做家教，沒有放鬆一分鐘，不敢浪費一分錢。但即將考研時，家鄉因爲修路挖了祖墳，父親一氣之下大病不起最終離世。畢業後，作爲「蟻族」的涂自強住在又髒又亂的城鄉交界處。然後是難找工作，被騙，欠薪；禍不單行的是家裏老屋塌了，母親傷了腿。出院後，跟隨涂自強來到武漢。母親去餐館洗碗，做家政，看倉庫，掃大街，和涂自強相依爲命勉強度日。最後，涂自強積勞成疾，在醫院查處肺癌晚期。涂自強終於走完了自己年輕、疲憊又一事無成的一生。在回老家的路上，他永遠離開了這個世界。小說送走了涂自強後說：「這個人，這個叫涂自強的人，就這樣一步一步地走出這個世界的視線。此後，再也沒有人見到涂自強。他的消失甚至也沒被人注意到。這樣的一個人該有多麼的孤單。他生活的這個世道，根本不知他的在與不在。」涂自強是一個規矩老實的青年，他沒有抱怨、沒有反抗，他從來就沒想做一個英雄，他只想做一個普通人，但是命運還是不放過他直至將他逼死，這究竟是爲什麼！一個青年努力奮鬥卻永遠沒有成功的可能，扼制他的隱形之手究竟在哪裏，或者究竟是什麼力量將涂自強逼到了萬劫不復的境地。方方用現實主義的方法塑造了一個當代奮力掙扎的青年形象。可以說，涂自強是自 1982 年代路遙《人生》中塑造的高加林之後，最有力量的底層青年文學形象。〔註20〕

　　另一方面我們也注意到，那些有深度、有鮮明青春個性特徵的經典作品，還在受到讀者的歡迎和閱讀。而近年來，春上春樹的《挪威的森林》、庫切的《青春》、菲爾·杰拉德的《了不起的蓋茨比》等，仍然是當下文學讀者的核

〔註20〕　《涂自強的個人悲傷》在《十月》2013 年 2 期發表後，《小說選刊》、《中篇小說選刊》、《小說月報》、《北京文學·中篇小說月報》等重要選刊都予以轉載，北京十月文藝出版社出版了單行本。個文學網站的讀者發表大量感言和評論。

「憎恨學派」的「眼球批評」
——關於當下文學評價的辯論

　　2009 年歲末，關於中國當下文學的評價問題，又一次通過大眾媒體成爲爭奪眼球的焦點「事件」。事情的起因與王蒙先生在法蘭克福書展上的一次講話，以及陳曉明先生對當下文學的評價有關。他們對當下中國文學的評價完全可以討論，他們也只是一家之言。但是，不久我看到包括肖鷹、林賢治、張檸等批評家對王蒙和陳曉明的高調批評：

　　肖鷹：「當代文學在走下坡路」，「最近十年，我很少讀作品，可以說從 2000 年以來，我不是一個嚴格意義上的中國文學讀者，我現在只是作爲一個對當下中國文學有所關注的學者表達我對當下文學現狀的看法。」〔註1〕

　　林賢治：「中國文學處在前所未有的『低度』」〔註2〕

　　張檸：表面上看，中國當代文學的形式和構件，包括語言和敘事技巧，似乎都達到了一定的水平，「肌肉」很發達似的，仔細檢查，發現它缺心眼兒，也就是缺少作爲文學基因的「自由心境」。〔註3〕

　　肖鷹既然很少讀作品，沒看過幾本像樣的作品，怎麼得出的「走下坡路」的結論？在林賢治那裏果眞「最低」的話，你還編哪門子「金庫」？又是「最低」，又是「金庫」，你到底看到了什麼？這種所謂的「批評家」不是信口開河嗎？「自由的心境」需要張檸指認嗎？懂得自由理念的人首先要懂得責任，

〔註1〕　肖鷹：《肖鷹：當代文學在走下坡路，中西對話中完成定位》，《遼寧日報》2009 年 12 月 16 日。

〔註2〕　林賢治：中國文學處在前所未有的「低度」：《羊城晚報》2009 年 11 月 28 日。

〔註3〕　張檸：垃圾與黃金：中國當代文學評價的兩個極端：《羊城晚報》2009 年 11 月 16 日。

是對自由負責，自由不是爲所欲爲。他們就是這樣用「唱盛」、「唱衰」、「最低」、「缺心眼」這種典型的媒體或極端化的語言，用「眼球批評」的方式來討論問題，既像群毆又像批評界的趙本山或小瀋陽的滑稽演出。

事實上，對當下文學的評價問題，早已展開。只不過任何學術討論都不可能像媒體那樣「事件化」，它的影響也只能限於批評界。因此我不得不舊事重提。2004 年，《小說選刊》第一期上曾刊載了作家韓少功的一篇千字文，他在文章中說：

> 小說出現了兩個較爲普遍的現象。第一，沒有信息，或者說信息重複。吃喝拉撒，衣食住行，雞零狗碎，家長里短，再加點男盜女娼，一百零一個貪官還是貪官，一百零一次調情還是調情，無非就是這些玩意兒。人們通過日常閒談和新聞小報，對這一碗碗剩飯早已吃膩，小說擠眉弄眼繪聲繪色再來炒一遍，就不能讓我知道點別的什麼？這就是「敘事的空轉」。第二，信息低劣，信息毒化，可以說是「敘事的失禁」。很多小說成了精神上的隨地大小便，成了惡俗思想和情緒的垃圾場，甚至成了一種誰肚子裏壞水多的晉級比賽。自戀、冷漠、偏執、貪婪、淫邪……越來越多地排泄在紙面上。某些號稱改革主流題材的作品，有時也沒乾淨多少，改革家們在豪華賓館發佈格言，與各色美女關係曖昧然後走進暴風雨沉思祖國的明天，其實是一種對腐敗既憤怒又渴望的心態，形成了樂此不疲的文字窺視。

韓少功雖然也詞不達意地批評當下文學，但還有一點具體分析。然而，2006 年，一股強大的否定潮流使當下文學遭遇了滅頂之災，這個領域已然一片廢墟。除了人所共知的德國漢學家顧彬的「垃圾」說之外，還有《思想界炮轟文學界：當代中國文學脫離現實》的綜合報導，「思想界」的學者認爲：「中國主流文學界對當下公共領域的事務缺少關懷，很少有作家能夠直面中國社會的突出矛盾。」、「最可怕的還不只是文學缺乏思想，而是文學缺乏良知。」「在這塊土地上，吃五穀雜糧長大的小說家中，還有沒有人願意與這塊土地共命運，還有沒有人願意關注當下，並承擔一個作家應該承擔的那一部分。」〔註4〕思想界對當下文學創作幾乎作了全面的否定，而且言辭激烈。其

〔註4〕見《思想界炮轟文學界：當代中國文學脫離現實》，《南都週刊》2006 年 5 月 20日。

次是中國社會科學院文學研究所所長楊義先生爲該所「文情雙月評論壇」所
寫的開場白:「爲當今文學洗個臉」。楊義先生對當下中國文學的批評,是一
個沒有被歪曲的「中國顧彬」。他說:

> 當今文學寫作正借助著不同的媒介在超速地生長,很難見到哪
> 一個時代的文學如此活躍、豐富、琳琅滿目。這是付出代價的繁榮,
> 大江東去,泥沙俱下,不珍惜歷史契機,不自尊自重的所謂文學亦
> 自不少,快餐文學、兌水文學,甚至垃圾文學都在不自量地追逐時
> 尚,浮泛著一波又一波的泡沫,又有炒作稗販爲之鼓與吹。於是有
> 正義感的文學批評家指斥文學道德滑坡和精神貧血症,慨歎那種投
> 合洋人偏見而自我褻瀆,按照彆腳翻譯寫詩,在文學牛奶中大量兌
> 水,甚至恨不得把文學女媧的肚臍以下都暴露出來的風氣。我們不
> 禁大喝一聲:時髦的文學先生,滿臉髒分分並不就是「酷」。在此全
> 民大講公德、私德、禮儀的時際,我們端出一盆清涼的水,爲當今
> 文學洗個臉,並盡可能告知髒在何處,用什麼藥皂和如何清洗。我
> 們愛護這時代,愛護其文學,愛護時代和文學的聲譽及健康,故爾
> 提出「爲當今文學洗個臉」的命題。〔註5〕

我不知道楊義先生對「當今文學」究竟瞭解多少,他那「永遠正確」的說法
和本身就是相當時尚化、媒體化的流俗與空疏之論,與社會流行的陳詞濫調
並無區別。更何況,在楊所長的帶領下,「端出」的也未必是「一盆清涼的水」,
他的言論只能將評價當今文學的水攪得更混。從 2004 年到 2009 年將近六年
的時間,對當下文學否定的聲音一直沒有中止並越演越烈。那麼當下文學究
竟發生了什麼使這些人如此不快並從南到北形成了一個「憎恨學派」?當下
文學真的是萬惡之源十惡不赦罄竹難書嗎?

我很不同意這些人的看法。當今文學的全部豐富性和複雜性,用任何一
種人云亦云的印象式概括都會以犧牲這個豐富性作爲代價。文學研究在批評
末流的同時,更應該著眼於它的高端成就。對這個時代高端文學成就的批評,
才是對一個批評家眼光和膽識構成的真正挑戰。這就如同楊義先生熟悉的現
代文學一樣,批評「禮拜六」或「鴛鴦蝴蝶派」是容易的,但批評魯迅大概
要困難得多。如果著眼於紅塵滾滾的上海灘,現代文學也可以敘述出另外一
種文學史,但現代文學的高端成就在魯郭茅巴老曹,而不是它的末流;同樣

〔註 5〕楊義:《爲當今文學洗個臉》,《光明日報》2006 年 12 月 23 日。

的道理，當今文學不止是楊所長所描述的「快餐文學、兌水文學，甚至垃圾文學」，它的高端成就我相信楊義先生並不瞭解。而思想界「鬥士」們憤怒的指責，其實也是一個「不及物」的即興亂彈，是不能當真的。他們對當下文學的真實情況，也不甚了了。包括肖鷹、林賢治、張檸等之所以義憤填膺指責或批評當下的文學，只不過因為這是一件最容易和安全的事情。

事實上，無論對於創作還是批評而言，真實的情況遠沒有上述「批評家」們想像的那樣糟糕。傳媒的發達和文化產業的出現，必然要出現大量一次性消費的「亞文學」。社會整體的審美趣味或閱讀興趣就處在這樣的層面上。過去我們想像的被賦予了崇高意義的「人民」、「大眾」等群體概念在今天的文化市場上已經不存在，每個人都是個體的消費者，消費者有自己選擇文化消費的自由。官場小說、言情小說、「小資」趣味、白領生活、玄幻小說甚至「吸血鬼」形象的風靡或長盛不衰，正是滿足這種需要的市場行為。但是，我們過去所說的「嚴肅寫作」或「經典化」寫作，不僅仍然存在，而且就其藝術水準而言，已經超過了過去是沒有問題的。不僅在 80 年代成名的作家在藝術上更加成熟，而且超越了 80 年代因策略性考慮對文學極端化和「革命化」的理解。比如文學與政治的關係，比如對語言、形式的片面強調，比如對先鋒、實驗的極端化熱衷等。而 90 年代開始寫作的作家，他們的起點普遍要高得多。80 年代哪怕是中學生作文似的小說，只要它切中了社會時弊，就可以一夜間爆得大名。這種情況在今天已經沒有可能。他們之所以對當下的創作深懷不滿，一方面是只看到了市場行為的文學，一方面是以理想化的方式要求文學。只看到市場化文學，是由於對「嚴肅寫作」或「經典化」寫作缺乏瞭解甚至瞭解的願望，特別是缺乏對具體作品閱讀的耐心；以理想化的方式要求文學創作，就永遠不會有滿意的文學存在。真正有效的批評不是抽象的、沒有對象的，它應該是具體的，建立在對大量文學現象、特別是具體的作家作品瞭解基礎上的。

一方面是對當下文學的不甚了了，一方面則是對文學不切實際的期待。假如我們也要質問一下這些批評者：你們到底需要什麼樣的文學？我相信他們無法回答。即便說出了他們的期待，那也是文學之外的要求。事實上，百年來關於文學的討論，大都是文學之外的事情。那些對文學的附加要求，有的可以做到、也有的難以做到。在建立現代民族國家，需要民族全員動員的時代，文學確實起到過獨特的、不能替代的巨大作用。但在後革命時期，在

市場經濟時代，再要求文學負載這樣的重負，不僅不可能，而且也不必要。
即便是在大變動大革命的時代，文學所能起到的作用也仍然是輔助性的，主
戰場還是革命武裝。文學不能救國，當然文學也不能亡國。大約十七年前，
謝冕先生在爲《20 世紀中國文學叢書》所寫的總序《世紀末：中國知識分子
的思索》中說到：「中國文學的創作和研究受制於百年的危亡時世太重也太
深，爲此文學曾自願地（某些時期也曾被迫地）放棄自身而爲文學之外的全
體奔突呼號。近代以來的文學改革幾乎無一不受到這種意識的約定。人們在
現實中看不到希望時，寧肯相信文學製造的幻想；人們發現教育、實業或國
防未能救國時，寧肯相信文學能救民於水火。文學家的激情使全社會都相信
了這個神話。而事實卻未必如此。文學對社會的貢獻是緩進的、久遠的，它
的影響是潛默的浸潤。它通過愉悅的感化最後作用於世道人心。它對於社會
是營養品、潤滑劑，而很難是藥到病除的全靈膏丹。」〔註6〕許多年過去之後，
我認爲謝冕先生對文學的認識仍然正確。而當下對文學的怨恨或不滿，更直
接緣於對文學及其功能不切實際的期待。

我所看到的當下文學，與那些批評者們竟是如此的不同。我有理由爲它
高端的藝術成就感到樂觀和鼓舞。在市場化的時代，由於市場利益的支配和
其他原因，長篇小說一直受到出版社的寵愛，這個文體的優先地位日見其隆。
每年出版一千餘部可見生產規模之巨。出版數量不能說明藝術問題，但我們
在重要的長篇小說作家那裏，比如張潔、莫言、賈平凹、鐵凝、劉震雲、王
安憶、格非、阿來、閻連科、周大新、黃國榮、范穩、遲子建、孫惠芬、陳
希我等等，讀到他們新世紀創作的長篇小說，應該說已經達到了一個相當高
的水平。特別值得我們注意的，是中篇小說所取得的巨大成就。在我看來，
自 80 年代到現在，中篇小說可能代表了這一時段文學的最高水平。80 年代的
王蒙、張賢亮、馮驥才、張一弓、宗璞、張潔、甚容、張承志、王安憶、韓
少功、鐵凝、張抗抗、張辛欣、古華等良好的文體意識和尖銳鮮明的社會問
題意識，將中篇小說推向了一個相當高的水平。他們的創作爲新世紀中篇小
說的創作提供了豐富的經驗，爲其日後的發展奠定了紮實和穩定的基礎。而
中篇小說的容量和它傳達的社會與文學信息，使它具有極大的可讀性；大型
文學期刊頑強的堅持，使中篇小說生產與流播受到的衝擊降低爲最小限度。
文體自身的優勢和載體的相對穩定，以及作者、讀者群體的相對穩定，都決

〔註6〕謝冕：《新世紀的太陽·總序》，時代文藝出版社 1993 年 6 月版。

定了中篇小說獲得了絕處逢生的機緣。這也是中篇小說能夠不追時尚、不趕風潮，能夠以守成的文化姿態堅守最後的文學性成爲可能。「守成」這個詞在這個時代肯定是不值得炫耀的，它往往與保守、落伍、傳統、守舊等想像連在一起。但在這個無處不變、無時不變的時代，「不變」的事物可能顯得更加珍貴。這樣說並不是否定「變」的意義，突變、激變在文學領域都曾有過革命性的作用。但我們似乎從來沒有肯定過「不變」或「守成」的價值和意義。不變或守成往往被認爲是「九斤老太」，意味著不合時宜和潮流。但恰恰是那些不變的事物走進了歷史而成爲經典，成爲值得我們繼承的文化遺產。在這個意義上，中篇小說很像是一個當代文學的「活化石」。當然，從來沒有一成不變的「不變」，這個「不變」是指對文學信念的堅持和對文學基本價值的理解。在這個前提下，無論中篇小說書寫了什麼，都不能改變它的基本性質。

於是，我們在畢飛宇的《青衣》、《玉米》，北北的《尋找妻子古菜花》、《風火墻》，曉航的《一張桌子的社會幾何原理》、《斷橋記》，須一瓜的《回憶一個陌生的城市》、《大人》，劉慶邦的《到城裏去》、《神木》，熊正良的《我們卑微的靈魂》，陳應松的《望糧山》、《馬斯嶺血案》、《松鴉爲什麼鳴叫》、《豹子最後的舞蹈》，吳玄的《西地》、《誰的身體》，馬秋芬的《螞蟻上樹》，孫惠芬的《致無盡關係》，葛水平的《地氣》、《喊山》、荊永鳴的《北京候鳥》、《外地人》、胡學文的《命案高懸》、溫亞軍的《地軟》、魯敏的《紙醉》、《取景器》、鮑十的《我的臉譜》，袁勁梅的《羅坎村》、李鐵的《工廠的大門》等作品中看到情形，與「憎恨學派」是如此的不同。這些作品從不同的側面表達了這個時代的社會生活和心靈生活。需要質疑的是，這些作品「憎恨學派」們讀過嗎？

我爲當下文學做如上辯護，並不意味著我對當下創作狀況沒有條件的認同。恰恰相反，我是希望能夠面對小說創作的具體問題，並且能夠在具體分析的基礎上做出判斷，而不是以簡單的「盛」與「衰」了事，或以「抖機靈」的糞便「黃金說」的僞邏輯趟混水。還需要指出的是，不要說中國的小說創作已經很難獲得普遍的認同和滿意，近些年來，獲諾貝爾文學獎的作家作品在中國的反映也不斷降溫，文學界過去普遍認同的西方大師尚且如此，我們有什麼理由不切實際地要求中國的當代小說。大師的時代已經成爲過去，試圖通過文學解決社會問題的時代也已成爲過去。文學在這個時代尚可佔有一席之地已實屬不易。我確如肖鷹在他的文章中轉述的那樣，我的批評立場越

來越猶豫不決，是因爲我手執兩端莫衷一是，我還難以判斷究竟哪種小說或它的未來更有出路。但是，看了否定當下文學的幾個批評家的文章後，我認爲需要保衛當下的文學，捍衛當下小說高端的藝術成果和他們的在文學高地上的堅守。

評獎與「承認的政治」

　　第八屆「茅獎」獲獎名單公佈之後，國務院新聞辦公室 8 月 26 日上午 10 時在國務院新聞辦新聞發佈廳舉行了第八屆茅盾文學獎獲獎作家媒體見面會，請第八屆茅盾文學獎獲獎作家張煒、劉醒龍、莫言、劉震雲介紹創作經歷和獲獎作品情況，並答記者問。這是獲獎作家第一次享受這樣規格的見面會，可見國家和社會對這次「茅獎」的重視程度。除畢飛宇在國外未能參加，其他獲獎者都參加了見面會。四位作家在回答記者提問的同時，也表達了他們的文學價值觀。他們的文學觀，既不同於 80 年代的「作家談創作」，也不同於 70 後、80 後對文學的理解。莫言的《蛙》，在形式上是全新的探索。五封信和一部九幕話劇構成了小說別具一格的講述方式；「我姑姑」萬心從一個接生成果輝煌的鄉村醫生，到一個「被戳著脊梁骨罵」的計劃生育工作者的身份變化，深刻地喻示了計劃生育在中國實踐的具體過程。更重要的是，當資本成為社會宰制力量之後，小說深刻地表達了生育、繁衍以及欲望等醜惡的人性和奇觀。小說實現了社會和自我的雙重批判。莫言說：幾十年來，我們一直關注社會，關注他人，批判現實，我們一直在拿著放大鏡尋找別人身上的罪惡，但很少把審視的目光投向自己，所以我提出了一個觀念，要把自己當成罪人來寫，他們有罪，我也有罪。當某種社會災難或浩劫出現的時候，不能把所有責任都推到別人身上，必須檢討一下自己是不是做了什麼值得批評的事情。《蛙》就是一部把自己當罪人寫的實踐，從這些方面來講，我認為《蛙》在我 11 部長篇小說裏面是非常重要的。〔註 1〕莫言的這些說法，應該

〔註 1〕見 2011 年 08 月 26 日中國作家網《第八屆茅盾文學獎獲獎作家媒體見面會實錄》。

是魯迅先生某些思想在 21 世紀的回響。

劉醒龍的《天行者》延續了他著名的中篇小說《鳳凰琴》的題材，但它並不是《鳳凰琴》的加長版。讓我們感動的是劉醒龍對鄉村教師、準確地說是鄉村代課教師的情感。他說：我在山裏長大，從一歲到山裏去，等我回到城裏來已經 36 歲了，我的教育都是由看上去不起眼的鄉村知識分子，或者是最底層的知識分子來完成的。前天的見面會上，他們之前告訴我說今天來了兩位民辦教師，我一進去就說：「你們二位是民辦教師。」大家很奇怪，問我是怎麼認出來的？因爲但凡是民辦教師，只要在鄉村行走，一眼就能看出來。他們的眼神經常會散發出卑微或者是卑謙，這種眼神和鄉村幹部絕對是不一樣的，他們有一種孤傲，但是這種孤傲背後可以看出他們的卑微。他們兩位是經過幾百位民辦教師推選出來的，他們背後是湖北省幾十萬民辦教師。可能在座的記者不太知道民辦教師，所以《天行者》這部小說，就是爲這群人樹碑立傳的，可以說我全部的身心都獻給了他們。在 20 世紀 60 年代到 90 年代，中國鄉村的思想啓蒙、文化啓蒙幾乎都是由這些民辦教師完成的，我經常在想，如果在中國的鄉村，沒有出現過這樣龐大的 400 多萬民辦教師的群體，那中國的鄉村會不會更荒蕪？當改革的春風吹起來的時候，我們要付出的代價會更大，因爲他們是有知識、有文化的，和在一個欠缺文化、欠缺知識的基礎上發展代價是完全不一樣的。〔註2〕

張煒的《你在高原》的出版，是當代長篇小說的一大事件。在當下這個浮躁、焦慮和沒有方向感的時代，張煒能夠潛心二十年去完成它，這本身就是一個巨大的挑戰和奇跡。這個選擇原本也是一種拒絕，它與艷俗的世界劃開了一條界限。450 萬字這個長度非常重要：與其說這是張煒的耐心，毋寧說這是張煒堅韌的文學精神。因此這個長度從某種意義上也是一種高度。許多年以來，張煒一直堅持理想主義的文學精神，在毀譽參半褒貶不一中安之若素。不然我們就不能看到《你在高原中》張煒疾步而從容的腳步。對張煒而言，這既是一個夙願也是一種文學實踐。

用二十年的時間去完成一個夙願或文學實踐，幾乎是一種「賭博」，他要同許多方面搏弈，包括他自己。如果沒有一股「狠勁」，這個搏弈是難以完成的。這部長卷有強烈的抒情性和詩意，它給人以飛翔的衝動，我們時常讀到

─────────────

〔註 2〕 見 2011 年 08 月 26 日中國作家網《第八屆茅盾文學獎獲獎作家媒體見面會實錄》。

類似的句子：

> 「我抬頭遙望北方，平原的方向，小茅屋的方向。」
>
> 「你千里迢迢為誰而來？
>
> 為你而來。
>
> 你歷盡艱辛尋找什麼？
>
> 尋找你這樣的人。」

它具體而抽象，形上又形象。一切彷彿都只在冥冥之中，在召喚與祈禱之中。許多人都擔心讀者是否有足夠的耐心讀完。我想那倒大可不必。古往今來，「高山流水覓知音」者大有人在。張煒大概也沒有指望讓《你在高原》一頭扎在紅塵滾滾的人群中。通過《你在高原》，我覺得張煒的文化信念和精神譜系特別值得我們注意：張煒的文化信念是理想主義。他的理想主義與傳統有關又有區別。他堅信一些東西，同時也批判一些東西。他堅持和肯定的是理想、詩意和批判性。這些概念是這個時代很少提及的概念。我們不能因此理解張煒與這個時代隔膜，事實上，正式他對這個時代生活的洞若觀火，才使得他堅持或選擇了那些被拋棄的文化精神。這一點張煒值得我們學習。張煒的精神譜系和他的情感方式就是與生活在一起，特別是對底層生活的關注。他的足跡遍布《你在高原》的每個角落。他可以不這樣做也能夠寫出小說。他堅持這樣做的道理，是使他的寫作更自信，更有內容。張煒堅持的道路是我們尊敬的道路，他的選擇為當下文學提供了一種重要的參照。那些已經成為遺產的文化精神，在今天該怎樣對待，這似乎是一個老生常談的問題，但也是一個沒有很好解決的問題。過去並沒有死去，我們只有認真對待和識別過去，才能走好現在和未來的道路。在這個意義上張煒對過去的堅持和修正，同樣值得我們珍惜和尊重。張煒說：我個人覺得，網絡也好，紙質印刷的文學作品也好，主要在於藝術性，不能因為載體的改變而改變了幾千年來形成的文學標準。它要靠近一個標準，而不是因為形勢的區別改變了評價標準。至於說反映現實，我覺得寫幻想、科幻、怪異的，依然要以個人現實生活的經驗為基礎，這是一個根本的出發點，他可以用不同的形式表達自己、表達人性、表達個人的藝術內容，但是對現實的理解深度不可以改變，那是基本的、根本的，也是一個原點、藝術的出發點。〔註 3〕

〔註 3〕 見 2011 年 08 月 26 日中國作家網《第八屆茅盾文學獎獲獎作家媒體見面會實錄》。

然，張煒誠實地踐行了他的文藝觀。

在當下的中國作家中，劉震雲無疑是最有「想法」的作家之一。「有想法」不是一個簡單的事情，「想法」包含著追求、目標、方向、對文學的理解和自我要求，當然也包含著他理解生活和處理小說的能力和方法。這是一個作家的「內功」，這種內功的擁有，是劉震雲多年潛心修煉的結果，當然也是他個人才華的一部分。所謂的「想法」就是尋找，就是尋找有力量的話。他說有四種話最有力量，就是：樸實的話，真實的話，知心的話和不同的話。如果說樸實、真實、知心的話與一個人說話的姿態、方式以及對象有關的話，那麼不同的話則與一個人的修養、見識和思想的深刻性有關。因此，說不同的話是最難的。多年來，我以為劉震雲更多的是尋找說出不同的話。這個不同的話，就是尋找小說新的講述對象和方式。

大概從《我叫劉躍進》開始，劉震雲已經隱約找到了小說講述的新路徑，這個路徑不是西方的，當然也不完全是傳統的，它應該是本土的和現代的。他從傳統小說那裏找到了敘事的「外殼」，在市井百姓、引車賣漿者流那裏，在尋常人家的日常生活中，找到了小說敘事的另一個源泉。多年來，當代小說創作一直在向西方小說學習，從現代派文學開始，加繆、卡夫卡、馬爾克斯、羅伯·格里耶、博爾赫斯、卡爾維諾等，是中國當代作家的導師或楷模。這種學習當然很重要，特別是在過去的時代，中國文學一直在試圖證明自己，這種證明是在縮小與發達國家文學差距的努力中實現的。許多年過去之後，這種努力確實開拓了中國作家的視野，深化了作家對文學的理解，特別是在文學觀念和表現技法方面，我們擁有了空前的文學知識資本；但是，就在我們將要兌現期待的時候，另一種焦慮，或者稱為「文化身份」的焦慮也不期而至撲面而來。於是，重返傳統，重新在本土傳統文學和文化中尋找資源的努力悄然展開。劉震雲是其中最自覺的作家之一。《我叫劉躍進》的人物、場景和流淌在小說中的氣息和它的「民間性」一目了然。但因過於戲劇化，更多關注外部世界或表面生活的情節而淹沒了人的內心活動，好看有餘而韻味不足。這部《一句頂一萬句》就完全不同了，他告知我們的是，除了突發事件如戰爭、災害等不可抗拒因素外，普通人的生活就是平淡無奇的，在平淡無奇的生活中發現小說的元素，這是劉震雲的能力；但劉震雲的小說又不是傳統的明清白話小說，敘述上是「花開兩朵各表一枝」，功能上是「揚善懲惡宿命輪迴」。他小說的核心部分，是對現代人內心秘密的揭示，這個內心秘密，就是關於孤獨、隱痛、不安、焦慮、無處

訴說的秘密，就是人與人的「說話」意味著什麼的秘密。在《一句頂一萬句》中，說話是小說的核心內容。這個我們每天實踐、親歷和不斷延續的最平常的行為，被劉震雲演繹成驚心動魄的將近百年的難解之迷。百年是一個時間概念，大多是國家民族或是家族敘事的歷史依託。但在劉震雲這裡，只是一個關於人的內心秘密的歷史延宕，只是一個關於人和人說話的體認。對「說話」如此歷盡百年地堅韌追尋，在小說史上還沒有第二人。

劉震雲說：我覺得文學不管是作者還是讀者，在很多常識的問題上，確實需要進行糾正，對於幻想、想像力的認識，我們有時候會發生非常大的偏差，好像寫現實生活的就很現實，寫穿越的和幻想的題材就很幻想、就很浪漫、很有想像力，其實不是這樣的。有很多寫幻想的、寫穿越的，特別現實。什麼現實？就是思想和認識，對於生活的態度，特別現實。也可能他寫的是現實的生活，但是他的想像力在現實的角落和現實的細節裏。比如今年得獎的這五個人，他們是寫現實生活，但他們的想像力非常不一樣，不管是《你在高原》《蛙》或者《天行者》，我覺得他們的思想都在向不同的方向飛翔，這不能用現實的或者是用其他的文學形式來歸類，比如新寫實，如果一個作品再寫實的話，這個作品是不能看的，乾脆看生活就完了，所以我的《一地雞毛》是最不現實的，可能情節和細節是現實的，但是裏面的認識和現實生活中的認識是不同的，現實中的人認為八國首腦會議是重要的，我家的豆腐餿了比八國首腦會議重要得多，我覺得這是一種偏差的思想。〔註4〕

這些表達，既承接了五四以來文學對社會責任的擔當，有家國關懷，也發展或更深入地理解了文學自身的內在要求。他們走過的文學道路並不相同，在不同的文學路向上都有過程度不同的探討甚至引領過潮流，比如先鋒文學、新寫實文學、現實主義道路等。但是，經過不同的文學風尚的洗禮沐浴後，他們不是變得更激進、更新潮，而是更趨於「保守」或守成。他們更多講述的是常識。這一點非常重要：時尚的文學引領著新的閱讀趣味、展示了新的文學經驗，這是文學向新的方向發展的必要條件。但是，正向五四時代，激進主義成為主流的時候，《學衡》、《甲寅》等保守主義的思想也起到了某種「糾偏」或制衡作用。今天看來，那個時代的保守主義並非一無是處。在我看來，「50後」的守成姿態已逐漸形成了這個時代的思想潛流。第八屆「茅獎」選擇了他們，當然

〔註4〕 見 2011 年 08 月 26 日中國作家網《第八屆茅盾文學獎獲獎作家媒體見面會實錄》。

新時期文學的半壁江山

──紀念《十月》、《當代》創刊三十五週年

　　中國當代文學從 1978「另闢一章」，開始了一個新的歷史時期。這確實是一個「新的歷史時期」。此前不曾有過的一些與文學相關的現象在這個時期第一次出現。大型文學刊物的集中出現，就是其中之一。文革之前，專門發表文學作品的大型刊物只有上海的《收穫》一家。1978 年後的幾年間，以《收穫》、《當代》、《十月》、《花城》「四大名旦」領銜主演的大型文學刊物，在當代中國引發了一場文學生產的革命：發表文學作品的主流媒體的擴展，極大地推動了當代文學的發展。各辦刊主體和辦刊人不同的辦刊主張和對文學的不同理解，在一定的範疇內，實現了文學在競爭中的發展。其中《十月》和《當代》，就是有代表性的兩大文學刊物。兩家刊物的主辦地都在北京，都有「皇家」身份和氣象，都有全國性的影響。特別是 80 年代，一個作家能夠在這兩家刊物上發表作品，那是巨大的榮譽和鼓舞。可以說，《十月》和《當代》，為三十多年來中國文學的發展，做出了巨大貢獻。兩家刊物的共同特點，是注重文學與現實的關係，強調文學的現實主義方法和傳統；但它們又各具特色各有所長：《十月》更注重中篇小說的質量和形式的探索，《十月》與中篇小說這一文體的關係最為密切；《當代》更注重長篇小說的發表。三十年來，《當代》應該是發表重要長篇數量最多的刊物之一。

　　現在，兩家刊物都走過了三十五個年頭，紀念這兩家刊物的三十五週年，既是對兩家刊物文學貢獻的梳理，某種意義上，也可以說是對新時期三十年來文學歷史的一種回顧。

《十月》：新時期中篇小說的一部簡史

1978 年創刊的《十月》，到 2013 年整整走過了 35 年。

《十月》這個刊名，鮮明地體現了那個時代的精神氣質──它蘊含了一目了然又豐富無比的時代信息。在一個金色的季節，中國人民和中國文學一起告別了過去，迎接一個與這個季節一樣輝煌的新時代。因此，「十月」是莊嚴和正大、是浪漫和激情、是鮮花和淚水，是飄揚的文學旗幟和火炬。它在北京的金秋迎風招展，吸引的卻是全國文學家和讀者的目光。就這樣，《十月》不僅成了一個時代文學的見證者、推動者，重要的它更是一個參與者和建造者。因此，《十月》的 35 年，某種意義上也可以說是新時期文學的縮影。

2003 年，《十月》創刊 20 週年之際，當時的主編王占君先生囑我組織一個編委會，編選「《十月》典藏叢書」，我請謝冕先生擔任主編。叢書出版時，謝先生寫下了受到廣泛讚譽的《一份刊物和一個時代》一文。謝先生說：

> 《十月》創刊的時候，文學圈中正是滿目瘡痍，一派蕭瑟的景象。人們面對的是一片精神廢墟。從昨日的陰影走出來，人們已不習慣滿眼明媚的陽光，長久的精神囚禁，人們彷彿是久居籠中的鳥，已不習慣自由地飛翔。文學的重新起步是艱難的，它要面對長期形成的思想戒律與藝術戒律，它們的跋涉需要跨越冰冷的教條所設置的重重障礙。也許更為嚴重的事實是，因為長久的荒蕪和禁錮在讀者和批評者中所形成的欣賞與批評的惰性，文學每前進一步，都要穿越那嚴陣以待的左傾思維的彈雨和雷陣，都要面對如馬克思所說的「對於非音樂的耳朵，最美的音樂也沒有意義」的欣賞惰性的自我折磨。

這是那個年代文學的基本處境。因此，1978 年創刊的《十月》和中國文學一樣，面臨的首要問題就是如何重建我們的文學。我們發現，《十月》初創時期的編者們是非常有眼光的。在創刊號上，他們專門設立了一個欄目「學習與借鑒」。刊出了魯迅的《藥》、茅盾的《春蠶》、屠格涅夫的《木木》和都德的《最後一課》，並有賞析文章一併刊出。這些傳統的經典作品，在那個時代遠離作家和讀者已久。編者的良苦用心就是要修復文學與中國現代傳統和西方經典的關係。同時，創刊號刊出了劉心武轟動一時的《愛情的位置》等標示新時代文學氣象和症候的作品，和其他刊物發表的同類作品一起吹響了文學新時代啓航的號角。

在文學重建初期，《十月》在堅持現實主義精神的同時，也勇於承擔了社會批判的職責。創刊不久的 1979 年，反特權、反官僚主義的文學作品從一個方面體現了那一時代活躍、自由的文學環境和作家的責任意識和使命感。但是，文學試圖參與社會批判，必然要受到另一方面的干預。就在這一年，發生了圍繞著《苦戀》、《在社會檔案裏》、《調動》、《女賊》、《假如我是眞的》、《飛天》、《將軍，不能這樣做》等作品的討論及評價，並引發了 1980 年「劇本座談會」的召開。這些備受爭議的作品中，有兩部發表在《十月》上，這就是劉克的中篇小說《飛天》和白樺的電影劇本《苦戀》。這一情況表明，在新時期文學重建初期，《十月》就處在風口浪尖上，它的重要性由此可見一斑。

靳凡的《公開的情書》和禮平的《晚霞消失的時候》，「文革」中曾以手抄本的形式在青年中廣泛流傳，它們成書的年代，正是當代中國專制統治最爲嚴酷的時代，它們的作者都是「文革」中的老紅衛兵，經歷了狂熱和幻滅的精神歷程之後，他們在更深廣的意義上省察了這一歷程。他們都生活於中心都市北京，在幻滅的日子裏他們閱讀了許多經典性作品，從黑格爾、費爾巴哈到馬克思、恩格斯以及許多西方文學名著。這一情況我們不僅可以從禮平與王若水的論辯中明確地做出判斷，而且丁東的《黃皮書　灰皮書》一文對此作了更詳盡的介紹。這些並不是面向青年而是「供領導機關和高級研究部門批判之用」的書籍，「青年卻成了最熱心的讀者」。黃皮書爲文藝，灰皮書爲政治。據介紹，這些書有美國小說《在路上》，蘇聯小說《帶星星的火車票》，愛倫堡回憶錄《自然、歲月、人》、劇本《憤怒的回顧》，德熱拉斯的《新階級》，托洛斯基的《斯大林評傳》以及《格瓦拉日記》等。作者認爲：「黃皮書和灰皮書影響了一代人。」他們從這些書中獲得了有別於流行思想的營養，並使自己初步獲得了自我反省和思考的能力。

《公開的情書》成書於 1972 年 3 月，定稿於 1979 年 9 月。小說沒有人們熟悉和習慣的故事線索，沒有具體細緻的場景描寫，它通過四個主人公：眞眞、老久、老嘎、老邪門半年時間的 43 封書信，反映了「文革」中成長的一代人不同的生活道路和命運，抒發了那代青年對理想、事業、愛情和祖國命運的思考。作爲書信體的形式，與作者追求的精神探尋相吻合，作品深沉而浪漫。作者也選擇了主人公「流浪」於路上的形式，在青春想像中營建了嚮往的浪漫情調，他們談論藝術和愛情，眞誠向友人宣泄失意的苦惱和迷惘的困惑，以理想的方式塑造自己的主人公。但這一「流浪」當然也含有象徵

的意味。這也正像眞眞在描繪老久時所說的那樣：蹤然兩旁是冷漠嚴峻的懸崖，地上鋪滿刀尖般的怪石，他總是背起畫夾頑強地前進著。路是多麼長、多麼長，多麼難、多麼難呵！自然，《公開的情書》也難免有對「自憐」的鍾情，特別是眞眞，在第六封信「眞眞致老久」中，亦將自己心靈的創傷作了過份的渲染，不厭其詳地復述著自己的「艱難時世」和「悲慘世界」、甚至直截了當地說出：「我不得不對你訴說我經歷的坎坷。當你瞭解到我這些經歷在我心上留下的創傷以後，你就會明白我現在感情上的緘默。」但眞眞終於還是沒有「緘默」，她傾訴的欲望同樣沒有超越那代人對感傷的誇大。但是，這仍然是一部氣質不凡的小說，老久的勤奮和庸常心理，老邪門的自信和恃才傲物以及所有人時常發出的議論，都相當眞實準確地揭示了那代青年知識分子的心態。更爲與眾不同的是，在那樣的時代作者通過人物而發出的懷疑。

《晚霞消失的時候》則更多地限定於對紅衛兵運動的反省。這是一部文字優美、有鮮明抒情風格和浪漫氣息的作品，是一部充滿了理性思考又有獨立品格的作品。它體現了作者的文學才能和藝術想像力，在某種程度上體現了那一時代文學創作的水準。小說創作於 1976 年，此後四年四易其稿，最後定稿於 1980 年。

這雖然是一部充滿了理性思考的作品，但也是以人物和故事作爲小說基本結構的小說。在一個春意盎然的清晨，主人公李淮平和南珊在樹林晨讀中不期邂逅，他們都是十六七歲的中學生，南珊「聰明而清秀」，她的舉止言談溫文爾雅，友善平和，這些內在氣質都表達了她所具有的教養；而李淮平則出語粗俗、野蠻霸道，流露出幹部子弟常見的優越感和頑劣之氣。一場惡作劇之後，他們卻討論了一場遠非是他們有能力把握的「文明與野蠻」關係的問題。不久「文明與野蠻的衝突」終於發生，李淮平作爲紅衛兵的領袖，帶領紅衛兵抄了國民黨起義軍官楚軒吾的家，原來南珊竟是楚軒吾的外孫女。在對楚軒吾的審訊中，李淮平又得知了楚軒吾原來是自己父親李聚興手下的降將。此後，李淮平成了海軍軍官，南珊則由一名知青而後當了翻譯。十幾年過後，世風大變，李淮平依然如故，雖心存苦痛但仍自信無比；南珊則歷盡滄桑，不再有「坦率的談吐和響亮的笑聲」。這顯然是一個感傷的故事，一個極具悲劇意味的故事。一場動亂改變了南珊的命運，使她原本可以預知的未來變得千瘡百孔，心靈猶如千年古潭；那位「淳厚正直」的原國民黨將領楚軒吾，曾深深懺悔過個人的人生選擇，而動亂又將他的痛苦雪上加霜；李

淮平雖然是歷史的寵兒，但他卻同樣因此付出了代價。

七、八十年代之交，也是中國文學觀念發生大裂變的時代。潛伏已久的現代主義文學潮流在這時浮出歷史地表。各種文體在現代主義文學潮流的鼓動下洶湧澎湃。王蒙的中篇小說《蝴蝶》、譚甫成的小說《高原》以及高行健的戲劇《絕對信號》、《車站》、《野人》等，都發表在《十月》上。這些作品同其他具有現代主義文學傾向的作品一起構成了百年中國文學地震學的最大震級。應該說「文革」的歷史是中國現代主義傾向文學產生的現實基礎，千奇百怪的非正常性事件導致了一代青年的懷疑和反抗意識，他們精神的春天正是在現實的嚴冬中孕育的；另一方面，非主流的文化接受使他們找到了相應的表達形式。塞林格的《麥田的守望者》、貝克特的《椅子》、薩特的《厭惡及其他》等現代主義文學經典，已在部分青年中流行，這一文化傳播改變了他們的思考形式，它如同催化劑，迅速地調動了他們的現實感受，東方化的現代主義文學正是在這樣的現實和文化處境中發生的。現代主義在中國的二次崛起，是一次極富悲劇意味的文學運動，它冒著「叛逆」的指責和失去讀者的雙重危險，擔負起社會批判的使命，並與人道主義一起重新構建了人的神話。那一時代的許多作家幾乎都經歷了現代主義文學的沐浴，並以切實的文學實踐顯示了它不凡的實績。但在中國，傳統的巨大影響使其仍然成為百年夢幻的一部分，是近代以降現代性追求在 20 世紀 80 年代的變奏。現代主義文學雖然也無可避免地落潮了，卻以自己悲壯的努力爭取了文學的自由。可以說，沒有這一努力，多元並存、眾聲喧嘩的文學環境大概要延緩許多年。今天我們才有可能看到，是否受過現代主義文學的洗禮，對一個作家而言是非常不同的。應該說，現代主義文學極大地提高了當代中國文學的文學性。

80 年代初期，當汪曾祺重新以小說家身份面世時，他那股清新飄逸、雋永空靈之風，並非突如其來。不同的是，與現實關係習慣性緊張的心態，才對這種風格因無以表達而保持了短暫的緘默。80 年代最初兩年，汪曾祺連續寫作了《黃油烙餅》、《異秉》、《受戒》、《歲寒三友》、《天鵝之死》、《大淖記事》、《七里茶坊》、《雞毛》、《故里雜記》、《徙》、《皮鳳之榿房子》等小說。這些故事連同它的敘事態度，彷彿是一位鶴髮童顏的天外來客，他並不參與人們對「當下」問題不依不饒的糾纏，而是興致盎然地獨自敘說起他的日常生活往事。《十月》發表了汪曾祺的《歲寒三友》、《晚飯花》、《露水》、《獸醫》等小說，參與了推動中國抒情小說的發展。

　　古華的《爬滿青藤的木屋》，是一篇非常重要的小說。故事發生在與世隔絕的深山老林，它像是一個原始的酋長國，它遠離現實，顯示著神秘而遙遠的設定。它的人物也相對單純，只有王木通、盤青青、李幸福三人，他們分別被賦予暴力、美和文明三種不同的表意內涵。因此，這貌似與世隔絕的環境，卻並非僅僅是一處流光溢彩的天外之地，它的詩性和風情仍不能掩埋現實的人性衝突。於是，這個「爬滿青藤的木屋」就不再是個孤立的存在，它所發生的一切衝突，都相當完整地表達了山外的整個世界。渴望文明洗禮的盤青青始終處於被爭奪的位置。她對李幸福的生活方式和狀態心嚮往之，並在潛意識中把他當作「拯救者」，她不失時機地靠近「文明」，她的溫柔與笑聲傳達的是她對「文明」的親近。但這一親近由於「契約」關係的規定，使盤青青的嚮往和行為具有了叛逆性質。這樣，就使李幸福和盤青青在與王木通的衝突中，先在地潛含了危機，他們的悲劇從一開始就已經孕育。作家對啟蒙話語的被壓抑和知識分子的地位深懷同情，但它在現實中的地位已無可挽回，作家只能感傷地寄予幻想，它從另一側面表述了知識分子話語的無力和無奈。

　　從創刊至今，《十月》對中篇小說發展做出的貢獻尤其值得提及。刊物創辦人之一的資深老編輯、散文家張守仁說：「當時那些月刊一期就十幾萬字，所以發一個中篇就了不得了，而我們一期就發三四個。從「五四」以來，還從來沒有刊物這樣做。可以說，《十月》引發了中篇小說的第一個高潮。同時，我們抓緊時機，召開了一個中篇小說座談會，把很多作家都請來參加，推動中篇小說這個體裁的發展。」事實的確如此。可以說，在中篇小說領域，能夠與《十月》雜誌抗衡的刊物幾乎沒有。《十月》的中篇小說獲得的全國性獎項（「魯獎」和「全國優秀中篇小說獎」）有 17 部之多。更重要的不是數量，而是這些作品的巨大影響力。比如王蒙的《蝴蝶》、鄧友梅的《追趕隊伍的女兵們》、劉紹棠的《蒲柳人家》、宗璞的《三生石》、張承志的《黑駿馬》、《北方的河》、鐵凝的《沒有紐扣的紅襯衫》、《永遠有多遠》，張賢亮的《綠化樹》，賈平凹的《臘月・正月》，張一弓的《張鐵匠的羅曼史》、葉廣芩的《夢也何曾到謝橋》、方方的《斷琴口》等。都是三十多年來中篇小說最重要的作品。

　　張承志在「新時期」文學中，既在文學前沿，成為人們關注的焦點，同時又在任何文學潮流之外。他桀驁不馴和自視甚高的個性使他很難認同流行的潮流。因此，即便是在「知青小說」的範疇內來談論他也顯得相當勉強。他在自

己的第一本小說集《老橋》的「後記」中，流露過自己真實的心態和寫作的原則：「無論我們曾有過怎樣觸目驚心的創傷，怎樣被打亂了生活的步伐和秩序，怎樣不得不時至今日還感歎青春；我仍然認為，我們是得天獨厚的一代，我們是幸福的人。在逆境裏，在勞動中，在窮鄉僻壤和社會底層，在思索、痛苦、比較和揚棄的過程中，在歷史推移的啓示裏，我們也找到過真知灼見；找到過至今仍感動著、甚至溫柔著自己的東西。」在這樣認識的支配下，他確定了自己「為人民」寫作的原則。在他看來，「這根本不是一種空洞的概念或說教。這更不是一條即將乾枯的淺河。它背後閃爍著那麼多生動的臉孔和眼神，注釋著那麼豐滿的感受和真實的人情，它是理論而不是什麼過時的田園詩。在必要時我想它會引導真正的勇敢。哪怕這一套被人鄙夷地譏笑吧，我也不準備放棄。」張承志貫徹了自己最初的創作動機。《十月》發表了他最重要的兩部中篇小說《黑駿馬》和《北方的河》。後來他的《金牧場》、《黃泥小屋》、《心靈史》、《神示的詩篇》，其精神向度雖然有重要的變化，但理想主義始終是他固守的氣質。他的這些作品與「新潮」無緣，但又「超越了許多同時代人」。

張賢亮是他那代作家中最有才華的一個。雖然他的作品經常引起爭議，那是因為值得爭議。《十月》發表的《綠化樹》，一個是張賢亮最重要的作品甚至是代表作。主人公章永璘的觀念正確與否並不重要，重要的是作品通過人物的懺悔、自省等內心活動的描寫，對飢餓、性饑渴和精神世界的困頓等問題進行的思考，生動展現了那一年代知識分子的「苦難的歷程」。小說塑造的馬纓花、謝隊長、海喜喜等人物，給人留下了深刻的印象；尤其馬纓花，是那一年代最有文學成就的人物之一。

新世紀以來，《十月》仍是中篇小說的主要陣地。新世紀以來發表的中篇名篇劉慶邦的《神木》、《臥底》，鄧一光的《懷念一個沒有去過的地方》，荊永鳴的《白水羊頭葫蘆絲》，葉廣芩的《豆汁記》，東君的《阿拙仙傳》，呂新的《白楊木的春天》、蔣韻的《朗霞的西街》、方方的《斷琴口》、《涂自強的個人悲傷》等；另一方面，《十月》重視中篇小說青年作家的培養。1999年，《十月》開闢了「小說新幹線」欄目，意在推出「富有潛力又未引起廣泛關注的青年作家」。十五年來，推出了80餘位青年作家。曉航、葉舟、陳繼明、魯敏、津子圍、喬葉、馬敘、徐迅、王秀梅、祁又一、東君、鄭小驢、付秀瑩、李雲雷、霍艷、吳文君等青年作家，通過《十月》的舉薦，逐漸成為當下一線的小說作家。

《十月》不斷發表的高品質作品，得到了讀者的認可，它的發行量曾達到過 60 餘萬冊。對於一家大型文學期刊來說，這不啻為天文數字；另一方面，《十月》的辦刊思想和整體形象，也得到了中國一流作家的認同和肯定。《十月》造就或舉薦了許多功成名就的著名作家，同時仍在培養當下年輕的作家。當然，80 年代的文學輝煌已經成為往事，它只可想像而難再經驗。但是，通過刊物發表的作品和刊物主政者的表達，我們看到的是《十月》的傳統在文學舉步維艱的今天，他們仍然堅守在文學的精神高地。常務副主編陳東捷曾表達：「未來的《十月》會繼續做文學精品，刊登既關注現實人生，又具有成熟敘事技巧的作品，……也許我們的影響和上世紀 80 年代沒法比了，但我們依然可以做出有價值的作品。」

35 年的時間並不長，但是，在當下中國處在現代性的不確定性的過程中的時候，一份文學刊物能夠在波峰潮湧中巍然屹立，既能夠引領文學潮流，又保有自己獨特的文學風貌，當然不是一件容易的事情。

我們相信也祝願《十月》在今後的歲月裏，青春永駐，為中國當代文學推出更多更好的作品，培養更多更好的文學新人。

《當代》：現實主義文學的旗幟

《當代》雜誌是三十多年來中國文學的重鎮。從創刊那天起，《當代》就以其鮮明的關注現實和批判精神，成為當代中國現實主義文學的旗幟。三十五年過去之後，《當代》已經成為中國文壇不可或缺的存在。它日漸成熟和正大的品格和風采，在文學界和讀者那裏贏得了崇高的聲譽。而這一切，都與《當代》對現實主義文學原則的堅持密不可分。

《當代》創刊於 1979 年 7 月（因為當時為季刊，發刊時間定為 6 月）。當時的發刊詞《發刊的幾句話》是韋君宜先生寫的。一本雄踞京城的文學大刊，用這樣漫不經心的題目做發刊詞，可見其編者的雍容和自信。發刊詞的全文如下：

> 春光明媚，百花吐艷，在一年中最好的這個季節，我們開始創辦文學雜誌《當代》。
>
> 粉碎「四人幫」後的文苑，猶如嚴冬過後的春天，一派勃勃生機。但願從今以後，在文藝的百花園中，永遠不再重現北風凜冽的寒冬。

　　兩年半以來，全國的文藝刊物有如雨後春筍，復刊和新創者已達百餘種。我們現在創辦這個刊物，如果能做到錦上添花，那就如願以償了。

　　我們是文學書籍出版社，收到的稿件越來越多，其中夠水平的好作品可謂不少。但由於印裝條件差，週期長，出書慢，遠不能滿足讀者要求。哪個作家不願自己的辛勤勞作早日問世？哪個讀者不希望多讀到一些新作品？因此，爲了滿足廣大讀者的願望，繁榮我國社會主義文學，我們想辦個刊物，把一些亟應出來而不能很快出來的好作品發表，爲廣大的作家開闢發表作品的新園地。這就是我們想辦刊物的最初一個動機。

　　我們的國家這麼大，人口這麼多，文藝刊物再增加幾種也不嫌多。讀者的興趣是廣泛的，應當讓大家有個選擇餘地。也許，人們關心我們這刊物究竟有什麼特點，這是需要作出交代的。我們可以這麼回答：

　　第一，我們的刊物是大型的，每期有五十萬字左右。篇幅大一點，好處是可以容納中型以上的作品。

　　第二，是綜合的，舉凡文學作品的各門類——小說、詩歌、戲劇、散文、小品、評論兼收並蓄，無所不容。但是我們將著重發表長篇小說，中篇小說和一部分戲劇文學。創作要發表，翻譯作品也刊登，特別是當代國外的著名作品更要努力介紹，要讓我們的讀者通過藝術形象瞭解今日之世界。搞四個現代化，科學技術要積極引進，文學藝術也一樣，外國的好東西應當借鑒。

　　第三，我們希望多發表新作家的新作品。還在三十年代，魯迅就大力提倡辦文藝刊物要著重培養新作家，每期都要有新作家的名字出現，這才是文藝興旺的現象。在我國實行四個現代化的這個偉大時代，文藝上執行百花齊放，培養新作家，扶植新作家，意義更加重大。不言而喻，培養新作家，扶植新作家，一點也不排斥老作家，我們同樣非常歡迎老作家給我們撰稿。

　　我們這個刊物選稿的標準從寬不從嚴，特別要打破條條框框，如「四人幫」的什麼「三突出」那一套，我們毫不諱言就是要與之

針鋒相對。希望題材多樣化，主題思想也多樣化。凡有積極意義，藝術技巧又有一定成就，各種風格的作品我們都採納。文藝作品第一要求思想性，這是毫無疑義的，但決不能忽視藝術性，藝術作品總要求有藝術；標語口號式的作品，即使思想上站得住，而藝術上很差，那樣的作品，我們一定不取。

　　文學事業是黨的事業，是人民的事業。當這個刊物同讀者見面之時，春雷已經響過，盛夏已經到來。我們最誠懇地希望得到廣大作者和讀者的支持，並熱烈歡迎大家批評指導。

　　1979 年代，能寫出這樣的發刊詞，應該說是一大風景。不溫不火的修辭，海納百川的寬容，顯示了辦刊者自信的風範。但是，刊物的追求和原則盡在其中。無論一個團體還是一份雜誌，蹤有它的靈魂人物。《當代》的靈魂人物就是自創刊一直擔任了十幾年主編的秦兆陽先生。1956 年 9 月號的人民文學，秦兆陽先生以何直筆名發表了《現實主義——廣闊的道路》的著名文章。文章強調反對教條主義的清規戒律，提倡現實主義的創作原則，促進社會主義文學的發展。它首先對現實主義作出了明確的界說，認為「文學的現實主義」是在文學藝術實踐中所形成、所遵循的一種法則。它以嚴格地忠實於現實，藝術地真實地反映現實，並反轉來影響現實為自己的任務，並認為「這是現實主義的一個基本大前提」。文章對蘇聯作家協會章程上關於社會主義現實主義的定義的不合理性也提出了修正性的看法，認為「社會主義精神」不應是藝術的真實之外的東西，如果讓血肉生動的客觀真實去服從硬加到作品上的抽象的主觀的東西，「就很可能使得文學作品脫離客觀真實，甚至成為某種政治概念的傳聲筒」。文章發表後在文壇引起軒然大波，並引發了中國的關於現實主義的大討論。文章發表至今近六十年了。無論當代中國文學界對現實主義的理解、認識達到了怎樣的水平，可以肯定的是，當我們書寫現實主義在中國遭遇的時候，秦兆陽先生的這篇文章無論如何是難以逾越的。

　　因此，無論是創作還是辦刊，秦兆陽先生一直堅持現實主義原則。《當代》首發的小說《將軍吟》、《芙蓉鎮》、《古船》、《秋天的憤怒》、《鐘鼓樓》、《活動變人形》、《白鹿原》、《塵埃落定》、《滄浪之水》、《蒙面之城》、《超越自我》、《新星》、《故土》、《老井》、《赤橙黃綠青藍紫》、《代價》、《麥客》、《大國之魂》、《中國知青夢》、《國畫》、《梅次故事》、《家族》、《點點記憶》、《商界》、《流浪金三角》，《經典關係》、《白豆》、《藍衣社碎片》、《中國知青終結》、《那

兒》等優秀作品，都是遵循現實主義創作原則的名篇力作，同時也是這個時代標誌性的小說之一。雜誌嚴謹的編輯態度和開放的編輯方針，與作家結下了深厚的友誼。尤鳳偉說：「《當代》是中國文學諸刊的兄長。厚重、深沉或許還包括些許刻板，這都能體現出一種兄長風範」；趙德發說：「《當代》的輝煌是如何取得的？是編輯們把刊物辦出了特色。『直面人生，貼近現實』是他們的追求，也是廣大讀者的期待。文學刊物的訂戶到哪裏爭奪？關鍵是要到文學圈子之外去爭奪。我所認識的文學圈之外的《當代》訂戶稱，他們就是要通過《當代》瞭解當代。所以說，《當代》的當代，造成了當代的《當代》。然而我們要看到，《當代》的特色是靠品位來支撐的」，《當代雜誌》「簡直就是半部中國新時期文學史！可以肯定地說，在這裡發表的某些作品，以後是要進入中國文學史的。」陳忠實說：「我的第一部中篇小說《初夏》發表於《當代》。我的第一部長篇小說《白鹿原》最早通過《當代》和讀者見面、交流。《當代》在我從事寫作的階段性探索中成就了我。」（見《當代》1999 年 4 期）

在雜誌的努力下，獲獎作品，包括獲「魯迅文學獎」、「茅盾文學獎」的作品不計其數。當然，評獎只是評價一個雜誌、一個作家的一種形式。在我看來，《當代》發表的一些沒有沒有獲獎的作品，同樣具有重要的價值和意義。比如閻真的《滄浪之水》、莫懷戚的《經典關係》、董立波的《白豆》、曹征路的《那兒》等，就是這個時代最優秀小說的一部分。

閻真的長篇小說《滄浪之水》，可以從許多角度進行解讀，比如知識分子與文化傳統的關係、特權階層對社會生活和精神生活以及心理結構的支配性影響、在商品社會人的欲望與價值的關係、他者的影響或平民的心理恐慌等等。這足以證實了《滄浪之水》的豐富性和它所具有的極大的文學價值。但在我看來，這部小說最值得重視或談論的，是它對市場經濟條件下世道人心的透視和關注，是它對人在外力擠壓下潛在欲望被調動後的惡性噴湧，是人與人在對話中的被左右與強迫認同，並因此反映出的當下社會承認的政治與尊嚴的危機。

小說的主人公池大爲，從一個清高的舊式知識分子演變爲一個現代官僚，其故事並沒有超出于連式的奮鬥模型，于連渴望的上流社會與池大爲心嚮往之的權力中心，人物在心理結構上並沒有本質區別。不同的是，池大爲的嚮往並不像于連一樣出於原初的謀劃。池大爲雖然出身低微，但淳樸的文化血緣和獨善其身的自我設定，是他希望固守的「中式」的精神園林。這一

情懷從本質上說不僅與現代社會格格不入，與現代知識分子對社會公共事物的參與熱情相去甚遠，而且這種試圖保持內心幽靜的士大夫式的心態，本身是否健康是值得討論的，因爲它仍然是一種對舊文化的依附關係。如果說這是池大爲個人的選擇，社會應該給予應有的尊重，但是，池大爲堅持的困難並不僅來自他自己，而是來自他與「他者」的對話過程。

現代文化研究表明，每個人的自我界定以及生活方式，不是來自個人的願望獨立完成的，而是通過和其他人「對話」實現的。在「對話」的過程中，那些給予我們健康語言和影響的人，被稱爲「有意義的他者」，他們的愛和關切影響並深刻地造就了我們。池大爲的父親就是一個這樣的「他者」。但是，池大爲畢業後的七年，仍然是一個普通科員，這時，不僅池大爲的內心產生了嚴重的失衡和堅持的困難，更重要的是他和妻子董柳、廳長馬垂章、退休科員晏之鶴以及潛在的對話者兒子池一波已經經歷的漫長的對話過程。這些不同的社會、家庭關係再造了池大爲。特別是經過「現代隱士」晏之鶴的人生懺悔和對他的點撥，池大爲迅速的時來運轉，他不僅在短時間裏連升三級，而且也連續搬了兩次家換了兩次房子。這時的池大爲因社會、家庭評價的變化，才眞正獲得了自我確認和「尊嚴感」。這一確認是在社會、家庭「承認」的前提下產生的，其「尊嚴感」同樣來源於這裡。

於是，小說提出的問題就不僅僅限於作爲符號的池大爲的心路歷程和生存觀念的改變，事實上，它的尖銳性和嚴峻性，在於概括了已經被我們感知卻無從體驗的社會普遍存在的生活政治，也就是「承認的政治」。加拿大學者查爾斯·泰勒在他的研究中指出：一個群體或個人如果得不到他人的承認或只得到扭曲的承認，就會遭受傷害或歪曲，就會成爲一種壓迫形式，它能夠把人囚禁在虛假的、被扭曲和被貶損的存在方式之中。而扭曲的承認不僅爲對象造成可怕的創傷，並且會使受害者背負著致命的自我仇恨。拒絕「承認」的現象在任何社會裏都不同程度地存在，但在池大爲的環境裏已經成爲一種普遍的存在。被拒絕者如前期池大爲，他人爲他設計的那種低劣和卑賤的形象，曾被他自己內在化，在他與妻子董柳的耳熟能詳的日常生活中，在不學無術淺薄低能的丁小槐丁處長、與專橫跋扈的馬廳長的關係中，甚至在下一代孩子的關係中，這種「卑賤」的形象進一步得到了證實。不被承認就沒有尊嚴可言。池大爲的「覺醒」就是在這種關係中因尊嚴的喪失被喚起的。現代生活似乎具有了平等的尊嚴，具有了可以分享社會平等關注的可能。就像

泰勒舉出的例證那樣，每個人都可以被稱爲先生、小姐，而不是只有部分人被稱爲老爺、太太。但是這種虛假的平等從來也沒有深入生活內部，更沒有成爲日常生活支配性的文明。尤其在我們的社會生活中，等級的劃分或根據社會身份獲得的尊嚴感，幾乎是未作宣告、但又是根深蒂固深入人心的觀念或未寫出的條文。

現代文明的誕生也是等級社會衰敗的開始。現代文明所強調和追求的是赫爾德所稱的「本眞性」理想，或者說我們每一個人都有一種獨特的作爲人的存在方式，每個人都有他或她自己的尺度。自己內心發出的召喚要求自己按照這種方式生活，而不是模仿別人的生活，如果我不這樣做我的生活就會失去意義。這種生活實現了眞正屬於我的潛能，這種實現，也就是個人尊嚴的實現。但是，在池大爲面對的環境中，他的「本眞性」理想不啻爲天方夜談。如果他要保有自己的「士大夫」情懷和生活方式，若干年後他就是「師爺」晏之鶴，這不僅妻子不答應，他自己最終也不會選擇這條道路。如果是這樣，他就不可能改變自己低劣或卑賤的形象，他就不可能獲得尊嚴，不可能從「賤民」階層被分離出來。於是，「承認的政治」就這樣在日常生活中彌漫開來。它是特權階級製造的，也是平民階級渴望並強化的。在池大爲的生活中，馬垂章和董柳是這兩個階級的典型，然後池大爲重新成爲下一代人艷羨的對象或某種「尺度」。讀過小說之後，我內心充滿了恐慌感，在今天的社會生活中，一個人將怎樣被「承認」，一個人尊嚴的危機怎樣才能得到緩解？閻眞的發現是此前知識分子文學不曾涉及的。

《白豆》的人物和故事，重新激活了發生在「下野地」那段已經終結的歷史。但是，作家董立勃復活白豆和它周邊的人物，顯然不是出於懷舊的訴求，或者說，任何歷史的書寫都直接或間接地與現實有關。「下野地」這個虛構的邊陲故地和它發生的一切，並沒有從歷史的記憶中抹去，當它被重新書寫之後，起碼有兩方面的意義值得我們注意：一是對當下時尙化寫作的某種反撥；一是對人的欲望、暴力、權力的揭露與申控。因此，《白豆》是在都市白領文化覆蓋文化市場，成功人士招搖過市時代的一曲邊塞悲歌，是維護弱勢群體尊嚴和正當人性要求的悲涼證詞，是重新張揚人本主義的當代絕唱。

董立勃的《白豆》的場景是在空曠貧瘠的「下野地」，那裏遠離都市，沒有燈紅酒綠甚至沒有任何消費場所；人物是農工和被幹部挑了幾遍剩下的年輕女人。男人粗陋女人平常，精神和物資一無所有是「下野地」人物的普遍

特徵。無論在任何時代，他們都是地道的邊緣和弱勢的人群。主人公白豆因為不出眾、不漂亮，便宿命般地被安排在這個群體中。男女比例失調，不出眾的白豆也有追逐者。白豆的命運就在追逐者的搏鬥中一波三折。值得注意的是，白豆在個人婚戀過程中，始終是個被動者，一方面與她的經歷、出身、文化背景有關，一方面與男性強勢力量的控制有關。白豆有了自主要求，是在她經歷了幾個不同的男人之後才覺醒的。但是，白豆的婚戀和戀人胡鐵的悲劇，始終處在一種權力關係之中：吳大姐雖然是個媒婆的角色，但她總是以「組織」的名義給年輕女性以脅迫和壓力，她以最簡單，也是最不負責任的方式處理了白豆和胡鐵、楊來順的關係之後，馬營長死了老婆，馬營長看上了白豆，就意味著白豆必須嫁給他。但當白豆遭到「匿名」的強暴之後，他就可以不再娶白豆而娶了另一個女性。

胡鐵不是白豆的強暴者，但當他找到了真正的強暴者楊來順之後，本來可以洗清冤屈還以清白，但一隻眼的羅「首長」卻宣布了他新的罪名。也就是說，在權力擁有者那裏，是否真的犯罪並重要，重要的是權力對「犯罪」的命名。胡鐵在絕望中復仇，也象徵性地自我消失了。在《白豆》裏，權力／支配關係是決定人的命運的本質關係。小說揭示的這種關係，在現實社會中並沒有消失或者緩解。

但是，如果把白豆、胡鐵的悲劇僅僅理解為權力／支配關係是不夠的。事實上，民間暴力是權力的合謀者。如果沒有楊來順圖謀已久的「匿名」強姦，如果沒有楊來順欲擒故蹤富於心計的陰謀，白豆和胡鐵的悲劇同樣不能發生，或者不至於這樣慘烈。因此，在《白豆》的故事裏，無論權力還是暴力，都是人性「惡」的表現形式。權力、暴力如果連結著人的欲望，它就會以支配和毀滅的形式訴諸於同樣的目的：為了滿足個體「惡」的欲望，就會製造善和美的悲劇。

《白豆》的寫作，使我們有機會重新想起了十八、九世紀批判現實主義的文學傳統，想起了文學是人學的古老命題。事實上，無論社會、時代發生怎樣的變化，人性的本質是不會變化的。我們在反對本質主義判斷的同時，對人性不能沒有價值判斷。《白豆》在延續了關懷人性這一傳統的同時，也對文學的悲劇力量給予了新的肯定。我們在很長一段時間裏總是感到文學缺乏力量，這與悲劇文學的缺失是有關的。作家董立勃在這一方面的努力，將會喚起文學對悲劇新的理解和認識，舊的美學原則仍然會煥發出新的活力。

　　莫懷戚的《經典關係》主要的敘述的還是「知識階層」群體——它的主要人物都是有高等教育背景的人。在以往的輿論或意識形態的表達中,「知識階層」和他們堅守的領域,一直有一層神秘的面紗,他們在不同的敘述中似乎仍然是中國最後的精神和道德堡壘,他們仍然懷有和民眾不同的生活信念或道德要求,他們仍然生活在心造的幻影當中。但事實上,在 80 年代中期,知識分子內部的變化就已經開始發生。不同的是,那時知識分子的「動搖」或變化還不是堂而皇之的,他們是懷著複雜的心情離開校園或書房的。進入90 年代之後,曾經有過關於知識分子經商的大討論。一些有識之士對知識分子經商給予了堅決的支持。現在看來,這場討論本身就是知識分子問題的反映:這個慣於坐而論道的階層總是訥於行動而敏於言辭。但對於勇敢的年輕人來說,他們沒有顧忌地實現了自我解放,他們隨心所欲地選擇了自己喜歡的職業,同時也選擇了新的價值觀念。如果說,1905 年科舉制度終結以前士大夫階層死抱著從政做官不放,是那個時代的價值觀念問題的話,那麼,今天的知識階層死抱著書本不放,其內在的問題並沒有本質的不同。當社會提供了身份革命條件的時候,這個猶豫不決的群體總會首先選擇觀望,然後是指手畫腳。

　　《經典關係》中的人物不是坐而論道的人物。他們無論是主動選擇還是被動裹脅,都順應了時代潮流,在他們新的選擇中,重建了新的「經典關係」。經典關係,事實上是日常生活中最常見的關係,它是夫妻、父子、翁婿、師生、情人等血緣和非血緣關係。但人在社會生活結構中的位置發生變化之後,這些關係也就不再是傳統的親情或友情關係,每種關係裏都隱含著新的內容,也隱含著利害和危機。

　　在作者構造的「經典關係」中,那個地質工程師的岳父東方雲海處於中心的位置,但這個「中心」是虛設的。在脆弱的家庭倫理關係中,他的中心地位只是個符號而已,在實際生活中他真實的地位是相當邊緣的,他難以參與其間。雖然兒女們還恪守著傳統的孝道,但他已經不可能再以權威的方式左右他們的生活。他選擇了自盡的方式結束自己的生命,與王國維結束自己的生命沒有區別,他意識到了這個時代與他已經格格不入。茅草根、南月一以及東方蘭、東方紅、摩托甚至茅頭,他們彷彿在故事中是敘述中心,但他們都不是中心。在故事中每個人都是以自我為中心,那個十歲的毛孩子,為和父親爭奪「姨媽」,甚至不惜開槍射殺他的父親,使英俊父親的眼睛只剩下

了「一目半」。這個以「自我」爲中心的「經典關係」一經被發現，它的戲劇性、殘酷性使我們在驚訝之餘也不寒而慄。

這時，我們就不得不再一次談論已經淪爲陳詞濫調的「現代性」。因爲除此之外我們很難作出其他解釋。現代性就是複雜性，就是一切都不在我們把握控制之中的歷史情境。我們試圖構造的歷史也同時在構造著我們。誰也不曾想到，自以爲是隨遇而安的茅草根會被學生兼情人「裹脅」進商海，誰也不會想到東方紅會那樣有城府地算計她的姐姐，當然也不會想到茅草根的欲望會是那樣地無邊，最後竟「栽」在自己兒子的手中。「經典關係」是複雜的，但又是簡單的。說它複雜，是他們必須生活在諸種關係中，沒有這些關係也就失去了利益，欲望也無從實現；說它簡單，是因爲每個人都是以自我爲中心。他們雖然良心未泯熱情洋溢生機勃勃，但在這種危機四伏的關係中，誰還有可能把握自己的命運呢？茅草根以排演《川江號子》爲由逃離了「經典關係」的網絡，他似乎對藝術還情有獨鍾，但事實上這同樣是一種出走方式。惟利是圖的經濟「主戰場」並非是他的用武之地，他只能以出走退回到他應該去的地方。

2004年5期的《當代》雜誌發表了他的《那兒》，一時石破天驚。在《那兒》那裏，曹征路在鮮明地表達自己的情感立場的同時，也不經意間流露了他的矛盾和猶疑。我當時評論這部作品時說：《那兒》的「主旨不是歌頌國企改革的偉大成就，而是意在檢討改革過程中出現的嚴重問題。國有資產的流失、工人生活的艱窘，工人爲捍衛工廠的大義凜然和對社會主義企業的熱愛與擔憂構成了這部作品的主旋。當然，小說沒有固守在『階級』的觀念上一味地爲傳統工人辯護。而是通過工會主席爲拯救工廠上訪告狀、集資受騙、最後無法向工人交代而用氣錘砸碎自己的頭顱，表達了一個時代的終結。朱主席站在兩個時代的夾縫中，一方面他向著過去，試圖挽留已經遠去的那個時代，以樸素的情感爲工人群體代言並身體力行；一方面，他沒有能力面對日趨複雜的當下生活和『潛規則』。傳統的工人在這個時代已經力不從心無所作爲。小說中那個被命名爲『羅蒂』的狗，是一個重要的隱喻，它的無限忠誠並沒有換來朱主席的愛憐，它的被驅趕和千里尋家的故事，感人至深，但它仍然不能逃脫自我毀滅的命運。『羅蒂』預示著朱主席的命運，可能這是當下書寫這類題材最具文學性和思想深刻性的手筆」。事實上，朱主席的處境也是作家曹征路的處境：任何個人在強大的社會變革面前都顯得進退維谷莫衷

一是，你可以不隨波逐流，但要改變它幾乎是不可能的。《那兒》引領了中國文學至今仍在持續的「底層文學」的創作，是這一文學現象，使淡出公共視野已久的文學，又和讀者緩慢地建立起了關係。這是《當代》堅持現實主義辦刊理念的巨大貢獻。

1999 年以來，舉辦《當代》文學拉力賽，堅持公開評委名單，公開評委評語，公開評委投票的原則，使之成為透明度和公信度最高的文學獎項。2004 年起，《當代》雜誌社增出長篇小說選刊《當代長篇小說選刊》，雙月出版，成為那個時代中國惟一的長篇小說選刊。同年，《當代》雜誌啟動了「長篇小說年度獎」的評選工作。這一獎項因「全透明、零獎金」而受到文學界和媒體的廣泛矚目。當時《當代》雜誌副主編周昌義介紹，這一評獎將分別設立專家獎和讀者獎，專家和讀者分別推選出年度最佳長篇小說。記者在評獎章程中看到，專家獎的評選實行的是「全透明」評選，專家獎評委是在公開場合，當著媒體、讀者與作家的面投票，而且是實名投票。周昌義說：「聘請任何專家做評委我們也不敢保證他們沒私心，不受干擾。但我們將創造有利於發揮他們才能、表現他們職業良心和水平的環境。實行有記名投票，現場投票現場唱票，是我們能夠想出來的最有力的約束。」周昌義還強調，獲獎者沒有一分錢獎金：「《當代》以前曾經設 10 萬元大獎，以為獎金越高，就越能引起關注。後來發現讀者和作家真正關心的是獎項的口碑，關心評獎過程是否透明公正。」他還表示，不設獎金就不需要拉贊助，就有了不受金錢影響的可能。事實表明，《當代》「長篇小說年度獎」評出的長篇小說，經受住了時間的考驗。

《當代》雜誌建構了自己健康正大、根基牢固的現實主義辦刊傳統，同時也造就一批名滿天下的編輯隊伍。傳統是有力量的。相信《當代》在一個偉大傳統的影響和昭示下，一定會有更美好的下一個三十五年。

2014 年 8 月 22 日於北京寓所

一份雜誌與當代中國文學現場
——《文藝爭鳴》獲獎作品集及文選序

　　1986 年，是「新時期文學」的第十個年頭。這一年注定要發生許多重要的文學事件。後來的中國當代文學史記錄了這些事件，比如：王蒙發表了他重要的長篇小說《活動變人形》、莫言發表了重要的中篇小說《紅高粱》、張煒發表了重要的長篇小說《古船》、路遙發表了長篇小說《平凡的世界》；中國社會科學院文學研究所在北京召開了「新時期文學十年學術討論會」等等。如火如荼的時代高潮迭起。同年一月，還有一個重大的文學事件就是《文藝爭鳴》雜誌的創刊。在 80 年代氣勢磅礴的時代大潮中，一個地方性學術刊物的誕生沒有引起特別關注是完全可以理解的——80 年代的大事件此起彼伏實在太多了。但是，後來的歷史證明，這份雜誌對於推動中國當代文學創作和批評的發展，對於推動和建構這個時代的學術營壘和格局，其無可替代的地位和重要影響日益深遠。二十多年的時間，《文藝爭鳴》以其前沿性、學術性和開放性樹立了自己健康和積極的學術刊物形象，它在理論、史論和評論等方面推出的大量文章和作者，使其成爲名副其實的當代學術重鎮。可以說，當代中國從事文學理論、現當代文學研究和文學批評的重要學者，幾乎無一例外地在《文藝爭鳴》上發表過文章，《文藝爭鳴》的顯赫地位由此可見一斑。

　　經過多年的努力，《文藝爭鳴》終於將自己打造成爲學術名刊。它在學術期刊中的地位是：全國中文核心期刊，中國人文社會科學核心期刊，《中文社會科學引文索引》（CSSCI）來源期刊，《中國期刊全文數據庫》（CJFD）全文

收錄期刊。在全國主要社會科學期刊的評價體系的評估中，多年位居文學藝術類期刊影響力排名前列。每年都有多篇文章被《新華文摘》、《人大報刊複印資料》，《中國社會科學文摘》轉載。因其廣泛影響，成爲各高校文學藝術院系、各社會科學研究機構，以及專家、學者、本科生、研究生的重要專業讀物。這些數據和情況，從一個方面反映了當下學術體制對刊物的評價。但是，更重要的可能是來自學者的認同和評價。在《文藝爭鳴》百期華誕時，著名學者錢理群爲其寫下了這樣的賀語：「她總是在喧囂中大膽地發出自己獨立、清醒、眞誠的聲音，希望她永遠這樣走下去，不管前面等待自己的是什麼」〔註1〕這既是對《文藝爭鳴》過去的肯定，也是對其未來的期許。許多年過去之後，我們看到的是《文藝爭鳴》不變的學術風骨和不斷求新求變的學術抱負，是大批團結在《文藝爭鳴》周圍的優秀學者和青年才俊誠懇的友誼以及他們最好的文章。這種相互吸引構建了《文藝爭鳴》穩定和良性的學術環境。

在權力和等級無處不在的時代，作爲一個地方刊物，要想脫穎而出實現自己的學術理想和抱負，其艱難可想而知。無論是學術資本還是金融資本，《文藝爭鳴》都不像國家級刊物那樣具有先天優勢。它的優勢是後天逐步創建起來的。創刊以來，《文藝爭鳴》因堅持前沿性、學術性、包容性而形成了自己鮮明的風格和特徵。所謂前沿性，就是引領學術風潮，以敏銳的學術視野發現新問題或及時地參與當下最重要的學術話題。這也是《文藝爭鳴》一貫的特色。翻開刊物，撲面而來的諸如：「當代文學研究的危機」、「當代文化現象批判」「20世紀中國文藝蹤橫」、「近百年來中國文學史研究反思」、「新世紀文學研究」、「新世紀文藝學的前沿反思」等欄目或話題的提出，以及對「人文精神」大討論、底層寫作、打工文學等重要文學話題的提出和參與，顯示了編者宏闊的學術眼光的同時，也顯示了他們深切的國家民族關懷。人文學科領域裏的任何學術話題，都隱含著學者、編者的價值立場和現實關懷。這也正是人文學科的終極功能和意義。

所謂的「學術性」，是指研究、探討的內容具有專門性和系統性，也就是以學科領域裏某一專業性問題作爲研究對象，用科學的方法、創造性思維發現問題和解決問題。多年來，學術性是《文藝爭鳴》賴以存在和不斷發展的基礎，也是吸引、凝聚和團結學者隊伍的保證。在不同時期，我們既可以讀

〔註1〕錢理群：《文藝爭鳴》百期華誕賀語，載《文藝爭鳴》2002年3期。

到諸如「日常生活審美化」、「文學的祛魅」、「先鋒與常態」等問題的討論，同時可以看到長期設置的欄目如「當代文學論壇」、「新世紀文學研究」、「新時期文學研究」、「文學史視野」、「史料與紀事」等。這些問題的提出及欄目設置，顯示了編者對本學科學術性的理解所能達到的深度。事實上，這些問題不僅一直爲學界所關注，而且，與文學相關學科的學術研究，幾乎就是圍繞這些問題展開的。因此，《文藝爭鳴》因其學術性在理論學術類期刊的閱讀點擊率排在前十名，進入了（OP10）期刊。

所謂包容性，一是指刊物能夠容納不同的觀點和看法——「文藝爭鳴」如果沒有不同的觀點和看法，其「爭鳴」不啻爲空談。因此，《文藝爭鳴》不僅發表原創的、有新發現、新觀點的文章，同時也發表意見不同甚至觀點截然相反的文章，有的文章甚至相當激進，但是，只要言之成理持之有據，編者都能容納。海納百川是《文藝爭鳴》的一大特點；另一方面，編者能夠團結、容納不同性格、風格的作者。這一點在今天尤爲重要。我們知道，當下的學術體制，刊物是一個「權力機構」。從大的方面說，它引導或制約學術生產和傳播；小的方面，它可以因個人趣味和偏好，決定某個學術群體或個人與刊物的關係。我們見過一些刊物的編者，由於修養或價值觀問題，他們將自己擁有的學術權力迅速地轉換成了「權勢」。特別是在年輕學者面前。他們更感興趣的不是發現作者和文章，而是到各高校做「坐上賓」，坐「主席臺」。把學術權力變爲個人資本，把刊物變成了個人的「卡拉 OK 包房」。這種現象，與這個時代不斷突現的權力意識、等級觀念處在一個結構裏面。因此，這是非常不堪的現象和腐朽的價值觀。一位批評家在一次演說中說：「多年前，羅朗・巴特在法蘭西學院就職演說中，沒有花多少篇幅去表達他的學術觀點，而是大談文學和權勢的關係。這個人終其一生都痛恨權勢，在他後來名滿巴黎的年月，他本來可以利用權勢，但他沒有這麼做。遠離權勢，作爲一個自由的、依靠自己的話語力量生存的批評家，巴特始終保持著批評應有的自尊。」〔註2〕真正的學者當然不會理會這種權勢，儘管它還會以不同的方式存在。可以肯定地是，《文藝爭鳴》的包容性使刊物和作者一直保持著一種健康正常的關係。這實在是太難能可貴了。

現在《文藝爭鳴》雜誌將 1995～2002 年間獲獎的文章彙編成書，並編選

〔註 2〕陳曉明：《2002 年度批評家獲獎演說》，見華語傳媒文學大獎網站，2003 年 4 月 21 日。

了 2002～2012 年間發表的優秀論文。彙編這些文章，對雜誌來說，既是一種回顧和檢視，也是一種收穫和總結；對讀者來說，能夠用一種簡便的方式集中閱讀《文藝爭鳴》多年積累的優秀文章，自然有意外的驚喜。應該說，這些文章從一個方面代表了《文藝爭鳴》在近 20 年的時間裏的辦刊水準，也從一個方面表達了《文藝爭鳴》的學術理念和價值觀。集中閱讀這些文章，我心中也不免感慨。這些文章從某個方面構成了這個時段的文學歷史，其中很多重要文章聯繫著中國文學的重要時刻。因此，閱讀這些文章似乎又回到了這一時期文學史的現場，它幫助我們復原了不同時期的歷史語境，也幫助我們認識知識分子這一群體在當下的環境裏的變化和選擇。其中，我感受尤深的是《文藝爭鳴》對青年學者的提攜和培養。打開獲獎文章目錄，我們發現有許多「60 後」學者的名字，比如張新穎、倪偉、李震聲、葛紅兵、摩羅、揚帆、王世誠、李繼凱、王彬彬、敬文東以及「70 後」的黃發有、蔣泥等。90 年代，「60 後」學者大多三十出頭，他們風華正茂銳氣十足，面對 80 年代激情萬丈風煙四起的文壇，他們還難以成為主角。因此，「看客」的身份於他們說來也許太久了。因此，90 年代正是他們一展身手的好時機。果然，他們懷珠握玉出手不凡。當然，他們也同時遇到了《文藝爭鳴》有眼光和胸襟的編者們。雜誌不僅為他們提供發表文章的陣地，同時也在評獎中極力地舉薦了他們。

我記憶猶新的是《文藝爭鳴》對年輕學者摩羅的推舉。打開獲獎篇目，摩羅曾三屆獲獎，這不僅在《文藝爭鳴》評獎中是唯一的一個。我想其他評獎連中三元大概也是鳳毛麟角。雜誌的編者對摩羅的厚愛可見一斑。應該說，摩羅那個年代寫下的文章不是用新意可以形容的，他的銳氣、勇氣和他的見解，有如空穀足音一鳴驚人。他獲獎的三篇文章分別是：《論當代中國作家的精神資源》（1996）、《虛妄的獻祭：啓蒙情結與英雄原型》（1998）、《論中國文學的悲劇缺失》（1999）。我僅以《論當代中國作家的精神資源》為例，試圖說明摩羅當年的思想風華。在人文精神大討論尚未落幕的年代，摩羅文章的主旨或要解決的問題是：「站在 20 世紀的末端，我們究竟該怎樣認同自己的精神資源？在這個問題上，我們曾經有過什麼樣的迷失？今天應該有怎樣的反思？我們的筆應該伸向哪裏？我們用以燭照生活的精神之光應該是什麼？它能夠從何產生？這是些頗為複雜同時也頗為重大的問題，不是一本書或一篇文章能說清楚的，甚至也不是幾年間就能明朗的。本文只能表現出關

注這些問題，觸及這些問題的願望。」〔註3〕他的話語方式和關注的問題，延續了百年中國知識分子的憂患傳統，同時也對知識分子自身提出了嚴厲的質疑和批判。也只有在1996年代的語境中，才能產生這樣的文章。即便今天看來，文章提出的問題仍然語焉不詳，仍然是有重要價值的。因此這篇文章列為1996年獲獎文章之首。當時的評委們給文章極高的評價。認為：「這篇論文有一種給人當頭棒喝的感覺，從學術角度說，也反映了研究者對知識分子傳統和現實處境的嚴肅反思」；「這是我一年來最喜歡的論文之一，作者的精神態度令人感動。他是抓住了當代文學的病根的，像這樣去分析當代作家的創作，探索中國文學未來的道路，才是體現了文學批評的價值和意義」；論文提出的問題，「都是本世紀中國知識分子精神史上的最具尖銳性的問題，作者敢於正視這些問題，表現了難能可貴的科學態度與理論勇氣。而作者對這些問題的展開與分析，都具有創造性與啓發性，並有一定的理論深度。」〔註4〕這些資料不僅反應了那個年代知識界的情感態度和問題意識，同時也從一個方面表達了《文藝爭鳴》舉薦青年學者的不遺餘力。但後來摩羅離開了他90年代的立場，當然也離開了《恥辱者手記》、《自由的歌謠》等作品的立場。他認同了另外一種觀念，他當然有自己選擇的自由。

評獎和文選見仁見智，總難免有遺珠之憾。但是，就目前看到的獲獎和文選篇目而言，應該說即便放到全國的範圍內評價，也都是好文章，這是沒有問題的。通過這些文章，我們也看到了《文藝爭鳴》的編者們，踐行了創刊時老一代學者公木先生的囑託與期許，這就是：「眞正的爭鳴在於追求」。〔註5〕當然，《文藝爭鳴》的追求，不是唯新是舉，不是新的就是好的。它是在「守正創新」的基礎上實現的。或者說，中國的現代性一味追新逐潮，並沒有得到全部希望得到的，某些新事物也是帶著它負面的東西一起來到我們面前的。因此，有時對「新」的警覺也未必是一件壞事。如果是這樣的話，那麼，我期待《文藝爭鳴》在不斷探索、不斷追求的道路上走得更遠，為當代中國文學作出更重要的貢獻。

2012年4月25日於北京

〔註3〕 摩羅：《論當代中國作家的精神資源》，載《文藝爭鳴》1996年5期。
〔註4〕 《1996年「文藝爭鳴獎」評選揭曉》，載《文藝爭鳴》1997年期。
〔註5〕 公木：《眞正的爭鳴在於追求》，載《文藝爭鳴》1986年創刊號。

《廣州文藝》與都市文學
——寫在《廣州文藝》改刊之際

　　2009 年 11 月 10 日至 13 日，《廣州文藝》在廣東從化召開了「都市文學」研討會。「都市文學」雖然還是一個曖昧不明的概念，但與會者都意識到了當下中國的城市化進程對文學的巨大影響。事實也的確如此。都市文學的數量日益增多，不僅有都市生活經驗的作家寫都市，而且在其他領域展開故事的作家也相繼參與其間，在 2009 年將目光和筆觸轉移到都市的作家日益增多。但今天的都市早已不是古典歐洲的巴黎、維也納或羅馬。我們很難打撈出當代中國的都市文化經驗，它像一隻變幻莫測的萬花筒，光怪陸離難以捉摸。因此，中國當代都市的文化經驗，仍然是一個不確定的經驗。這種不確定性，我們在不同作家的不同書寫中得到了確證。

　　但是，由《廣州文藝》領銜主演都市文學，也不是沒有緣由的空穴來風。在中國現代文學史上，雖然先後出現了諸如《子夜》、施蟄存、劉吶歐、葉靈風的「新感覺派」以及 50 年代出現的周而復的《上海的早晨》等書寫都市文學的作品。但這些小說，還不是我們今天所說的「都市文學」。《子夜》要表達的還是民族資產階級與買辦資產階級的較量與爭鬥；《上海的早晨》要表達的是建國初期上海對資本主義工商業進行社會主義改造的過程。他們都不是今天我們所說的「都市文學」。但 1959 年出版的歐陽山的《三家巷》以及秦牧的《花城》等散文，陳國凱的《羊城一夜》，後來張梅、張欣的小說、《情滿珠江》等電視劇，逐漸的進入了我們想像的「都市文學」的摸樣。因此，廣州應該是中國都市文學的發祥地和大本營。上海雖然更現代、更都市化，

但在王安憶、程乃珊的作品中，似乎舊上海的味道更濃一些，她們接續的是張愛玲的遺風流韻；衛慧的《上海寶貝》、《蝴蝶的尖叫》、棉棉的《糖》、《啦啦啦》才華橫溢，但因過於時尚而流於都市生活的表面。如此說來，事實上「都市文學」在我們的文學生活中還沒有真正的形成，或者說它仍在形成或探索的過程中。

這種狀況與我們熟悉或成就最大的鄉土文學是大不相同的。鄉土記憶是我們民族共同的文化記憶，無論是「農村題材」還是「鄉土文學」，我們都無須識別就可以感知它是否與本土文化有關。因此，中國在本質上或文化基因上還是一個「鄉土中國」。我們不僅可以在魯迅、沈從文、廢名的作品中感受鄉土的詩意與寧靜，也可以在《太陽照在桑乾河上》、《暴風驟雨》、《紅旗譜》、《創業史》中感知中國歷史或社會變革的過程。甚至在《艷陽天》、《金光大道》中，仍然可以看到鄉土中國那些不變的生活元素。比如鄉風鄉俗、鄉村倫理、土地觀念等核心價值觀。中國現代文學史上鄉土文學的發生，一開始就蘊涵著一個有趣的現象：鄉土文學作者並不是在鄉村寫出「鄉土文學」的，而是一批離開了故鄉，在都市生活中接受了現代文明洗禮的青年人。這時的鄉村，是一個只可想像而難以經驗的「烏托邦」。他們再回過頭來看自己生活過的鄉村時，就是城市的「鏡中之像」。因此，「鄉土文學」是被城市發現的，或者說鄉村文明是被現代城市文明發現的。用「鏡像」理論解釋「鄉土文學」的發生，雖然有些牽強，但我們應該承認的是，沒有現代城市文明，或者說，來自鄉村的知識分子如果沒有經歷城市文明，我們所看到的「鄉土文學」是不會出現的。

但都市文學就不同了。對於有著強烈的農民文化記憶的中國的社會主義者來說，對城市的看法一開始就是十分複雜的。城市既是商業文化中心、是行政管理中心、是現代化的表意符號，同時又是引誘享樂、聲色犬馬、腐敗墮落、香風毒霧的所在。對城市的佔領是革命取得最後勝利的象徵，但對城市的警覺排斥和耿耿於懷又是揮之不去的。因此，對於城市的社會主義文化領導權，就成為革命後的一個重要問題。對於執政者來說，一方面要實現現代化，並用「五年計劃」的方式將中國的現代化進程列出了時間表。另一方面，出於革命歷史經驗，他們認為只有保持「非城市化」的生活方式——革命戰爭時期的艱苦樸素的作風，才能保有無產階級和社會主義者的本色，才能與資產階級的生活方式保持必要的距離。這是一種典型的「前現代」的思

想方式，在實現現代化之前，描繪前景並奮力實踐，展現勃勃雄心是這個時代的一大特徵，就像普通的農民，一個「發家致富」的口號，就可以調動全家乃至一個階級的激情和奮鬥的信念。因此，在思想文化領域、意識形態領域反城市的傾向，是中國農民文化在社會主義初期的一種緊張的反映。這種「保守主義」的城市態度，作爲主流思想和統治思想的一部分，一方面緩解了官僚主義、權力腐敗的進程，提高了社會主義現代化的效率；一方面，也延緩、阻礙了城市化的進程。商業化是現代城市的主要特徵之一，它具有組織消費、引領時尚、促進流通、加快生產週期的功能，但同時它也具有社會主義思想所要抵制的、毛澤東曾告誡過的、須引起注意的「軟化」功能。或者說，一方面我們要加快工業化進程，一方面要抵制城市文化的誘惑。因此，初期「社會主義現代化」的思想和實踐，有著鮮明的道德理想主義的色彩。對這一點，文學藝術不僅維護了它，而且它們的形象性還無意中放大、誇大了這一道德理想的激情和倫理意義。當代中國最先批判的文學作品就是與都市文學相關的作品。比如蕭也牧的《我們夫婦之間》，當代都市文學剛一抬頭就遭到了打壓，他被認爲是「依據小資產階級觀點、趣味來觀察生活，表現生活的小說」。因此，包括都市文學在內的都市文化在中國的現代性中是受到擠壓的，這也可以稱作是毛澤東的「反現代的現代性」。五、六十年代演出的《霓虹燈下的哨兵》、《年輕的一代》、《千萬不要忘記》等，都是要警惕城市的「香風毒霧」和資產階級生活方式。這是我們的都市文學不發達的重要原因之一。在那個時代，城市似乎不屬於我們而只屬於資產階級，但毛澤東還是帶領革命隊伍進了城並且迷戀——被放逐農村的知識青年和「五七幹部」還是盼望早日回城。因此中國的現代性一直處在不確定之中，至今也仍然也沒有成爲過去。

以廣州爲中心的「珠三角」，是中國最發達的地區之一，也是中國城市化進程最快的地區之一。悠久的城市歷史和當代城市文化經驗相對豐富，這裡不斷產生都市文學在情理之中。但是，在中國究竟什麼樣的文學才是「都市文學」，仍然雲裏霧裏莫衷一是。如此說來，「都市文學」還不是一個自明性的概念，它仍在生成的過程之中。這一點與現代都市文學不同，現代都市文學似乎都是由「貴族」創造的，比如張愛玲的《傾城之戀》、白先勇的《永遠的尹雪艷》等。那裏的生活方式、場景以及人物關係是鄉土文學和市民文學中不曾出現的。但那畢竟是過去的都市文學，在那個時代，沒有貴族就沒有

當代文學地理學與本土經驗

　　文學與地域的關係，應該說從《詩經》就已經存在，比如其中的十五國風。古代文學的經典文獻也多有對文學與地域關係的看法。但是系統的文學地域性研究，大概始於清代。普遍的看法是始於 1905 年劉師培發表的《南北文學不同論》。他從多個方面論述了南北文學的差異，並揭示了地域因素對文學的影響。後來梁啓超率先提出了「文學地理」這一概念，與今天的「文學地域性」有通約關係。1923 年，周作人在《地方與文藝》中說：「風土與住民有密切的關係，大家都是知道的，所以各國文學各有特色，就是一國之中也可以因地域顯出一種不同的風格，譬如法國的南方普洛凡斯的文人作品，與北法蘭西便有不同，在中國這樣廣大的國土當然更是如此。」當然，周作人強調地方與文藝的關係，更重要的是要改變他認爲那一時代的文風，即「喜歡凌空的生活，生活在美麗而空虛的理論裏」，他希望作家「跳到地面上來，把土氣息泥滋味透過了他的脈搏，表現在文字上」。

　　後來新文學的研究，由於百年中國特殊的歷史語境，更多地是消長起伏於啓蒙、救亡或「雙重變奏」的描述中。而關於現代文學的作家以南方爲主、當代文學的作家以北方爲主等看法的提出，背後隱含的是革命歷史敘事與作家群體關係的變化，其訴求是文學話語領導權的更替，大概與今天談論的話題不是一回事。後來被文學史家概括出的「山藥蛋派」、「荷花澱派」雖然與「流派」無關，但卻與現在討論的問題有相關性。

　　1986 年，金剋木發表《文藝的地域學研究設想》一文。他認爲：「地理不只是指地區，而是兼指自然、社會、經濟、政治、文化。文藝也要包括作者、作品、風格、主題、讀者（如作序跋者、評點者、收藏者等）、傳播者（如說

話人、刻書人、演員等）。」他進一步提出：「不妨設想這種地域學研究可能有的四個方面：一是分佈，二是軌跡，三是定點，四是播散。還可以有其他研究。」

在許多學者共同關注和呼籲下，2011 年 11 月，江西省社會科學院文學研究所和廣州大學中文系在南昌聯合舉行了「中國首屆文學地理學暨宋代文學地理研討會」，首次明確界定文學地理學作為一門學科，其研究對象、研究任務及研究意義。來自全國各社會科學院和高等院校的 60 餘名專家學者聯名倡議成立「中國文學地理學學會」。這次會議標誌著文學地理學作為新興學科得到學術界的正式認同，也標誌著文學地理學的學科建設從此進入一個新的、自覺的階段。

但是，必須承認，對文學地理學的研究，更多的是從事古代文學研究的學者。這一情況與古代的社會形態，以及古代文學的生產、交流、傳播方式等有關。比如，古代的文人群體、文學流派的產生與傳承等，大多以地域為基礎。如「三蘇」、「常州詞派」、「桐城派」、「蘇州作家群」等。梁啓超以唐朝為界，認為唐以前地理是重要的因素，甚至起著決定性作用。但唐代以後，「交通益盛，文人墨客，大率足跡走天下，其界亦浸微矣」。唐以後尚且如此，進入現代以後，作家群體、文學流派基本上是以媒體為基礎的。比如「新青年派」、「新月派」、「學衡派」、「甲寅派」、「現代評論派」、「語絲派」等。用地域表達流派的方法雖然仍還存在，比如「京派」、「海派」等，但已逐漸式微也是不爭的事實。

1949 年以後，學界鮮有「流派」說，這與具體的歷史語境有關。當代文學界關於文學與地域關係研究的再度興起，是「尋根文學」的出現。一時間裏，「吳越文化」、「巴蜀文化」、「商州文化」、「楚文化」、「中原文化」、「葛川江文化」、「齊魯文化」、「東北文化」等逐一被提出，各種文化都旗幟鮮明，但似乎又面目不清。這一情況與「尋根文學」時代的文學訴求有關——經受過西方「現代派文學」洗禮的中國文學界意識到，中國文學如果一味跟隨西方文學是沒有出路的，中國文學如果要走向世界，必須書寫中國經驗，必須讓中國本土文化元素成為主流。「越是民族的越是世界的」的口號，在那一時代顯得格外激動人心。但事實上，中國文學被西方文學認同是一個相當複雜的過程。承認本身就是一種政治。莫言的獲獎與他取得的成就有關，同時與西方社會冷戰思維的終結大有關係。

　　文學與地域的關係，即便進入現代仍然非常重要。比如沈從文與楚地，老舍與北京，趙樹理與三晉，張愛玲與上海，柳青、路遙、賈平凹、陳忠實與陝秦，蕭紅、蕭軍、端木蕻良與東北等。但是，當代文學研究文學與地域關係的時候，還多限於風土人情、地貌風物、方言俚語等表面性的特徵。俄羅斯思想家別爾嘉耶夫也曾注意到俄羅斯地理環境與俄羅斯的人文關係。他說：遼闊的俄羅斯空間是俄羅斯歷史的地理動因，「這些空間本身就是俄羅斯命運的內在的、精神的事實。這是俄羅斯靈魂的地理學。」在這一點上應該說，我們研究的意識裏還遠沒有達到這樣的高度。地域與人的文化心理結構有著最為重要也最為密切的關係，因此也應該是文學與地域關係研究的出發點和關注的目標。

　　值得注意的是，在強調文學與地域關係的同時，必須意識到我們身處的這個時代的變化。或者說，全球化語境和傳媒的發達，使地域文化的封閉性成為不可能。各種文化的交匯、交融以及衝突、矛盾成為今天文化環境最重要的特徵。任何一個國家、民族的作家的創作，在繼承自己民族文學傳統的同時，也會受到時代精神的影響或左右；對其他民族優秀文學的學習、借鑒業已成為不可忽視的重要方面。

　　莫言獲得了 2012 年諾貝爾文學獎，他小說的基本生活元素來自於他的高密東北鄉，他的語言和其他文化元素與他的家鄉有不能分割的關係。但是，他受到拉美魔幻現實主義的深刻影響也是基本事實。後來莫言在論及城市與鄉村關係時也表示：「對城市文學的定義應該更寬泛。現在很難說一部作品究竟是城市文學還是鄉村文學，比如我最新的長篇小說《蛙》，前半部分的故事儘管發生在農村，但小說的結尾部分所描寫的場景已經是城市的氣象。對於我們這代人來說，感受特別明顯，上世紀 50 年代的中國，是恨不能把所有城市變成農村，現在的中國是恨不能把所有農村變為城市，所有農民都想變成市民。我想說的是，一個農民工眼裏也可以看到上海美麗的夜色，同時也能看到城市的角角落落，他把他看到的一切寫下來，如果達到文學的標準，同樣屬於城市文學的範疇，不能因為寫作者出身農村，就不算是城市文學。好的文學是不分城市還是鄉村的，也應該是不分城市作家還是鄉村作家的。」因此，在強調文學與地域關係的同時，我們也必須注意到時代條件的因素。

　　法國思想家丹納在《英國文學史》中最早提出了文學發展的「種族、環境、時代」的三動因說。在《藝術哲學》中又作了更具體、透徹的解釋。丹

納的三動因說產生了巨大的影響，後來的學者在他的基礎上不斷地產生新說。這一元理論在今天仍有其不可取代的重要價值和意義。尤其是在強勢文化試圖覆蓋全球，文化同質化的速度不斷加劇的今天，地方性經驗、少數民族文化、弱勢地區文化等，正在受到現代文明的不斷蠶食。而那些瀕於消失的文化經驗，在這樣的時代顯得尤其重要。因為往往有這樣一種情形：弱勢文化地區為了突顯他們的「現代」，便有意遮蔽起自己的原有文化而對表達「現代」的文化符號更有熱情。

美國人類學家阿爾君・阿帕杜萊在轉述一位學者的一次亞洲之行時說，這位學者「描述的菲律賓人對美國流行音樂不可思議的愛好和共鳴，就是那種『超現實的』全球文化的一幅活生生的寫照，因為在菲律賓演唱美國流行歌曲之普及，演唱風格之惟妙惟肖，較諸今日的美國可謂有過之而無不及。似乎整個國家都會模仿肯尼・羅杰斯和萊儂姐妹，就好像它是一個巨大的亞洲莫頓合唱團。然而，要想描述這樣的情境，美國化（Americannization）無疑是一個蒼白的字眼，因為菲律賓人唱美國歌（大多數是舊歌）固然又多又好，但這只是事情的一個方面，另一方面則是，他們的生活在其他方面和產生這些歌曲的那個相關世界並非處於完全的共時狀態。」時至今日，這一狀況在文化落後地區不僅難以改變，而且有可能愈演愈烈。

同時，我們還不時聽到關於「去地域性」的呼籲。這一呼籲認為，對地域性的強調將使文學作品不斷地趨於「趨同化」或同質化，而過去那些曾經以地域性特色聞名的作家群體的創作，地域性特色正在淡化和消失。但是，對地域文化，特別是那些邊緣性的地域文化，強調它們的重要性是極其必要的。這是在全球化時代實現文化多樣性、豐富性的前提。而對於文學來說尤其如此。

在歷史學科裏有歷史地理，語言學有語言地理（方言研究），軍事學有軍事地理，經濟學有經濟地理等，中國當代文學，同樣有必要建立一門中國當代文學地理研究方向。這不是牽強附會或簡單的比附心理，只是因為當代文學學科的發展如期而至地到了這樣的時刻。

文學大東北：地緣文學的建構與想像

　　東北，首先是一個空間概念。指出東北的存在，意味著有一個指認方位的「中心」的存在，這個中心從文化的意義說當然是中原；其次，東北也是一個時間概念。從歷史上看，東北地區除原住族群外，主要由三種人構成：一是流民，二是謫戍，三是移民。無論從空間還是時間角度看，東北大致與蠻荒、落後有關。這一時空狀況導致了東北歷史上文化的駁雜性和文風孱弱的事實。因此也難以形成特色鮮明的文學傳統。古代東北除了以吳兆騫為代表的「流人文學」和納蘭性德的詩詞外，鮮有流傳或被普遍關注的作家作品。

　　東北文學真正產生全國性乃至國際影響的，是現代文學史「東北作家群」的蕭紅、蕭軍、端木蕻良、駱賓基、舒群等作家的出現。他們的創作，深刻反映了日寇入侵後東北人民的悲慘遭遇，強烈表達了對家鄉的懷念和光復國土的願望。在對東北風情生動的描摹中，顯示了鮮明的地緣文學特徵。他們剛健粗獷的風格和濃鬱的鄉愁，開啟了東北現代文學的新傳統，是東北文學具有標誌性意義的成就；新中國成立後，周立波、曲波、草明、郭小川等，先後以東北生活寫出的《暴風驟雨》、《林海雪原》、《乘風破浪》、《林區三唱》等作品也名重一時。但是，在東北發生的文學再次產生全國性影響的，是新時期初期的「知青文學」。特別是北大荒知青作家群如張抗抗、梁曉聲、陸星兒、張辛欣、蕭復興、賈宏圖、徐小斌、鄒靜之、陳可雄、李龍雲、何志雲、李晶、李盈等，構成了知青文學的主力陣容。許多人成為新時期文學的重要作家並一直保持旺盛的文學創造力。同時也是批評界和研究界持續研究的重要對象。值得注意的是，無論周立波、曲波、草明還是「知青作家」，他們的創作雖然也具有東北文化博大雄渾、壯闊宏偉的風格或氣質，但是他們的原

鄉文化也無意識地融入了他們的創作中。不同的文化資源和記憶使東北文學具有了鮮明的文化融和性。因此，在強調東北文化特殊性的同時，「新流人文化」對東北文化建構的價值和意義同樣重要。

新時期以來，東北本土作家的創作開啓了一個新的歷史階段。張笑天、梁曉聲、金河、劉兆林、鄧剛、達理、謝友鄞、朱春雨、金景河、胡小胡、於德才等的小說；胡昭、曲有源、李松濤、胡世宗的詩歌；程樹臻、賈宏圖、喬邁、中夙的報告文學等，多次獲全國大獎，取得了令人矚目的文學成就。尤其值得提及的，是馬原、洪峰、徐坤等先鋒作家的創作。馬原、洪峰與其他先鋒文學作家開啓了中國先鋒文學的先河，他們改寫了中國文學一體化的局面，《岡底斯的誘惑》、《瀚海》等小說爲當代文學的發展提供了新的可能。徐坤繼承了先鋒文學的遺產，她的《白話》、《先鋒》以及《廚房》等，在「後先鋒」時代佔有重要位置。

進入新世紀以來，東北文學煥發了新的生機。遲子建是東北唯一獲過「茅盾文學獎」和三次獲過「魯迅文學獎」的作家。因此是新世紀東北的核心作家之一。她的長篇小說《額爾古納河右岸》，通過對鄂溫克人歷史與現狀的書寫，不僅將一個富有詩意的民族呈現在我們面前，同時她將一個民族的心靈史講述得聲情並茂綿長悠遠。她的中、短篇小說同樣取得了重要成就：《霧月牛欄》、《清水洗塵》、《白銀那》、《日落碗窯》、《世界上所有的夜晚》、《起舞》等，構成了遲子建璀璨的小說世界。跌宕的故事和多種文化的交融，將遲子建的小說裝扮成北國的俏麗佳人；久負盛名的阿成，一直保持旺盛創作力，他的創作成就主要集中在短篇小說：《年關六賦》、《良娼》、《胡天胡地風騷》、《東北吉卜賽》以及「簡史」系列等，多以哈爾濱生活爲背景、以底層市民爲主要書寫對象，在或悲愴或溫婉的講述中，呈現出了一個既雍容俏麗又悲苦荒寒的哈爾濱。

張笑天是東北具有標誌性意義的作家。出版有 30 卷《張笑天文集》計 1800 萬字，從創作數量上說，當代作家幾乎無人能敵。長篇小說《太平天國》、《永寧碑》等深受好評；中篇小說《公開的「內參」》、《離離原上草》等有廣泛影響。特別是張笑天的電影劇本創作，使其成爲新時期以來最重要的電影劇作家之一；朱春雨的中篇小說《沙海的綠蔭》和長篇小說《亞細亞瀑布》，是 80 年代的重要小說；著名詩人曲有源的詩歌創作，無論是詩歌觀念還是形式，是新時期探索中國詩歌變革的重要組成部分。他的《關於入黨動機》傳頌一

時並獲全國 1979 年～1980 年新詩優秀獎。新世紀以來，金仁順、朱日亮、劉慶等人的小說；胡冬林、格致等人的散文；薛衛民、張洪波、於耀江等人的詩歌，極大地豐富了吉林的文學版圖。金仁順的《春香》、朱日亮的《走夜的女人》、劉慶的《長勢喜人》等，使他們進入了新世紀文學的第一方隊。特別值得提及的是，吉林的兩大文學刊物《作家》和《文藝爭鳴》，它們赫然列為國內名刊已久，在文壇有重要地位。其獲獎率和轉載率均居國內前列而倍受矚目。

遼寧是中國文學創作的重鎮。它以「團隊」的力量在全國產生影響。近年來，孫春平的《怕羞的木頭》等中篇小說、孫惠芬的《上塘書》、《生死十日談》、謝友鄞的《一車東北人》、刁斗的《代號：SBS》、馬曉麗的《雲端》、皮皮的《愛情句號》、津子圍的《童年書》、陳昌平的《斜塔》、李鐵以工廠為背景的中篇小說等，是批評界近年來重要的批評對象和談論的話題。遼寧當下的小說創作雖然還沒有出現在全國具有「領袖」或象徵意義的作家，但他們作為一個群體，在中國文學的造山運動中，逐漸形成了一個小說的高原地帶。

值得強調的是，遼寧是一個散文創作的高地。它的重要性不在於作家隊伍和聲勢，而在於它不能替代的影響力。王充閭的文化散文在文壇上獨樹一幟，可以看作是這個時代散文創作的標誌性成就，他在文壇引起的巨大反響仍在持續。他的近作《張學良人格圖譜》，力圖走進人物的內心世界和精神世界，從而展現出張學良的人性和人格。張學良的義氣，重情誼、一諾千金，敢作敢為，有英雄氣也有草莽氣等氣質，在王充閭的表達中躍然紙上；鮑爾吉·原野的散文對人與自然、家鄉、歷史的感受新奇而生動，鮮明的個性難以取代；青年散文家張宏杰的「大歷史散文」打破了散文寫作的「範式」，他的歷史學修養和對散文新的理解，為這一文體帶來了新氣象；素素的散文對東北的人與事、風情與風貌、日常生活的書寫，充滿了溫暖的情與愛。在詩歌領域，李松濤的《黃之河》、林雪的《大地葵花》等，或大氣磅礡、或中西融會而獨樹一幟。

文學的大東北逐漸形成了自己多樣的風格和文體完備的「北國風光」。更重要的是，在逐漸形成東北文學地緣特色的同時，東北作家作為中國文學積極、健康的力量在全國產生了越來越深遠和廣泛的影響。作為一個現代工業發達的地區，東北不僅有豐厚的歷史文化資源，同時也有中原文化、工業文

化、紅色文化等多種文化資源。但是，獨特的現實環境和複雜多樣的社會生活，也對東北作家的創作提出了新的挑戰。我們應該承認，東北文學的特徵還在構建過程中，它與北京、上海、陝西、山西、河南、江蘇、浙江、山東等省份有悠久歷史文化傳統和文學傳統的地區大不相同。這些地區的地緣文化或文學特徵及其承傳是有系譜的，它們的歷史文化資源可以如數家珍並特色鮮明。這一文化優勢東北沒有或者非常稀缺。但是，我們有理由相信，東北的文學家們將會實現他們建設中的大東北文學的宏偉夢想。東北地方性或邊緣性的文學經驗，也一定會爲中國文學實踐提供新的經驗和認知可能。

在兩個世界的邊緣處

——新世紀海外華文小說心理症候的一個方面

即便在「全球化」的今天看來，一個人到國外生活還是與他在國內換一個環境的感受並不完全一樣。一座城市就是一種心情，更遑論把自己投入到一個完全陌生的別人的國家去生活。因此，海外華文文學寫作一直是一個相對獨特的領域，在寫作上也更具有個人化和心理學的意義；當然，這只是一個方面。另一方面，國族命運、時代環境對海外華文作家的影響尤為重要：一個人生活在自己國家的時候並不會時時感到自己與國家民族的關係，因為這個問題應該是自明的。但是，一旦隻身獨處於其他國家的時候，突然覺得自己與國家民族的關係格外的重要並且極其敏感：生活在異域處於弱勢地位的個人，是沒有能力與他的環境對抗甚至對話的。這時內心期待於自己的國家民族強大，就是可以理解的一種心理情感和依賴。而在情感表達上，「悲情」就是這一處境的普遍狀態。

這種情況甚至從海外華文文學誕生那個時代起就是如此。比如以「不肖生」為筆名的向愷然，寫於 1914 年、發表於 1916 年的《留東外史》，煌煌百萬言。這部留學生文學的「開山之作」，寫的是清末民初一批批官費赴日留學生，也有先後亡命天涯的政客。留學生不讀書，亡命客無正事，吃喝嫖賭、爭風吃醋、坑蒙拐騙、打架鬥毆等，似乎是一場域外鬧劇。後來「鴛鴦蝴蝶五虎將」之一的包天笑為他寫傳時說：「據說向君為留學而到日本，但並未進學校，卻日事浪遊，因此於日本伎僚下宿頗為嫻熟，而日語亦工。留學之所得，僅寫成這洋洋數十萬言的《留東外史》而已。」 [註1] 魯迅將這部小說斥

〔註 1〕 轉引自范伯群文《民國武俠小說奠基人——平江不肖生》，《武俠鼻祖向愷然代表作》，江蘇文藝出版社 1996 年版，第 2 頁。

爲「嫖界指南」；周作人認爲它「不誠實」，不是「藝術」作品。但是，當代研究日本文學的專家李兆忠卻站在當代立場說了這樣一番話：

> 《留東外史》問世後，引起新文學界的猛烈抨擊，魯迅將這部
> 小説斥爲「嫖界指南」；周作人認爲它「不誠實」，不是「藝術」作
> 品。〔註2〕然而平心而論，比之於「嫖」，《留東外史》在「俠」的
> 描寫上更有獨到之處⋯⋯「大中華」的優越感在「愛國心」推動下，
> 必然導致淺薄的夜郎自大，派生出敵劣我優、敵愚我智、敵魔我神
> 的一廂情願的想像。《留東外史》在這方面，可以説走到了極致。黃
> 文漢在與日本武士的交手中，總是占上風，永立不敗之地，他先是
> 挫敗身強力壯、號稱四段的柔道手今井，又徒手擊倒手握長刀的劍
> 術手吉川龜次，後又施巧計，連續掀翻三名相撲巨無霸，還在最後
> 一位大力士屁股上踢一腳。蕭熙壽打擂臺，向頂尖級的日本柔道高
> 手發起挑戰，卻被作了這樣的限定：「第一不能用腿，不能用頭鋒，
> 不能用拳，不能用肘，不能用鐵扇掌，不准擊頭，不准擊腰，不准
> 擊腹，不准擊下陰。」到真的比賽時，蕭果然動輒得答，連連被判
> 「犯規」，一氣之下，只好退出比賽。日本的一流柔道手被形容得獐
> 頭鼠眼，萎瑣不堪，還沒有交手，就連連退縮，一副膽小懦弱的樣
> 子，甚至以下陰被捏相誣。大和民族一向引以自豪的國粹、大名鼎
> 鼎的「武士道」，就這樣輕而易舉地被中國浪子顛覆。〔註3〕

可見，所有的歷史都是當代史。而海外華文文學的作家，都有一個國家民族的情結，他們所有的寫作，都具有心理學的意義。

這一「悲情情結」，與百年來中國不斷遭受西方凌辱的記憶有關。其間，新時期初始階段的查建英的《叢林下的冰河》是個例外。它表達的是一個青年知識分子在美國／中國兩種文化之間的猶疑不決和欲罷不能的矛盾的心態。這種心態從一個方面透露了改革開放初期，離開母體文化之後的留學生對強勢文化和本土文化的兩難處境：留美學生「我」開始產生了矛盾，她彷彿處於兩個世界的邊緣：美國不屬於她，儘管她生日那天她可以得到一輛白

〔註2〕 仲密：《〈沉淪〉》，引自《中國現代文學史資料彙編（乙種）·郁達夫研究資料》
（下），天津人民出版社 1982 年版，第 307 頁。
〔註3〕 李兆忠：《不可救藥的誤讀——讀留〈東外史〉》，載《書屋》2005 年 2 期。

色的汽車，而在國內，過生日時父親只是揪了揪她的小辮子。但她仍然有一種放不下又說不清的，不能釋懷的東西纏繞著她。她沒有目的的回來尋找她想要的哪個東西，結果還是大失所望。於是她不知道是應該留在美國還是應該留在中國。也正是這一矛盾心態的表達，使查建英的小說在那一時代的留學生文學中格外引人矚目。上世紀90年代初期，海外華文文學小說走向了另一個方向：曹桂林的《北京人在紐約》、周莉的《曼哈頓的中國女人》等作品，開啓了另外一種風尚，這種風尚可以概括爲中國人在美國的成功想像。那個時代，文學界有一種強烈的「走向世界」的渴望，有一種強烈的被強勢文化承認的心理要求。這種欲望或訴求本身，同樣隱含著一種「悲情」歷史的文化背景：越是缺乏什麼就越是要突顯什麼。因此它是「承認的政治」的文化心理在文學上的表達。這些小說表現的是中國男人或女人在美國的成功，尤其是他們商業的成功。「中國式的智慧」在異域是否能夠暢行無阻並不重要，重要的是這些作品使中國的大眾文化在市場上喜出望外。一時間裏，權威傳媒響徹著「千萬里我追尋著你，可是你卻並不在意」，來自紐約和曼哈頓的神話幾乎家喻戶曉。但嚴格地說，這些作品的文學價值並不高，它們在文化市場的成功，只不過爲中國大眾文化的興起臨時性地添加了異國情調以及中國人的「美國想像」，事過境遷也就煙消雲散。

　　新世紀留學生文學再度興起。2000年郁秀發表的《太陽鳥》，並不是一部特別令人興奮的作品。這部作品的問題是它的平面化，這可能也是作者的有意追求。她在「後記」中說：「表現這一代留學生眞實的心路歷程和精神風貌，除了大刀闊斧的筆法，應該還有曲徑通幽可尋。我力求用眞切的心，風趣的筆，描述那些平凡眞實的故事。我拋開許多大場景和一些莊嚴的話題，只想從情感的角度加以挖掘。我想在任何時候，任何地方，人們對美好情感的追求總是一致的，而這種美好的情感不僅維繫著一個家庭，一個群體，也維繫著一個民族。」但這種宣言並沒有很好地貫徹到作品的具體寫作中。在她的表述中顯然也有「大敘事」的願望，並試圖通過「平凡眞實的故事」得以實現。然而讀過作品之後，我覺得除了陳天舒和她的朋友們關乎個人的情感憂傷或滿足之外，留下來的就沒有什麼印象了。而這一感受同閱讀於梨華、查建英的作品是非常不同的。我並不是說這兩個作家就是評價留學生文學的一個尺度，而是說，讀過她們的作品之後，心靈總會受到某種震動，那裏總有一些令人感動的東西。它觸動的是心靈深處的只可意會而又難以名狀的東

西。這就是作家的過人之處。《太陽鳥》可能缺乏這種有力量的東西，也就是撼動人心的東西。但有趣的是，從於梨華到查建英再到郁秀，留學生文學恰好走過了「痛苦——矛盾——解脫」的全過程。但是，這一敘事真的是留學生文學的福音嗎？

《太陽鳥》這個作品命名就透露了它可能流淌在作品中的調子，它輕快，流暢，沒有負擔，這一方面傳達了這代留學生的心態，同時也可以看作是「全球化」文化意識形態的後果。在作品中有一個令人不安的細節，那個名叫林希的青年，曾有過痛苦的情感記憶，她在國內與男友的同居，遭到了長輩的痛恨和詛咒。這一挫折是林希難以走出的心理泥沼，甚至最真摯的愛情也不能將她拯救。但是，是美國的觀念拯救了她，是美國的觀念使她擁有了「另一種活法」。「全球化」從本質上說就是「美國化」，而林希恰恰是在美國觀念那裏得到自我救贖的。這一看似不經意的一個細節，卻從一個方面表達了文化意識形態霸權不規則滲透的形狀。因此，對《太陽鳥》的閱讀我似乎有一種矛盾的感受：一方面我希望留學生能夠寫出超越意識形態、民族國家等「大敘事」的作品，而能寫出獨特的個人化的真實體會；另一方面，我又對純粹的個人情感體驗，對缺乏震撼力的作品有一種排斥的心態。這是批評家的問題，也就是作品中越是缺乏的，也正是他們越加挑剔的。批評家作為一個「特殊」的讀者，他的看法僅僅是一家之言，在這個意義上就不是陳詞濫調。但這部作品很可能會受到在平面文化氛圍中成長起來的一代讀者的喜歡，這不僅在於作者是《花季·雨季》的作者，更重要的是，《太陽鳥》提供了一種他們熟悉並樂於接受的敘事範型，這就是……生命不能承受之重。

2003 年，張撲發表的長篇小說《輕輕的，我走了》，也可以在留學生文學的範疇內來談論。張撲的小說為我們提供了新的閱讀經驗。主人公憶摩，不僅命名與畢業於康橋的徐志摩同學有關，而且碩士論文研究的內容也與這位因寫了《再別康橋》而暴得大名的詩人有關。但憶摩的處境與徐志摩的浪漫幾乎是天壤之間，甚至也與早年她父親讀康橋的景況大不相同。憶摩在倫敦最刻骨銘心的遭遇，大概非「身份不明」莫屬。在極短的時間裏，憶摩忙碌的唯一一件事，大概就是尋夫嫁人，她幾乎閱盡「倫敦春色」，從自己的導師、律師一直到骯髒的油漆工人，無論是他人介紹還是被強行「劫持」，她遭遇到的不是被欺騙就是被侮辱，所到之處一言以蔽之就是「被侮辱與被損害」，憶摩最終還是孤獨地回到了只有自己的小屋。她試圖通過嫁人獲得合法性的身

份，定居之後再接兒子出國的夢想徹底幻滅了。這顯然是一個悲慘的人生之旅，是一個徹底失敗的個人實踐過程，因此，這個故事也就具有某種中／西方文化關係的寓言性質。

憶摩的苦痛源於故鄉，先是丈夫背叛了她，她出國起碼有一半的原因是爲了療治婚姻的創傷；而後是兒子患了絕症。或者說，這個情節喻示了在故鄉她既沒有過去也失去了未來。情人的一聲召喚便急不可待地來到了倫敦，情人不僅是情感上的聯繫，同時也是一種文化的互相認同。但一個雖然浪漫卻窮困潦倒的畫家，不僅沒有能力醫治兒子的絕症，甚至自己的生計都是問題。他洋洋自得的一個構思遭到了一錢不值的拒絕，而且拒絕他的竟然上一個中國老闆。這個致命的挫折更是文化意義上的失敗。憶摩的不辭而別不具有充分的理由，她顯然是出於一種更現實的考慮。但「嫁人才能定居」的公式在憶摩這裡並沒有兌現。從導師到油漆工人，無論憶摩傾心還是厭惡，事實上她只是一個來自東方的美人，是一個欲望的對象。

憶摩的角色始終是一個被動的角色，她被介紹給不同的「他者」，但無論是彬彬有禮的英國紳士，還是醜陋不堪的底層工人，憶摩永遠沒有「自主權利」。在英國紳士兼導師那裏，她只得到了半推半就一夜情的短暫快樂，而在婚姻介紹所被「編號」推出之後，她理所當然地當成了性對象。這個被動的角色，隱喻了中／西文化的衝突，憶摩就在碰撞的夾縫之中，她的不認同和不被認同，事實上正是兩種文化難以融合的寓言。因此，憶摩試圖在西方獲得幸福或療治東方創痛的期許，換得的只是康橋噩夢。故事的結局更加慘不忍睹，一個期待融入西方社會的青年不僅仍然孑然一身，而且故土又傳來了更加不幸的消息。這個悲慘的結局以及小說本身提出的問題，恰恰是文化研究最核心的問題，即身份、性別、種族的問題：憶摩是來自第三世界的留學生、女性、非白色人種。在強勢文化支配世界的今日，憶摩噩夢般的結果幾乎就是宿命性的。也正是在這個意義上，反對文化霸權的侵入和統治，才成爲弱勢文化和邊緣群體的主題詞。《輕輕的，我走了》，以小說的形式深刻地表達了今日世界的文化矛盾，也深刻地表達了在霸權文化宰制下弱勢文化面對的現代性問題，因此，它的意義也就遠遠的超出了文學的範疇。

同年，顧曉陽發表了《收費風景區》。在這部作品中我們不能不震驚於轉型極限時代生活的巨變，這一變化不止是社會資源分配的變化或新階層的形成，重要的是生活方式和價值觀念的變化爲欲望膨脹提供的機緣，以及給當

事者造成的心理負荷及殘缺。我們發現，狂歡的時代如期而至，喧囂都市的每一個角落都被欲望所充斥，但欲望是要付出代價的，這個代價不止是金錢，它還是人的精神、心理乃至人生的前景。因此《收費風景區》即是一部風流史，也是一部懺悔錄。

「海歸」學人史輝成了美國一家公司駐北京的買辦，這個「跨國資本」的身份為史輝欲望的釋放提供了多重幫助：一方面，為女性的欲望和想像帶來了可能，首先，他是個「有教養的人」，雖然他的真實身份仍然是個「博士候選人」，但史輝回國後已經將「候選人」刪除了；他是一個「老闆」，在這個時代金錢是價值最重要的尺度之一；他是一個「有趣味的人」，對有教育背景的女性來說這一點很重要。史輝這個時候不僅是一個具體的人，而且他還是這個時代女性欲望的理想符瑪。因此欲望在這個時代從來就是男女兩性雙邊共同構成的。於是，史輝不僅擁有了漂亮的妻子唐玲玲，而且迅速地擁有了書麗紅和陸霞：這是兩個風格迥異的現代都市女性，不論她們有什麼有的性格差異，有一點是共同的，那就是性感和風情萬種，他們同樣也是史輝最理想的欲望對象。史輝如願地得到或者說佔有了她們，但女性的「風景」決不是免費的午餐，事實上，當史輝享受著欲望滿足的快感的同時，他尚未支付的代價已經注定。書麗紅要嫁給他，陸當然也要嫁給他，但當史輝希望「迅速撤退」的時候，他應當承受的一切也適時地降臨了。

我們驚異於書麗紅的手段和強悍，她不僅雇傭了前夫充當「私人偵探」，排錄了史輝與陸霞的私秘和親密接觸，而且她不能實現個人意願的時候，她還可以從容地找到史輝的妻子唐玲玲傾訴，兩個人居然平靜地面對了這件事。當然，史輝的後果從此便可想而知。應該說書麗紅對史輝的欲望或佔有，與情感領域還有些關係。陸霞對史輝的佔有就是純粹物資性的了，她精明的算計和對身份的改寫或者說隱瞞，使她從出場到消失都給人一種陰謀感，但史輝即便在最落拓的時候仍然對她情深似海綿綿不絕，男人的不可思議由此可見一斑。史輝為自己的欲望付出了人生的代價，沒有了家庭，沒有了前景。當然三個女性也並沒有因此獲得幸福，她們的代價仍然是令人同情。

應該說，這是一部非常好看的小說，它具有大眾文化或消費文化的所有要素，當然最重要的還是對男性欲望汪洋恣肆的鋪陳和書寫，對男性面對女性的欲望被戳穿後的手足無措、驚慌錯亂的真實描繪。當然，這個小說也可以理解為向「妻子」致敬的文本，在小說中唐玲玲的無辜、無助和史輝的虛

僞、不眞實形成了鮮明的反差。因此，小說也可以理解爲是一個虛構男性情天恨海的風流史，也是一個男性在欲望無邊時代的懺悔錄。

　　一年以後的 2004 年，貝拉的小說《9‧11 生死婚禮》在中國出版之後，迅速地成爲媒體關注的焦點。貝拉，這個在中國文壇陌生的名字，驟然間成爲文壇新星，她被反覆地書寫和談論著。她似乎創造了一個奇跡和神話：這部小說不僅在中國暢銷流行，而且還將走進美國、日本、法國的圖書市場。更令媒體興奮的是，據說好萊塢 20 世紀福克斯公司以巨額買斷其影視改編權，並由曾執導《泰坦尼克號》的國際著名導演詹姆斯‧卡梅隆執導。媒體聲稱，如果簽約，這將是美國好萊塢首次以巨資買斷中國內地出版的中文小說的電影改編權。這些刺激性消息的眞實性已經不重要，重要的是這些消息一旦不脛而走，它所帶來的轟動性的社會效應和市場效應。但是，值得注意的是，與媒體的熱情形成鮮明對比的，則是主流批評界熟視無睹的緘默。這個現象本身，也許從一個方面未作宣告地印證了這部小說的性質以及對它感興趣的群體。

　　這個十幾萬字的小長篇，敘述的是中國留日女學生王純潔，在中國經歷的情感傷害和失敗的婚姻。「初夜」未見「紅」，使王純潔的新婚一開始就蒙上了悲劇陰影。根深蒂固的「處女情結」使王純潔成爲一個現代的受害者。於是，爲了逃離婚姻和家庭的不幸，王純潔設法東渡日本。她先是愛上了比她小五歲的日本男孩海天，後來又愛上了比她大很多歲的美國老男人格拉姆，格拉姆有家室，海天家裏又不同意婚娶。但「純潔」遊刃有餘地周旋於兩個男性之間。海天對純潔的追逐非常激烈、堅定、至死不渝。兩個人終於踏上了結婚的紅地毯。但作家用了非常戲劇化的方式處理了這個場景：格拉姆在他們的婚禮上飛車趕到，格拉姆搶走了身披婚紗的新娘。女主人公在猶疑不決中被格拉姆裹脅而去。然後，他們找到一個旅館瘋狂地做愛。這個故事的結局是，格拉姆在 9‧11 事件中遇難，海天離開了純潔之後跳了富士山。就是這樣一個漏洞百出的好萊塢式的小說，被一些人看作是「傑作」，作者被認爲是寫情愛的傑出作家。小說最「摩登」的表達是個人生活無限開放的可能性，小說有一句話，是純潔內心的獨白：我覺得一個女人是完全可以同時愛上兩個男人的。這句獨白是小說主人公命名的最具諷刺意味的詮釋。更致命的是，小說還要搭乘美國訴諸全球的反恐意識形態，它搭乘的是這個時代最大的時尚。這種奇怪的文學「時尚」，是難以讓人接受的。它就像虛假的廣

告和中產階級雜誌一樣，以幻覺的方式去誘導、迷惑善良的人們的同時，也滿足了他們自己的虛榮心。因此，《9‧11 的生死婚禮》的「摩登」，已經不是「小資」的「摩登」，而是中產階級的「摩登」，是「跨國文化資本」的淺薄炫耀。

另一方面，小說中描述的中國／日本／美國，也無意間構成了一種隱喻關係：中國丈夫的愚昧、固執、昏暗和令人髮指的不能容忍，日本情人櫻花般的純情、慘烈以及美國情人的多情、成熟和對情感的執著，都躍然紙上聲情並茂。這個故國／東洋／美國的情感之旅，總會讓人不由自主聯想到王純潔的內心嚮往以及這個嚮往的意識形態性。

《9‧11 生死婚禮》出版的同一時期，中國翻譯出版了日本文學批評家柄谷行人的《日本現代文學起源》一書。在中文版序言中，柄谷行人說：「我寫作此書是在 1970 年代後期，後來才注意到那個時候日本的'現代文學'正在走向末路，換句話說，賦予文學以深刻意義的時代就要過去了。在目前的日本社會狀況之下，我大概不會來寫這樣一本書的。如今，已經沒有必要刻意批判這個『現代文學』了，因為人們幾乎不再對文學抱以特別的關切。這種情況並非日本所特有，我想中國也是一樣吧：文學似乎已經失去了昔日那種特權地位。不過，我們也不必為此而擔憂，我覺得正是在這樣的時刻，文學的存在根據將受到質疑，同時文學也會展示出其固有的力量。」

讀過柄谷行人開篇的這段話，我感到無比的震驚。震驚並非來自柄谷對文學命運的基本判斷，而是來自他對文學在中國命運的判斷——在經濟和文學都「欠發達」的國度裏，文學的衰落竟和發達國家相似到了這樣的程度，這究竟是文學無可避免的宿命，還是「全球化」像「非典」一樣迅速曼延的結果？我們都知道柄谷所說的「現代文學」和我們所說的「文學」指的是什麼。被賦予「深刻意義」的文學在今天確實不會被人們特別關切了。因此，中國當下文學著作印數的下跌和批評家的無關緊要，就不應看作是個別的例子，它恰恰是全球性的共同問題。

一方面是文學在衰落，另一方面，文學的「摩登」化寫作卻如日中天。中國文學的權威報紙曾為此作過長時間的專門討論。對這一現象我曾表示過迷惘或「兩難」，這是因為：一方面，「摩登」化有其發展的歷史合目的性。或者說，在現實生活裏沒有人反對「摩登」對生活的修飾。即便在大學校園裏，80 年代談論的是諸如「啟蒙」、「民主」、「人道主義」等話題。但 90 年代

後期以來,教授們「買房」、「買車」、「項目」等同樣津津樂道。這種對摩登的追隨幾乎沒有人加以指責;那麼對文學的摩登化寫作為什麼要指責?如果是這樣,生活／文學的關係將怎樣去處理?但是,當面對文學摩登化的具體本文的時候,我仍抑制不住對其批判的強烈心理,儘管批評家的聲音已經不再重要。

從《9‧11的生死婚禮》這個個案中我們發現,文學的摩登化事實上就是文學的「小資產階級化」或曰文學的「中產階級化」。它具備大眾文化所有的要素。不同的是,那裏除了性、暴力之外,還要加上東方奇觀和跨國想像。因為摩登從來就與窮人或底層人沒有關係,因此窮人或底層人也從來不在文學摩登化寫作的表達範圍之中,摩登化的階級陣線是十分鮮明的。文學摩登化的誕生應該始於「網絡文學」。網絡是社會摩登文化最具覆蓋性和煽動性的媒體。在網絡文學中,我們看到的內容、趣味和情調,都可以概括在「小資」寫作的範疇之內。並不是說這類題材和趣味不可以寫,而是說當這種寫作蔚然成風的時候,它也逐漸建立起了一種文學的意識形態霸權。這種意識形態就是「中產階級」的意識形態。事實上,這種文學「摩登」正與中產階級文化聯手合謀,它們試圖為我們描繪的圖景是:消費就是一切,享樂就是一切,滿足個人欲望就是一切。這種虛幻的承諾不僅加劇了普通人內心不平等的焦慮感和緊張感,而且將現代性過程中幾乎耗盡的批判性資源完全刪除。在中產階級意識形態的鼓惑下,除了想入非非、跨國婚姻、床上激情戲、香車美女之外幾乎所剩無幾。現實的問題從來沒有進入他們表達的視野之中,他們甚至連起碼的批判願望願望都沒有。

因此我們不僅要問:全球化時代的文學「摩登化」究竟是誰的「摩登」?它和普通人能夠建立起什麼關係?我至今認為,文學是關乎人類心靈的領域,是關注人的命運、心理、矛盾、悲劇的領域,它為流浪的心靈尋找栖息安放的家園,並撫慰那些痛苦的靈魂。但「摩登」的文學卻建立了文學的等級秩序:「摩登」的製造者和參與者如小資產階級、中產階級是可以進入文學的,無產階級、普通人和底層人是不能進入文學的。這種文學意識形態隱含的這種等級觀念要排除什麼和維護什麼是很清楚的。文學的「人民性」在「摩登」文學裏早已不復存在。在這個意義上,文學的「摩登化」必須予以警惕和批判。雖然「摩登」的文學仍在大行其道,但我們相信柄谷行人的說法是,文學還會展示出其固有的力量。「摩登」文學佔有市場,真正的文學永駐人心。

2010 年 8 月，張仁譯、津子圍出版了《口袋裏的美國》，這部作品是在當下背景下創作的，小說在藝術上的成就我們可以討論，但它在政治範疇內為我們提供了新的闡釋空間，同時也改寫或者終結了以往對西方書寫的「悲情」的歷史。

與我們司空見慣的「留學生」身份不同的是，趙大衛在國內應該是一個「成功人士」。他從一個一文不名的知識青年一直做到大學中文系主任。他是因對國內體制的失望才到美國尋夢的。因此，他是帶著自己的歷史進入美國的。他有「以卵擊石」的性格成長史，從少年、知青時代一直到大學，他的性格都不曾改變。這種挑戰性與生俱來，並不是經過「美國化」之後才形成的。到美國的初期衝動，首先是個人生存，趙大衛的人生經歷和個人性格決定了他的生存能力，這得力於他的成長史。比如他到美國第一個落腳點金鳳餐館的經歷，與美國黑人打交道、與同胞老闆打交道等，他總是有驚無險遊刃有餘。這段經歷多少有些傳奇性，甚至黑人老大托尼都俯首稱臣。他的性格成就了他，他最終走進了美國的主流社會。因此，趙大衛沒有了查建英《叢林下的冰河》中主人公在中、西兩種文化之間的猶疑、徘徊或不知所措的矛盾；也蛻去了《北京人在紐約》《曼哈頓的中國女人》等誇大商業成功從而凱旋的膚淺炫耀。《口袋裏的美國》最大的不同就在於，趙大衛的成功或勝利，不僅是商業性的，更重要的是，他是一種價值觀、文化精神的勝利。我們知道，一個強大的國家之所以強大，不僅在於經濟，軍事或 GDP，更在於他的價值觀，或者說他的價值觀對於世界有怎樣的影響。美國之所以傲慢驕橫，就在於美國認為他的價值觀是普世性的。但是我們對美國的想像和美國的自我想像、對美國的想像與個人經驗之間是存在巨大分裂的；美國自我想像與美國信心危機的內在緊張正逐漸顯現出來。當年乘「五月花號」逃避宗教迫害而逃到美洲的英國清教徒，抵達美洲之後，感恩之餘，迅速地經歷了「美國化過程」。在實現「美國化」的過程中，他們因此建立了自己的「主體性」和優越感，美國不必到任何地方就可以瞭解世界。但是，這個美國式的優越，並不是平等賦予每個「抵達」美利堅的人。無論具有怎樣文化背景的人，都必須經過「美國化」才能進入美國社會參與美國事務。沒有完成「美國化過程」的人，就沒有平等、公正可言。另一方面：「在政治領域，當人們互相面對時，他們並不是什麼抽象物，而是在政治上有利害關係、受政治制約的人，是公民、統治者或被統治者、政治同盟或對手──因此，在任何

情況下，他們都屬於政治範疇。在政治領域，一個人不可能將政治的東西抽取出來，只留下人的普遍平等。經濟領域的情況亦復如此：人不是被設想成人本身，而是被設想成生產者、消費者等等；換言之，他們都屬於特殊的經濟範疇。」〔註4〕《口袋裏的美國》的核心情節，是趙大衛的被解雇。他的被解雇當然是不合理的，因此在法庭辯論中，美國律師丹尼爾說：「『是什麼原因導致趙大衛先生這樣一位優秀的、傑出的雇員不但沒有得到他應有的禮遇，相反卻遭遇他不應該受到的不公正待遇呢？原因只有一個，』丹尼爾停了一下，目光投向法官史密斯：『那就是，他是一個亞裔，是一個中國人！導致這場悲劇的根本起因，就是種族歧視！』」小說的高潮設定在趙大衛的法庭陳詞自我辯護。應該說，趙大衛法庭上的辯護聲情並茂感人至深。由此出現的場景是：「面無表情的陪審團的 12 名成員，開始變得有些坐立不安，難過的心情溢於表面。儘管他們被要求在法庭面前不可以有任何表態和彼此交流。」這一方面意味著趙大衛的訴訟已經勝利了，另一方面也表達了美國「平等、正義」的存在。趙大衛最終獲得了高額賠償，美國修改了法律例案。但這個過程我們應該注意的是，這時趙大衛的身份已經是一個「美國人」，因此，這場鬥爭無論是誰勝利，都可以看作是美國的勝利。但是我們又注意到，創作這部小說的，一個是華裔美國作家，一個是中國本土作家。他們共同擁有的文化背景——就像趙大衛說的那樣，「我加入了美國國籍，可我還是個中國人吶。這就好像一個嫁出去的女兒，她一方面要忠誠於她的先生，那是法律上的紐帶。可是，另一方面，她不可能忘記生他養他的娘家。」因此，這是一次「中國人」共同書寫的小說。如果是這樣的話，我們就不能不聯想到當下中國新的處境，或者說，今天的中國同《叢林下的冰河》和《曼哈頓的中國女人》已大不相同，更不要說郁達夫的《沉淪》時代了。當年《沉淪》的主人公「祖國啊你快強大起來吧」的呼喚，從某種意義上已經實現。經濟和軍事不再被欺凌，但事實上的不平等仍然存在。美國的文化優越感和文化霸權仍然讓人感到不舒服。這時，國家的整體戰略也發生了變化。這個變化就是提高文化軟實力，加強中國價值觀對世界的影響。學術界也從「讓中國文學走向世界」的弱勢文化心態，改變爲「文化輸出」理論或「21 世紀是中國的世紀」的豪言壯語。這些背景是《口袋裏的美國》人物塑造、情節

〔註4〕 張旭東：《全球化時代的文化認同——西方普遍性話語的歷史批判》，北京大學出版社，2005 年 5 月第一版，第 6 章，第 3 節。

設置乃至敘述話語的基礎。離開了這個背景，就沒有《口袋裏的美國》，當然也就沒有趙大衛的慷慨陳詞和改變美國法律的神話。因此，《口袋裏的美國》最終還要在政治的範疇內得到解釋，這與文學批評最終都是政治的是同樣的。

但是，縱覽小說全貌，我必須指出的是，儘管是兩個「中國作家」的「聯袂出演」，但他們超越了「冷戰思維」，是一次「跨社會主義和資本主義體系」的寫作，是一次充滿了批判精神的寫作。無論對中國還是對美國，那些有悖於公平、正義的事務，他們都給予了沒有妥協的批判。在中國，許文祿 3 天殺了蘇大哥一家兩條人命卻只被判了 7 年徒刑；美國雖然經過趙大衛案修改了法律例案，但中國人楊小慧不久又慘遭解雇，她只能遠走他國。這些不公正、不平等的現象與國別、主義沒有關係，都在作家的批判視野中。因此，最後趙大衛在回答美國記者採訪時說：

「我最感動的是美國公民們的正義和誠實。陪審團成員，與我無親無故、素不相識，可他們願意主持公道，伸張正義。從他們身上，我看到了美國的光明與希望。」

「我最失望的是我曾經那麼尊重和信賴的人。他們對我口蜜腹劍，居心叵測，編造出各種莫須有的罪狀加害於我。從這點上看，美國要徹底消滅種族歧視，讓所有人種取得真正的平等，還需要走很長的路，還需要我們幾代移民不懈地去努力，去爭取。」

這些感動、失望和批判就不僅是針對個人的經驗，它應該適於所有地區、領域的所有事務。但是，這些具有悖論性的表達，也從一個方面反映了全球化時代文化認同的危機和焦慮。張旭東在談到韋伯與文化政治時說：

人都有其最根本的衝動，這種衝動是不能被消解的。你不能不承認這種衝動，比如說什麼是基督徒，什麼是西方，什麼是德國，什麼是德國文化，什麼是德國人，這是一些非常基本的衝動，你不能拿一套所謂的民族國家都是建構起來的或虛構出來的時髦理論去一筆勾銷它的存在。這不是一個純粹的理論遊戲的問題。實際上，種種以「解構」面目出現的新的普遍論也不是純粹的理論遊戲，因為它們都預設了一個新的普遍性的平臺，一個新的「主體之後的主體」，一種新的反民族文化的全球文化。然而，只要分析一下這種新世界主義文化的物質、社會、政治和意識形態的具體形態，人們就不會對其普遍性的修辭抱任何不切實際的幻想。因為它所對應並賴以存在的生活世

界從來就沒有在政治上和文化認同上放棄自己的特殊地位。在這個意義上，如果你說，人不一定要做德國人或中國人，做一個普遍的世界公民個體不是很好嗎？那你只是在表達一種特定的生活態度，它本身則是一種特定的生活方式的表象。你也可以說，後現代人都是多樣的多面的，人都是隨機的，是偶然性的等等，不一定要把自己納入民族國家或階級或歷史這樣的大敘事。為什麼要讓自己服從於一種本質化的敘述？等等。你可以從各種各樣的角度去把它拆掉，但這種態度就是捷克裔英國社會學家蓋爾納（ErnestGellner）所謂的「普遍的、原子式的態度」，它要以最小公約數來打掉集體性的種種壁壘，打掉種種「浪漫的、社群式的」人生觀。蓋爾納講的還不是當代，是 19 世紀，是德國浪漫派面對工商社會的問題。韋伯的問題可以追溯到這個交叉路口，是這個現代性內在矛盾的較為晚近的表述。他問的問題簡單地說就是我們要做什麼樣的人。什麼是我們身為德國人的基本衝動？這個東西你要不要？第一是有沒有，第二是要不要，第三是拿它怎麼辦？政治就這樣真實地存在於我們的生活中，無論是否喜歡都不能改變這樣的現實。

李曉樺是詩人、作家，他曾獲得過全國優秀詩歌獎，但他似乎又並不以文學為業。他有多種經歷，曾入伍當兵、下海經商，遠走國外。在 2014 年，他捲土重來發表了長篇小說《世紀病人》。這是一部讓我們震驚不已的小說，小說用黑色幽默的筆法，講述了一個在第一世界與第三世界之間的邊緣人的生存與精神狀況。欲罷不能的過去與無可奈何的現狀打造出的這個「世紀病人」，讓人忍俊不禁的同時，更讓人不由得悲從中來。這是我們多年不曾見過的具有「共名」價值的人物。從某種意義上說，我們可能都是「世紀病人」。

這是一部用「病人囈語」方式講述的一部小說，是在虛構與紀實之間一揮而就的小說，是在理想與自由邊緣舉棋不定的充滿悖論的小說，當然，它還是一部痛定思痛野心勃勃的小說。講述者「李曉樺」一出現，是一個「領著剛滿十五歲的兒子，站在加拿大國、不列顛哥倫比亞省、溫哥華市、西區——這所被叫做麥吉的中學門前」的父親。這個場景的設定，使李曉樺一開始就處在了兩個世界的邊緣地帶：他離開了祖國，自我放逐於異國他鄉；他也不可能進入加國的主流文化，這一尷尬的個人處境注定了主人公的社會身份和精神地位。於是我們看到的是李曉樺矛盾、茫然、無根、無望、有來路無去處的精神處境。他看到了那些在異國他鄉同胞的生活狀態，他們只為了活著而忙碌。李曉樺在應對了無意義生活的同時，他只能將思緒安放在曾經

經歷的歷史或過去。我注意到，小說多次講到主人公當兵的經歷，講他站崗、出差、到軍隊辦的雜誌、成為軍旅詩人；講他與國內作家的關係、喝酒吃飯、到京豐賓館開文學的會，寫到了莫言、王朔、劉震雲、王海鴒等；他還提到他那首要和鬼子決鬥的詩以及夢見老作家葉楠，當然他還寫道了那難忘的與「二炮」女兵喝酒的情形。還有，他還寫到了那個將軍的女兒愛美，她隨丈夫到了溫哥華，她全部的念想就是期待女兒的成功，成為一名能跳「小天鵝」的芭蕾舞明星。為此，她甚至連父母離世她都沒有回國見上最後一面。李曉樺顯然在質疑這一生活道路的選擇。另一方面，這代人曾經有過的歷史、或者當時可以炫耀、追憶的生活，比如「一追」偷軍區大院各家白菜給愛美家的惡作劇，在塵埃落定之後，也隨之煙消雲散。

一切都破碎了。歷史與現實都已經是難以拾掇的碎片，既不能連綴又難以割捨。是進亦憂退亦憂，前路茫茫無知己，這是此時李曉樺的心境，當然也是我們共同的心境。小說中有這樣一段話：「家為心之所在。我之所以要還鄉，就是為了找到一個地方，把心安放。可我發現我無法找到。因為，家為心之所在，而心在流浪中已不知遺忘在何處。心丟了，家何在啊？！」小說有鮮明的八十年代精神遺產的風韻，也許，只有經歷過這個年代的作家，才有如此痛苦的詩意，有如此強烈的歷史感和悲劇性，才會寫得如此風流倜儻一覽無餘。

文學史反覆證實，任何一個能在文學史上存留下來並對後來的文學產生影響的文學現象，首先是創造了獨特的文學人物，特別是那些「共名」的文學人物。比如十九世紀的俄國，普希金、萊蒙托夫、岡察洛夫、契珂夫等共同創造的「多餘人」的形象，深刻地影響了法國的「局外人」、英國的「漂泊者」、日本的「逃遁者」、美國的「遁世少年」等人物，這些人物代表了西方不同時期文學成就。如果沒有這些人物，西方文學的巨大影響就無從談起；中國二三十年代也出現了不同的「多餘人」形象，如魯迅筆下的涓生、郁達夫筆下的「零餘者」、巴金筆下的覺新、柔石筆下的蕭澗秋、葉聖陶筆下的倪煥之、曹禺筆下的周萍等等。新時期現代派文學中的反抗者形象，「新寫實文學」中的小人物形象，以莊之蝶為代表的知識分子形象，王朔的「玩主」等，也是這個「多餘人」形象譜系的當代表達。

「世紀病人」是這個譜系中的人物。不同的是，他還在追問關于歸屬、尊嚴、孤獨、價值等終極問題。他在否定中有肯定，在放棄中有不捨。他的

不徹底性不是他個人的問題，那是我們這一代人共同的屬性。他內心深處的矛盾、孤魂野鬼式的落魄、以及心有不甘的那份餘勇，都如此恰如其分地擊中我們的內心。於是我想到，我們都是世紀病人。於是，世紀病人、「李曉樺」就這樣成了我們這個時代的「共名」人物。

嚴歌苓在談到她移民早期的寫作時說，「因為空間、時間及文化語言的差異，或者說距離，『我』像是裸露的全部神經，因此我自然是驚人地敏感。像一個生命的移植，將自己連根拔起，再往一片新土上移植，而在新土上紮根之前，整個生命是裸露的。轉過去，再轉過來，寫自己的民族，有了外國的生活經驗……的確給作品增添了深度和廣度。」〔註5〕這是一個成熟作家感同身受的切實體會。通過對近三十年來幾部海外華文小說的分析，我們明確感覺到，海外華文文學表現出的家國關懷，是這一領域三十年歷史的一部分。他們雖然具體書寫的都是個人經歷，但是這些個人經歷絕不是大洋彼岸的孤立存在。這些作品在每個時段的不同情感和焦慮所在，不僅與國家民族命運相關，同時也與那個時段國家的整體氛圍有關。80年代的文化矛盾、90年代的資本炫耀、新世紀的冷峻以及具有的反思、檢討能力，完整地表達了進三十年來海外華文文學的心理過程。但總體來說，這些文本表達的還是在兩個世界邊緣處的惶惑與不安。而這一心理特徵不僅合乎人性，重要的是它無可避免。

〔註 5〕 江少川：《嚴歌苓訪談錄》，載《世界華文文學論壇》2006 年 8 期。

文化研究與當下中國的批評實踐

　　對文化研究再做經院式的譜系分析，在今天已經沒有意義。重要的是，這一研究方法或研究範疇，在文藝、文化研究領域的普遍應用業已成為事實。只要我們翻開文藝雜誌、打開與文化、文藝相關的網站、回顧一下我們近年來讀過的現當代文學、文藝學、比較文學等學科的碩士、博士學位論文，以及在文學討論會上使用的話語、研究方法和關注問題的視角，這個事實便無可質疑地呈現在我們面前。也正是緣於這個事實的存在，對文化研究和文藝批評實踐的不同看法，在近一個時期得以集中地討論。普遍的焦慮是：在文化研究的視野中，審美批評是否還有可能；在全球化的語境中，理論批評的民族性如何堅持或體現；文藝理論的邊界如何確定，它是否還有自身知識的質的規定性；等等。

　　文化研究的普遍應用和這些問題的提出，不僅是關乎學科發展的問題，同時它也是以「知識的方式」表達的兩種文化和學術心態：是堅持傳統的學科界限，發展以「審美」知識為主的文藝學，還是打破學科界限，以更寬廣的學科視野和知識整合，批評並參與當下的文化和文藝生產。在我看來，這兩種不同的文化和學術心態及其批評實踐，並沒有、也不可能構成尖銳的學術衝突，這裡並不存在等級、權力、取代和支配關係。而恰恰是學術研究向著多元化、多種可能發展的一個有力的表徵。我們應當承認，在大學的教育體制中，傳統的文藝學仍然是一個根深蒂固無可撼動的學科，它不僅被列入本科教學的主幹課程，而且是招收碩士、博士研究生的重要學科。雖然不斷有對這個學科的質疑和批判，但因其樹大根深而巍然聳立。化研究作為一個新興的研究方法和範疇，因其學科界限一直難以

確定而莫衷一是，它蓬勃發展又歧義叢生，規模宏大又界限模糊。但它對新的文化語境中出現或產生的新問題的有效闡釋和有力批判，使這一批評方法不僅獲得了豐富的資源和對象，而且也使文化、文藝研究者有了參與當下文化和文學生產的可能和契機。

90年代尤其是1992年以來，中國改革開放和市場化的深入發展，爲中國社會生活帶來的巨大變化有目共睹。這一變化不只是物資生活的巨大豐盈、社會財富的急速增長，同時，還有在社會生活表層遮蔽不深的價值觀、道德觀、人生觀等巨大變化。「消費文化」的興起，不僅拉動了這個時代的巨變，同時也是改變或操縱我們生活方式和存在方式的隱形之手。當「消費」成爲這個時代關鍵詞的時候，它也無可避免地改變了這個時代的文化和文藝生產的形態和方式。對於中國來說，文化與文學的生產方式在過去雖然並非獨一無二，但它延續的時間之長，制度之堅固，即便在今天仍然沒有完全成爲過去。因此，自80年代起，對文藝創作和理論批評開放和自由的籲求，幾乎是所有文藝家的共同心聲。但是，現代性是一項未竟的事業，在我們初始遭遇了有限度的開放和自由的時候，不期而遇的卻是出人意料的「與狼共舞」，中國成了當今世界最大、也是最豐富的文化實驗場，除了國家主義文化、知識分子精英文化之外，各種消費文化在市場霸權、商業主義和剩餘價值的控制下粉墨登場。「消費文化」構築了當下中國的超級文化帝國。霍克海默、阿多諾和其他西方馬克思主義批評家曾批判過的「文化工業」和晚期資本主義文化，在中國雖然姍姍來遲卻氣勢洶洶。我們還難以解釋這一文化邏輯，但可以肯定的是，這與中國發達地區已經步入後現代社會以及全球化的影響是大有關係的。無可懷疑，在全球化的語境中，在遠程通訊空前發達的今天，麥克盧漢概括的「地球村」在某種程度上已經成爲事實。「天涯若比鄰」雖然是電子幻覺，但全球在經濟、商業領域、在國際貿易等方面的關聯愈益緊密化，「與國際接軌」已成爲社會流行語，即便在文化藝術領域，強勢文化對弱勢文化的影響和覆蓋滲透，也已成爲國際社會共同關心的問題之一。無論強勢文化或弱勢文化，都對全球化的趨勢在批判。值得注意的是，西方學者在批判全球化的時候，同時也是在批判資本主義的「文化工業」和晚期資本主義文化。英國曼徹斯特大學教授伊格爾頓指出：「我們看到，當代文化的概念已劇烈膨脹到了如此地步，我們顯然共同分享了它的脆弱的、困擾的、物資的、身體的以及客觀的人類生活，這種生活已被所謂文化主義（culturalism）的蠹

舉毫不留情地席捲到一旁了。確實，文化並不是伴隨我們生活的東西，但在某種意義上，卻是我們爲之而生活的東西。感情、關係、記憶、歸屬、情感完善、智力享受：這些均更爲接近我們大多數人，並用以換來安排或政治契約。但是自然將始終優越於文化，這是一個被人們稱作死亡的現象，不管多麼神經質地熱衷於自我創造的社會都毫無保留地試圖否定這一點。文化也總是可以十分接近舒適安逸。如果我們不將其置於一個啓蒙的政治語境中的話，它的親和性就有可能發展爲病態和迷狂狀態，因爲這一語境能夠以更爲抽象的同時在某種程度上也更爲慷慨大度的從屬關係來孕育這些迫切需要的東西。我們這個時代的文化已經變得過於自負和厚顏無恥。我們在承認其重要性的同時，應該果斷地把它送回它該去的地方。」〔註1〕伊氏所批判的顯然不只是英國或歐洲的晚期資本主義文化，他所批判的還包括美國想像的「全球化」或文化同質化。西方的知識左翼批判全球化的時候，事實上也是一種對強勢文化的自我檢討和批判。但我們在面對全球化的時候，更多聽到的還是對強勢文化憤懣的抱怨或激進的指責，在全球性的「文化之戰」中，我們憂心忡忡卻又束手無策。弱勢的文化地位和心態，也使我們失去了對自己文化檢討的耐心乃至願望。

事實上，從西方馬克思主義到知識左翼對「文化工業」、晚期資本主義文化到全球化的批判或檢討，是文化研究的起源和合乎邏輯的發展。在阿多諾、本雅明、馬爾庫塞等西方馬克思主義者的視野中，資本主義的文化危機是他們關注的最基本的主題之一，他們的成就令人難忘。「20世紀馬克思主義在思想史和藝術史方面最大膽的概述、對發達資本主義文化最精確的評價、從這一狀況下的解放可能包含的要求與允諾的全部意義都要歸功於他們。」〔註2〕他們發動的對資本主義文化的批判浪潮，經由伯明翰學派和歐美文化研究「轉向」的推動，至今方興未艾。對於中國知識界來說，啓蒙話語受挫之後確實曾一度「失語」，但他們自我期待中的國家民族關懷和參與公共事務的熱情，並沒有發生革命性的變化。這時，文化研究的理論旅行和「文化工業」在中國的興起幾乎同時如期而至，這對徬徨焦慮和目標迷茫的知識界來說恰逢其

〔註1〕 特里・伊格爾頓：《文化之戰》，見王寧編《全球化與文化：西方與中國》，北京大學出版社，2002年。

〔註2〕 弗朗西斯・馬爾赫恩：《當代馬克思主義文學批評》，劉象愚等譯，北京大學出版社，2002年，第12頁。

時。因此，表面上看，文化研究在中國是一種「外來話語」，是西方理論旅行的一個「驛站」，但就本質意義而言，它卻接續了現代中國知識分子的精神傳統。對包括文化生活在內的社會生活的積極參與介入，是這一階層揮之不去的思想情結，而文化研究恰恰提供了得心應手的方法和批判的視角。

另一方面，文化語境和文藝生產的歷史性變化，也使傳統的「審美」批評捉襟見肘力不從心。不僅電視劇、廣告、大眾傳媒、酒吧、美容院、影樓、選美大賽、T 型舞臺、MTV、卡拉 OK、人體彩繪等大眾文化及其場景，已經滲入到我們的日常生活，即便是「嚴肅文藝」創作，如小說、戲劇、詩歌、美術等精英文藝，「美感」爲「快感」所置換和替代的趨勢業已成爲不爭的事實。張藝謀的電影當然也可以從「美學」的角度分析，比如畫面、音樂、服飾、場景等，但是，作爲商業電影，他的成功從來就不是美學的成功，而是和巨額投資、媒體炒作和商業運做聯繫在一起的；而且只要我們考察一下 90年代以來的女性文學、「官場文化」、知識分子小說、留學生文學、「60 年代」、「70 年代」以及「80 年代後」的寫作，我們遇到的問題和可資談論的話題，更多的是文化和社會性的，比如性愛、女性心理、腐敗問題、政治體制、新的「零餘者和多餘人」、跨國文化和漂流心態、城市文化與鄉村文化的不同時間等，對這些現象的批評和研究，以「審美」批評的角度來匡正和抱怨已無濟於事，而文化研究卻可以從跨學科的角度，對其做出有效的闡釋和批判。並不是說批評家非要選擇文化研究作爲武器，而是中國當下的文化和文學生產的狀況，使文化研究有了用武之地。極端地說，90 年代以來，如果沒有文化研究的介入，我們的文化和文學批評是難以想像的。

雖然我們也看到，對審美批評回歸的普遍願望當下正在經歷，但是，具有悖論意義的是，一方面，「現代藝術中的那些超美學的觀點似乎已經使人們對它完全失去了信任，並且在新的後現代的支配下，各種各樣令人眼花繚亂的風格和混雜物充塞著消費社會。而老的美學傳統已幾乎不能拿出足夠的理論儲備來解釋這些新作品，因爲這些新作品吸納了新的交流手段和控制論技術。同時，對於過去的現代主義的『進步』這個概念──導向新的技術發現和新的形式創新的目的──的懷疑使藝術進化論的時代終結」。在這種情況下，「給傳統的審美特性、關於自然與藝術經驗、關於作品作爲超越實踐與科學領域的自主性等等問題的分析帶來極大的未定性，如同我們時代的藝術接受、消費（或許甚至生產）正在經歷某些根本的變異一樣，使舊的範式變得

互不相關或至少成為昨日黃花。」〔註3〕我們不是在補資本主義的課，但是，我們遭遇的現代性，卻使我們遇到了資本主義後工業時代同樣的文化問題。對這一問題的文化闡釋，是過去審美批評不曾遇到的，這也從一個方面證實了審美批評在新的語境下的尷尬和有限性。在審美批評保有高貴氣質的時代，藝術是一個超越商業化的領域，它有力量顛覆或抗衡與商業主義的聯姻，即便在阿多諾的時代，他也試圖在有限的領域內（如音樂），以美學的模式積極建構和創造新的批判文本。但是進入後工業時代以後，「伴隨形象生產，吸收所有高雅或低俗的藝術形式，拋棄一切外在於商業文化的東西。在今天，形象就是商品，這就是為什麼期待從形象中找到否定商品生產邏輯是徒勞的原因，最後，這也是為什麼今天所有的美都徒有其表，而當代偽唯美主義對它的青睞是一種意識形態的策略而不是一個具有原創性源泉的原因。」〔註4〕

在「快感」文化的擠壓下，傳統的審美文化、嚴肅文化和更具消費性的文化混雜地重疊在一起，可供審美批評的範疇正在縮小。嚴肅文化雖然在社會生活結構中從來也沒有占據過中心地位，但在「快感」文化、中產階級趣味和吞噬消費一切的大眾文化喧囂的聲浪中，包括文學在內的嚴肅文化的邊緣化，其形勢越來越嚴峻已經成為共識。因此有人驚呼：文學研究的時代已經過去了。再也不會出現這樣一個時代———為了文學自身的目的，撇開理論的或者政治方面的思考而單純地去研究文學。那樣做不合時宜。我非常懷疑文學研究是否還會逢時，或者還會有繁榮的時期。這就賦予了黑格爾的箴言另外的涵義（或者也可能是同樣的涵義）：藝術屬於過去，「總而言之，就藝術的終極目的而言，對我們來說，藝術屬於，而且永遠都屬於過去。」這也就意味著，藝術，包括文學這種藝術形式在內，也總是未來的事情，這一點黑格爾可能沒有意識到。藝術和文學從來就是生不逢時的。就文學和文學研究而言，我們永遠都耽於其中，不是太早就是太晚，沒有合乎時宜的時候。〔註5〕這一說法可能有些聳人聽聞或過於悲觀。起碼在當代中國，文學研究並沒有、也決不會「成為過去」。事實上，大學的文學史編寫及教學，所沿用的

〔註3〕 弗里德里克·詹姆遜：《後現代性中的形象轉變》，見《文化轉向》，胡亞敏等譯，中國社會科學出版社，2000年，第97、130～131頁。

〔註4〕 弗里德里克·詹姆遜：《後現代性中的形象轉變》，見《文化轉向》，胡亞敏等譯，中國社會科學出版社，2000年，第97、130～131頁。

〔註5〕 希利斯·米勒：《全球化電信時代文學研究的命運》，見王寧編《全球化與文化：西方與中國》第183～184頁。

主要方法仍然是社會批評或歷史、美學的方法。在文學評論雜誌上，用審美批評撰寫的評論文章，仍然大量的存在。而在文化研究成爲「顯學」的時候，我們看到更多的恰恰是文化研究學者對文化研究的警覺和檢討：當下的中國文化，「與其說爲我們提供了一幅色彩絢麗、線條清晰的圖畫，不如說爲我們設置了一處鏡城：諸多彼此相向而立的文化鏡像———諸多既定的、合法的、或落地生根或剛剛『登陸』的命名與話語系統，以及諸多充分自然化、合法化的文化想像———相互疊加、彼此映照，造成了某種幻影憧憬的鏡城景觀。簡單化的嘗試，間或成爲命名花朵所覆蓋的危險陷阱」〔註6〕。有的文化研究學者甚至直接提出「文化研究向何處去？」認爲今日的文化研究已經與昔日不可同日而語。它涵蓋面甚廣，從古老的傳統學科到新近的政治運動，幾乎無所不包，由於沒有明確的領域及學科界限，優勢逐漸轉化爲劣勢。文化研究對文化的定義如此廣泛，就連霍爾也承認缺乏足夠的專門化術語決定什麼不是「文化」。文化研究這種「居無定所」的狀況，決定了它是「一個毫無安全感的孤兒，在絕望地尋找一個父親的形象」〔註7〕。這些警覺和擔憂不是沒有道理的。這位論者最後斷言：也許，文化研究可能會消失在文學研究之中，今天從事文化研究的風雲人物，許多都是文學專業出身；而文學領域的文化研究，更是碩果累累。文化研究最早是來自於文學研究，那麼，回到文學研究之中，或許是它最好的歸宿。〔註8〕文化研究學者事實上已在考慮文化研究未來的出路。問題是文化研究不是需要退回文學領域，作爲一種方法或視角，它已經爲文學研究帶來了全新的面貌。即便未來文化研究需要一個界限分明的安身立命之地，作爲一種「遺產」或訓練，它仍然不會被輕易刪除或了無痕跡。

　　文化研究的利弊同時存在，大概也正因爲它的「不成熟」，才吸引了無數研究者的盎然興趣。另一方面，這一歧義叢生的領域，無意間卻也起到了學科整合或打通學科壁壘的作用。在學院體制內，學科劃分過於精細，界限過於分明，已經暴露了未被言明的明顯缺陷，跨越學科界限一步，學者就會言不及義甚至一無所知。這種學科壁壘造成的知識隔膜，反過來又帶來了畫地

〔註6〕 戴錦華：《隱形書寫》，江蘇人民出版社，1999年，第6～7頁。
〔註7〕 希利斯·米勒：《全球化電信時代文學研究的命運》，見王寧編《全球化與文化：西方與中國》第183～184頁。
〔註8〕 王毅：《文化研究向何處去？》，《河北學刊》2004年第3期。

爲牢的學科職業化心態。「術業專攻」使今天的學者更像一個「知識工人」。現代工業革命分工細密給學院帶來的負面影響，並沒有隨著後工業時代的到來得以糾正。文化研究打破了學科界限，不僅帶來了研究視角和方法的革命，同時它也是學者職業「自救」的有效途徑。文學等學科的交互效應模糊了過去的界限，在一定意義上顛覆了科學技術主義霸權強加給人文學科的精細分工，使人文學者在處理當下問題時，有了更爲廣闊的思路和視野。因此，無論西方文化研究的前景如何，在當代中國，文化研究應該是剛剛開始而不是結束。

傳媒與社會主義文化領導權

　　現代傳媒的發展，已不止是科技神話，無所不能的現代技術和光怪陸離的信息及想像的合謀，使傳媒的整體形象正趨於「人妖之間」。一方面，它幾乎無處不在地填充著日常生活，以盡其所能的方式為所有的人提供「滿足」和欲望對象，在這個意義上，它似乎僅僅是看得見的可供選擇的視覺符號；一方面，也正是這些貌似「親和」的符號，「不為人知」地改變和控制了人們的思維方式和生活習性，在這個意義上，它又是一隻「看不見的隱形之手」。因此，傳媒研究成為當下學界的一門顯學，就不應將其看作是一種隨波逐流的庸俗時尚。這個由印刷和電子符號構成的幻覺世界，使人們產生了生活仿佛被「故事」置換的虛幻感，在傳媒中構成的那個世界不斷地閃滅，可期望而不可指望的現代「故事」，就像街頭廣告一樣，它若隱若現但並不屬於你，同時，我們在傳媒不間斷的宣諭中又時常體驗著快樂和需要。傳媒帶來的失落和滿足，背後隱含的也就是對「文化帝國主義」的複雜心態。

　　現代傳媒改變了傳統的文化生產和傳播方式，被稱為「印刷資本主義」的早期現代傳媒的出現，使人與人或群體與群體之間的交流，無須再面對面就可以實現。生產和交流方式決定的以地域而形成的流派，也代之以傳媒為中心。更重要的是，傳媒不止是工具，它是帶著它的觀念一起走進現代社會的。現代傳媒在中國的出現，是被現代化的追求呼喚出來的，它適應了社會政治動員的需要，國家與民族的共同體認同，被現代傳媒整合起來。或者說，是現代傳媒推動或支配了中國思想文化的發展動向。那些與現代民族國家相關的觀念和思想，正是通過傳媒得以播散的。從這個意義上也可以說，傳媒甚至成了某一時代的象徵。比如「五四」與《新青年》，延安與《解放日報》，

新中國與《人民日報》，文化大革命與「兩報一刊」等等。因此，傳媒被稱爲「一種新型的權力」。〔註 1〕這個權力不止是話語權力，在其傳播的過程中如果爲民間社會所認同，它也就獲得了「文化領導權」。傳媒和文化領導權的關係是密切地聯繫在一起的。

當然，問題遠不這樣簡單。在阿帕杜萊看來，「印刷資本主義的革命，以及由它釋放出來的文化凝聚力與對話關係，只是我們現在居住的這個世界的一個作用有限的先驅。」當電子傳媒統領了這個世界之後，虛假的「地球村」帶給我們的矛盾則是：「一方面是個人與個人以及群體與群體之間的異化狀態和心理距離，另一方面則是那種天涯若比鄰的電子幻覺（或夢魘）。我們正是在這裡才開始觸及到今日世界上各種文化進程的核心問題」。〔註 2〕因此傳媒的複雜性可能是我們在當下情境中遇到的最大難題之一。這裡所要討論的問題與傳媒密切相關，但我將重點討論的問題，限定於傳媒與中國社會主義文化領導權的關係上。

一

文化領導權的概念是葛蘭西首先提出的。英語 hegemony 在中文的翻譯中多譯爲「霸權」，如被普遍使用的「文化霸權」，「話語霸權」等等。在這個意義上「文化霸權」同湯林森（Tomlison）使用的「文化帝國主義」的內涵極爲相似。在葛蘭西的理論中，研究者和翻譯者將其譯爲「領導權」是非常準確的。文化領導權就是「文明的領導權」，它是政治民主的根本原則，是民眾同意的領導權。它不是意識形態的強制推行，也不是對某種政治文化的被迫忠於。因此，在葛蘭西那裏，「文化領導權」非常酷似「婚姻」和「合同」，它是以自願的方式爲前提並最終得以實現的。葛蘭西這一理論的提出，原本是試圖探尋出一條適合西方發達資本主義國家進行社會主義革命的道路和策略。在他看來，西方發達資本主義國家政權結構和革命勝利前的沙皇俄國的國家政權結構是非常不同的：在俄羅斯，（革命前的）國家是包羅萬象，代表一切，市民社會卻是方興未艾，呈現膠狀凍結的狀態。在西方國家與市民之

〔註 1〕 阿爾君。阿帕杜萊：《全球文化經濟中的斷裂與差異》，陳燕谷譯，見汪輝，陳燕谷主編《文化與公共性》，第 523 頁。三聯書店 1998 年 6 月版。

〔註 2〕 阿爾君。阿帕杜萊：《全球文化經濟中的斷裂與差異》，陳燕谷譯，見汪輝，陳燕谷主編《文化與公共性》，第 523～524 頁。三聯書店 1998 年 6 月版。

間有著適當的關係，一旦國家根基動搖，則市民社會堅實的基礎就顯現出來。西方的國家只是城市外圍的壕溝，在它之後屹立著堡壘圍牆般的強有力的體系。因此，在發達的西方社會要進行社會主義革命，像俄羅斯那樣僅僅通過「運動戰」──用暴力奪取政權是不可能的。更有效的途徑是應該通過「陣地戰」的形式，在市民社會建立起關於社會主義的道德和文化的領導權。他的具體解釋是：「一個社會集團通過兩條途徑來表現它自己的至高無上的權力：作為『統治者』和作為『文化和道德的領導者』。一個社會集團統治敵對集團，它總想『清除』他們，或者有時甚至動用武力對他們進行鎮壓；它領導著與它親近的和它結成聯盟的集團。一個社會集團能夠，的確也必須在取得政府權力之前已經在行使『領導權力』（這的確是贏得這種權力的基本條件之一）；當它行使權力的時候，接著它就變成統治力量，但是即使它牢牢掌握權力，也仍然繼續『領導』」〔註3〕也就是說，社會主義在取得革命成功之前，必須取得文化領導權；在革命成功之後，並不意味著「領導權」永遠掌握在自己的手中，它仍處在被認同的過程中，仍有旁落的危險。

在葛蘭西的「領導權」理論中，「市民社會」是一個至關重要的概念。它是與「國家」不同的屬於上層建築的概念。在他看來，強制、統治、暴力屬於國家；而同意、領導權、文明則屬於市民社會：「現在我們固定兩個主要的上層建築方向──一個可以稱為『市民社會』，即是通常稱作『私人的』有機體的總體，另一個可以稱作『政治社會』或國家。這兩個方面中的一個方面符合於統治集團對整個社會行使的『領導權』功能，另一個方面則符合於通過國家或『法律上的』政府行使的『直接統治』或指揮。」〔註4〕在另一處他又說：「我所謂市民社會是指一個社會集團通過像社會，工會或者學校這樣一些所謂的私人組織而行使的整個國家的領導權。」〔註5〕因此，市民社會是指不受國家干預的相對獨立的社會組織，沒有市民社會文化領導權也就不能訴諸實施。同樣的道理，國家也並不等於強權政治，它還必須有為民眾認同的倫理基礎，這就是葛蘭西所說的「道德國家」，「文化國家」。〔註6〕葛蘭

〔註3〕《葛蘭西政治著作選》(1921～1926)，1978年倫敦版，第57～58頁。轉引自李青宜著：《「西方馬克思主義」的當代資本主義理論》，重慶出版社1990年版，第137頁。
〔註4〕同上，第138頁。
〔註5〕同上，第139頁。
〔註6〕《葛蘭西文選》，人民出版社1992年版，第439頁。

西的這一理論，他自認為是來自列寧，在《馬克思主義》一文中他說：領導權這一概念是由伊里奇負責（制定和實現）的。〔註7〕研究界也普遍是來自列寧的理論，新近出版的著作還認為：「『領導權』概念是列寧首先提出來的，他主要強調的是政治領導權，其核心是無產階級專政，即通過暴力奪取政權。」〔註8〕葛蘭西的自述是令人費解的，因為在列寧的著作中根本沒有出現過領導權（hegemony）這個詞。而研究者試圖用譜系的方法尋找葛蘭西理論的來源，但其論證出來的結果恰恰說明了列寧理論與葛蘭西的矛盾。也就是說，列寧強調的是無產階級專政的理論，是暴力奪取政權的理論，而葛蘭西所強調的是通過道德與知識在市民社會建立起文化的領導權。列寧是急風暴雨式的，是「運動戰」，葛蘭西是漸進式的，是「陣地戰」。因此葛蘭西與列寧不存在譜系關係。倒是意大利學者薩爾沃·馬斯泰羅內在《對〈獄中札記〉的歷時性解讀》中，對葛蘭西的理論來源作出了令人信服的解釋。他說：「葛蘭西眼中注視著列寧的形象，但他心裏一直牢記著馬克思的思想。葛蘭西的研究者們沒有記住，馬克思在《法蘭西內戰》英文版中不僅談到『凌駕於市民社會之上的中央集權國家機器』，而且還談到『由市民社會和人民群眾重新奪回國家權力』。」〔註9〕因此，葛蘭西的關於領導權理論的來源，毋寧說來自馬克思更可靠。

文化領導權顯然也是一種意識形態，但它是一種有別與「權力意志」的意識形態。馬克思在《德意志意識形態》中說：「統治階級的思想在每一時代都是占統治地位的思想。這就是說，一個階級是社會上占統治地位的物資力量，同時也是社會上占統治地位的精神力量。」意識形態不但支配著物資生產，同時也支配著精神生產。重要的是這種意識形態又在不斷的強制推行中，試圖抹去它的「虛假意識」，並極力凸現它的「合理性」、「普遍性」、「永恒性」。在這樣的意識形態支配下，對其認同的程度，也就決定了一個人在多大程度上進入社會。因此表達權力意志的意識形態也就成了一個人進入社會的「許可證」，〔註10〕它與接受者的關係是統治與被統治的關係。但是文化領導權作為一種意識形態，是以市民社會的「同意」為前提的，它不是一種統治和支

〔註7〕 同上，第459頁。

〔註8〕 周穗明等著：《新馬克思主義先驅者》，中央編譯出版社1998年版174頁。

〔註9〕 薩爾沃·馬斯泰羅內：《一個未完成的政治思索：葛蘭西的〈獄中札記〉》，社會科學出版社2000年版，第14頁。

〔註10〕 俞吾金：《意識形態論》，上海人民出版社1993年版，第3頁。

配關係。葛蘭西在談到「文化」時指出：文化不是百科全書式的知識，文化人也不是塞滿了經驗主義的材料和一大堆不連貫的原始事實的容器。文化不是這種東西，「它是一個人內心的組織和陶冶，一種同人們自身的個性的妥協；文化是達到一種更高的自覺境界，人們借助於它懂得自己的歷史價值，懂得自己在生活中的作用，以及自己的權力和義務。」〔註 11〕但是「這些東西的產生都不可能通過自發的演變，通過不依賴於人們自身意志的一系列作用和反作用，如同動物界和植物界的情況一樣，在那裏每一個品種都是不自覺地，通過一種宿命的自然法則被選擇出來，並且確定了自己特有的機體。」〔註 12〕在這個意義上葛蘭西不是個「唯物論」者，他強調的「人首先是精神，也就是說他是歷史的產物，而不是自然的產物。」〔註 13〕葛蘭西對文化的理解以及他對人的認識，構成了文化領導權理論的基礎背景，也使他的理論成為關於人的解放的學說。人的解放的普遍要求也必將成為「指導」人們行動的意識形態。在這個意義上葛蘭西的理論具有鮮明的道德／倫理色彩。這一看法也被葛蘭西的革命實踐所證實。他不僅積極倡導精神道德改革，而且還創建了一個「道德生活俱樂部」，這個俱樂部裏充滿了一種近乎宗教般的氣氛。在他看來，為了在意大利進行革命，必須首先造就新一代的革命者，而這樣的革命者「能夠做天性玩世不恭的意大利人不會做的事情，那就是獻身於一項事業。」〔註 14〕葛蘭西自己身體力行。《新秩序》週刊在他接管之前，因其內容多為文化性質的題材，對工人運動毫無影響。葛蘭西接任主編之後，深入到工廠調查研究，改變了辦刊思想。並以選舉的方式將都靈的「廠內委員會」代之以「工廠委員會」。葛蘭西認為：所有工人、職員、技術人員以及所有農民，總之社會上所有積極因素，——都應當由生產過程的執行者變為生產過程的領導者，由資本家管理的機器的小齒輪變為主人公。〔註 15〕《新秩序》於是也成了「工廠委員會」的報紙。這即是葛蘭西實施「陣地戰」的具體實踐，同時也是他關於人的解放的具體實踐。

　　但是葛蘭西的理論顯然也有自相矛盾的問題。這不止是說都靈「工廠委員會」最後以失敗告終，罷工最後導致了流血政治。而且在理論上他也遇到

〔註 11〕　《葛蘭西文選》，第 5 頁。
〔註 12〕　《葛蘭西文選》，第 5 頁。
〔註 13〕　《葛蘭西文選》，第 5 頁
〔註 14〕　《一個未完成的政治思索：葛蘭西的〈獄中札記〉》，第 120 頁。
〔註 15〕　《新馬克思主義先驅者》，第 151 頁。

了難以解決的麻煩。在他看來，知識分子是統治集團實施社會領導權和政治統治職能的「幫手」，因此，統治集團必須擁有自己的知識分子，對於無產階級來說，他們應該是新型的、有機的知識分子。這些知識分子必須和人民建立情感聯繫，並能促進整個社會的文化發展。這樣他與人民群眾就建立起了「良性循環」的關係，也就是「高明者」與「卑賤者」之間建立的永久性關係。「『高明者』的任務就是回答（和適應）來自卑賤者的政治，社會和文化問題；卑賤者的任務則是按照民主政治的形式和規則提出這些問題。」〔註16〕但是葛蘭西的這一設想又與他另外的論述構成了矛盾。他曾有過關於「屬下階級」的重要論述，所謂「屬下」也就是「從屬」或「低一等」的處於社會邊緣的集團或人群。他在《現代君主》的有關論述中也承認確實存在著政治生活中「支配與被支配，領導與被領導的」〔註17〕事實。那麼，領導權在訴諸實踐的過程中，諸如「庶民」，lazzari（無業遊民），農民等邊緣群體如何表達他們的「同意」呢？在諸如工會、教會、學校、行會、社區等市民社會組織中，又是誰在講述「同意」呢？因此，葛蘭西的文化領導權理論在後殖民的語境中，無可避免地會遇到問題。當面對那些喪失話語權力的人群時，斯皮瓦克揭示出了一個令人震驚的秘密：「屬下不能說話」。〔註18〕是話語權力的擁有者在「代表」屬下說話，但他們不是在「再現」屬下階級的意願和要求，而是「狹義上的自我表現」。屬下階級不僅沒有機會表達他們的要求，甚至他們的「歷史」也是被代言敘述的。如果將這個文化邏輯放大，那麼葛蘭西的「西方文化對世界文化的領導權」也已不能成立，東西方的文化關係，已是弱勢文化和文化帝國主義的關係。

因此，葛蘭西的理論被意大利的學者稱爲是「一個未完成的政治思索」，是非常確切的。在葛蘭西的時代，他不可能想像六十年之後的世界圖像，自然也不能想像東西方政治、經濟、文化的差異和問題。但需要指出的是，葛蘭西的「文化領導權」理論仍然對我們有重要的啓示意義。他雖然是通過研究西方發達資本主義社會結構尋找出的進行社會主義革命的策略，但我們在落後的中國革命歷史進程中，卻也發現了相似性的問題。

〔註16〕《一個未完成的政治思索：葛蘭西的〈獄中札記〉》，第200頁。

〔註17〕《葛蘭西文選》，第237～238頁。

〔註18〕加亞特里·查克拉沃爾蒂·斯皮瓦克：《屬下能說話嗎？》，見羅鋼 劉象愚主編《後殖民主義文化理論》，中國社會科學出版社1999年版，第157頁。

二

在葛蘭西看來，東方國家的強權專制性質，決定了無產階級可以用暴力迅速奪取政權，也就是說，由於東方國家市民社會的微弱，不存在對抗革命的強大堡壘，無產階級不必進行細緻，漫長的精神和道德滲透，緩慢地奪取文化領導權之後才有可能奪取政權。在東方，無產階級只要打碎了舊的國家機器，也就意味著奪取政權的完成。這與在西方資本主義社會進行社會主義革命是完全不同的。但是，中國革命的具體實踐與葛蘭西的這一設定，既有相似性，也有極大的不同。或者說，中國共產黨以暴力的形式摧毀舊的國家機器的時候，城市幾乎沒有起什麼作用，但它的精神和道德的力量獲得了包括知識分子在內的中國民眾的廣泛支持。在中國共產黨革命成功之前，許多知識分子放棄了優裕的生活，或從家庭叛逃，或從國統區奔赴延安。這裡除了個人要求和對傳統中國生活方式的不滿之外，與中國共產黨的道德精神感召不能說沒有聯繫。不然，我們也就不能解釋陝北農民李有源為什麼會創作出歌頌毛澤東的歌曲《東方紅》。

因此，美國學者莫里斯。梅斯納在《中華人民共和國史》中，一方面熱情地贊頌中國革命的象徵性意義，不亞於 1789 年的法國大革命和 1917 年的俄國10 月革命，其政治摧毀的範圍和為社會發展的空前新進程而開闢道路方面，也不亞於那兩場革命。但是，值得注意的是：「與法國革命和俄國革命不同，中國革命並沒有一個突然改變歷史方向的政治行動。中國革命沒有一個像巴黎群眾攻打巴士底獄或者像俄國布爾什維克黨人在『震撼世界的十日』中奪取政權那樣的，戲劇性的革命事件。對中國革命家來說，並沒有要攻打的巴士底獄，也沒有要佔領的冬宮。現代中國歷史環境的特殊性提出了極為不同而且困難得多的各種革命任務。當中華人民共和國於 1949 年 10 月 1 日正式宣布成立的時候，中國革命家們已經展開並且贏得了那些摧毀舊秩序的戰鬥。10 月 1 日在北京並不是一個革命暴力的時刻，而是變成統治者的革命家可以回顧過去並且展望未來的一天，那一天他們可以追溯和反思使他們掌權的那些鬥爭和犧牲的漫長歲月，展望他們國家的，充滿希望的和平任務。在摧毀舊政權的幾十年革命暴力期間，新國家和新社會的胚胎已經逐漸成長起來」〔註 19〕這一描述隱含了兩方面值得注意的內容：一方面，中國共產黨是以暴力摧毀了舊的國家機

〔註 19〕莫里斯・梅斯納：《毛澤東的中國及其發展——中華人民共和國史》，社會科學文獻出版社 1992 年版，第 3 頁。

器，但那漫長的革命歲月也孕育了「新國家和新社會的胚胎」。這一「胚胎」的形成和最後分娩，其過程就是中國共產黨對文化領導權掌握的過程。不同的是，它不是通過葛蘭西的「市民社會」，而是通過中國最廣泛的民眾實現的。當然，這一過程是十分複雜的，其間不僅有民眾被動員組織起來之後極易形成的暴力傾向，也有民族戰爭中被傷害後的「保家衛國」的正義要求。但值得注意的是，當民族戰爭結束之後，在同國民黨的戰爭中，到處都出現了「支前」的民眾隊伍，在條件極其惡劣的情況下，是民眾沒有條件地支持了要「解放」他們的中國共產黨。如果僅從民眾缺乏理性，易於受「戰時文化」煽動這一點來解釋是沒有說服力的。國民黨掌握著國家機器，他們的「煽動」條件要遠遠優於共產黨，民眾為什麼沒有支持國民黨？因此，我們就不能不從共產黨的精神和道德感召上，去解釋民眾對它的認同和追隨。

　　中國共產黨的文化是「新文化」，這個文化的提出者和權威闡釋者是毛澤東。在毛澤東還沒有走向中國政治舞臺中心的時候，他也像許多傑出的政治家一樣辦過傳媒，試圖通過傳媒傳播自己的政治主張。他於五四時期創辦的《湘江評論》，雖然是湖南省學生聯合會的會刊，但它氣吞山河的氣象不僅已經顯示了毛澤東的政治抱負，而且也簡單地構建起了他未來思想的雛形。在創刊宣言中，他提出了兩個問題：一個是「吃飯問題最大」，一個是「民眾聯合的力量最強」。聯合民眾的目的是為了打到強權。因此，號召民眾造反，讓被壓迫者獲得解放，是毛澤東建立的新文化的出發點。要建立新文化，首先要批判舊文化，新文化雖然是個不明之物，但舊文化卻是清楚的，「不把這些東西打到，什麼新文化都是建立不起來的。」〔註20〕在這種「破壞」的意識形態的支配下，凡是與「新文化」猜想格格不入的「舊文化」，都在批判和破壞之列。對於底層的民眾來說，「破壞」的欲望只要稍加引導便可迅速點燃，並以百倍的仇恨去實現它。在這個意義上，「新文化」的領導權是通過中國最底層的民眾得以實現的。值得注意的是，毛澤東對於「新文化」的闡釋並不一定為民眾所理解，他說：「所謂中華民族的新文化，就是新民主主義的文化」，〔註21〕「所謂新民主主義的文化，一句話，就是無產階級領導的人民大眾的反帝反封建的文化」。〔註22〕這種斷裂式的文化變革，其內容是新民主主

〔註20〕毛澤東：《新民主主義論》。
〔註21〕毛澤東：《新民主主義論》。
〔註22〕毛澤東：《新民主主義論》。

義、社會主義的，但形式卻必須是民族主義的。對於沒有文化的中國底層民眾來說，要他們在理論上接受新民主主義和社會主義顯然是困難的。這時，新文化的提出者爲了讓最廣大的民眾接受這一想像，在文化傳播的過程中事實上進行了兩次同步的「轉譯」：首先是將抽象的理論「轉譯」爲形象的文藝，同時將五四時期知識分子個人主義的「小資產階級」的語言和感傷、浪漫、痛苦、迷惘的情調「轉譯」爲老百姓喜聞樂見的語言和形式。因此，「新文化」又可以解釋爲「革命的民族文化」，它要具有「民族的形式，新民主主義的內容」，它是「新鮮活潑的，爲中國老百姓所喜聞樂見的中國作風和中國氣派」的文化。在新文化的內涵被確定之後，一個重要的問題就是形式的問題：「誰來確定民族的本質內涵？由誰提出民族文化的語言？這個問題對於中國的知識分子來說，在三十年代的民族危機中已經很迫切；他們對『古老的』精英文化和 20 年代的西方主義都抱懷疑態度。他們帶著現代性在中國的歷史經驗中尋求一種新的文化源泉；這種文化將會是中國的，因爲它植根於中國的經驗；但同時又是當代的，因爲這一經驗不可避免地是現代的。不少人認爲『人民』的文化，特別是鄉村人民的文化，爲創造一種本土的現代文化提供了最佳希望。」〔註 23〕這一資源後來衍生出了有關「新文化」的一系列理論。應該說，這是一條建設「新文化」的卓有成效的途徑。在邁向這條道路的過程中，白毛女、小二黑、李有才、王貴與李香香、開荒的兄妹等，這些活潑朗健的中國農民形象，不僅第一次成爲文藝作品的主人，重要的是，他們對於實現最廣泛的民眾動員所起到難以想像的作用。那一時代，共產黨有了相對穩定的根據地，毛澤東也可以抽出時間親自過問他歷來重視的傳媒問題。1941年 5 月 16 日起，中央決定將延安的《新中華報》、《今日新聞》合併，出版《解放日報》。毛澤東不僅爲報紙寫了七份「解放日報」報頭供報社選用，而且親自撰寫了《發刊詞》。親自給報社社長打電話，並且親自撰寫社論，甚至親自校對報紙清樣。後來有人回憶說，延安《解放日報》出版六年，毛澤東爲報紙寫的按語最多。〔註 24〕這些細節足以說明毛澤東對傳媒和文化權之關係的深刻理解。但是，在戰亂的年代，對於落後的中國民眾來說，即便是有能力讀報紙的人，也是相當有限的。因此，街頭詩、秧歌劇、朗誦詩、黑板報、

〔註 23〕 阿瑞夫‧德里克：《現代主義和反現代主義──毛澤東的馬克思主義》，見《外國學者評毛澤東》，工人出版社 1997 年 6 月版，第一卷，第 217～218 頁。
〔註 24〕 黎辛：《毛澤東與延安〈解放日報〉》，載《縱橫》1997 年 11 期。

戰地通訊等，這些相當原始的傳媒所構建的公共空間，卻因它的民族形式有效地提高了它的傳播效率。

毛澤東的新文化觀念，正像後來有的研究者指出的那樣，「對普通民眾——他們絕大多數是貧困的，沒有文化，受剝削和壓迫——的價值觀和願望，懷有一種偏愛，顯然是由於政治上的緣故。他認為，這些人，正是中國潛在的革命者。」〔註25〕這的確是一種政治上的緣故，但是實現這一政治目標的內在動力，對於民眾來說則是「偏愛」中蘊涵的道德力量。

在毛澤東處理現實和展望未來的所有表達中，他都毫不猶豫地站在了民眾一邊。他對民眾運動的熱情贊頌，對農民思想品質的想像性構造和傾心認同，都使知識分子相形見絀。而且，知識分子在五四時期建立起的「個人主義」在與農民的比照中，已經成為不可容忍的內部異己。在葛蘭西那裏，他對「有機知識分子」是十分重視的，因為他們負有回答「卑賤者」提出的問題的義務。但是，在毛澤東那裏，知識分子並不負有這樣的義務。準確地說，他們沒有資格，或者說在毛澤東看來他們也沒有能力來承擔這個任務。能回答這些問題的只有毛澤東一個人，知識分子只負有闡釋和宣傳的義務。因此在現代中國革命史上，只有毛澤東才是革命的導師，只有他才是真正的理論家。也正是在這樣一種不作宣告的規約和語境中，毛澤東才成為具有「超凡魅力」的領袖。我們還注意到，當民眾的精神和道德在毛澤東的想像中被成倍地放大直至近乎完美之後，對精神和道德的追隨，事實上也就被置換為對民眾的想像和追隨。中國現當代文學史上的經典作品所塑造的可傚仿的「典型人物」，幾乎無一不是農民，或者是農民出身的軍人。他們純粹、透明、樂觀，充滿了理想主義和英雄主義。這種「新文化」所期待的人物，在毛澤東自己的作品中，就是張思德、白求恩和愚公。這些人物在毛澤東的熱情贊頌和詩性表達中，顯示了道德理想無可抗拒的巨大魅力：張思德是為人民的利益而死的，他的死比泰山還重；紀念白求恩，就是要學習他毫無自私自利之心的精神，「一個人的能力有大小，但只要有這點精神，就是一個高尚的人，一個純粹的人，一個有道德的人，一個脫離了低級趣味的人，一個有益於人民的人。」而愚公挖山不止，堅忍不拔，充滿了戰勝自然的樂觀精神等等，一起構成了道德理想的內涵。在文學藝術領域，「新的人民文藝」也以人民群

<hr>

〔註25〕王袞吾：(澳大利亞)：《作為馬克思主義者和中國人的毛澤東》，見《歷史的天平上》，工人出版社1997年版，第139頁。

眾喜聞樂見的形式，建構起了新文化的道德理想的形象譜系。這些表達道德理想的形象在民眾那裏獲得了廣泛的認同，因爲他們是和人民的「解放事業」緊密地聯繫在一起的。因此，在 1949 年 10 月 1 日中華人民共和國宣布誕生之前，中國共產黨在民眾那裏已經獲得了文化領導權是沒有疑問的。

三

中國共產黨在取得政權之前就已經獲得了文化領導權，不僅反映在民眾的傾心認同和追隨上，甚至自由知識分子也清醒地認識到這是大勢所趨。抗戰勝利後，自由知識分子儲安平雖然對共產黨在短期內掌握政權還缺乏足夠的信任，但他仍在《客觀》上放言：「假如中國能眞正實行民主，共產黨在大選中獲得的選票和議席，爲數恐不在少。」〔註 26〕這種理性的分析，自然是根據共產黨的所作所爲給出的。應該說，在延安時期，除了對知識分子的「個人主義」和被懷疑的「異己」分子，給予了「殘酷鬥爭，無情打擊」之外，對來自民眾的聲音還是能夠認眞聽取和對待的。邊區徵收公糧，從 1939 年到 1941 年，由 5 萬石，9 萬石到 20 萬石，年年大幅度增長，1942 年還沒有公佈徵糧數字，群眾的不滿情緒就已經公開流露了。1941 年 6 月，邊區政府召開縣長聯席會議，天下大雨，會議室突然遭到雷擊，縣長李彩雲被擊死。事後一個農民說：老天爺不長眼，咋不打死毛澤東？問這位農民爲什麼？他說公糧負擔太重了。毛澤東聽到後，說農民交公糧，還要交公草，還要運輸公鹽，負擔確實很重，建議研究減輕群眾負擔，並提出了豐衣足食，自力更生，開展大生產運動的號召。那位罵毛澤東的農民不僅檢討了錯誤，而且還要代毛澤東交個人的生產任務。〔註 27〕這樣的民主作風受到人民的歡迎是在情理之中的。共產黨在這一時代的領導權也就是人民「同意」的領導權。

進入人民共和國之後，進一步純潔社會生活的運動在全國範圍內展開，禁娼，禁毒，「三反」「五反」，懲處反革命，抗議帝國主義罪行，成立高級社，對城市工商業的社會主義改造等，建立並鞏固了更純粹的社會主義，集體主義的道德觀念和理想。在「跑步進入社會主義」的狂歡慶典中，不僅工人、店員、手工業者深懷發自內心的喜悅，上海市的不苟言笑，舉止沈穩的資本家也穿著西服扭起了秧歌，他們的家屬拿著鮮花跳起了集體舞。「紅色資本家」

〔註26〕儲安平：《共產黨的前途》，載《客觀》第 4 期。
〔註27〕黎辛：《毛澤東與延安〈解放日報〉》，載《蹤橫》1997 年 12 期。

榮毅仁與記者有這樣一段對話：

記者：您作爲一個資本家，爲什麼選擇了社會主義道路？

榮毅仁：是的，我是一個資本家，但我首先是一個中國人。昨天，我的全家都出動了。我的愛人出席了全市工商界家屬代表會議，她參加這次會議的籌備工作，已經忙碌好多天了；我的弟弟出席了工商界青年代表會議，他還要去北京參加全國工商界青年積極分子大會；我的三個在中學念書的孩子出席了工商界子女大會。他們都在上萬人的大會上講話，擁護共產黨，感謝毛主席，不僅喜歡社會主義，還盼望早點實現共產主義。

記者：消滅剝削，廢除資本主義制度，對於您失去了什麼？得到了什麼？

榮毅仁：對於我，失去的是我個人的一些剝削所得，它比起國家第一個五年計劃的投資總額是多麼的渺小；得到的卻是一個人人富裕，繁榮強盛的社會主義國家。對於我，失去的是剝削階級人與人之間的爾虞我詐，互不信任；得到的是作爲勞動人民的人與人之間的友愛與信任，而這是金錢買不到的。因爲我積極擁護共產黨和人民政府，自願接受改造，在工商界做了一些有利於社會主義的工作，我受到了政府的信任和人民的尊重，得到了榮譽和地位。從物資生活上看，實際上我沒有失去什麼，我還是過得很好。〔註28〕

這就是社會主義道德理想不可抗拒的魅力。但也正是在同一時代，另一種傾向也在悄然地發展著。這就是毛澤東不斷發動的對於知識分子思想的整肅運動。毛澤東對知識分子似乎總是缺少信任，一方面他希望知識分子能夠真誠地走向革命的道路，幫助共產黨實現建立現代民族國家的整體目標。因此當知識分子表達了嚮往革命願望的時候，毛澤東是可以禮賢下士的。延安時期，毛澤東與丁玲、艾青、蕭軍、舒群等文化人的交往，都表明了毛的胸懷和氣度。但是，當知識分子表現出另外一種性格的時候，毛則會毫不猶豫地拋棄他們。在毛澤東看來，知識分子的「不潔」是與生俱來的，他們時不時就會翹起尾巴，他們只會誇誇其談。毛澤東對知識分子的惡劣成見，很可能與他對王明教條主義的痛苦記憶有關。在王明之前，他似乎還沒有表現出對知識分子情感上的怨恨。這一痛苦記憶彷彿使他從骨子裏認清了知識分子的劣根性。因此，建國以後歷次思想批判運動幾乎都是以知識分子爲對象的。不僅對黨內知識分子不斷的進行整肅，就是對黨外的知識分子的不同意見，毛澤東也開始喪失了傾聽的耐心。1953 年，毛澤東與梁漱溟的交惡，典型地表現了「文化領導權」向「文

〔註28〕《人民記憶 50 年》，甘肅人民出版社 1998 年版，第 118～119 頁。

化霸權」的轉化。在政協擴大會議上，周恩來作關於梁漱溟問題的長篇報告時，毛澤東不斷插話，說跟他這個人打交道，是不能認真的。他這個人沒有邏輯，只會胡扯。並說他是個用筆殺人的偽君子。這一情形與延安時期能認真傾聽一個農民的怨恨漫罵相比，已經是恍如隔世了。

　　值得注意的是，歷次思想整肅運動，都要通過傳媒播散到全國，無數次的重複使幾乎所有的人都堅信了傳媒的真理性，因為所批判的對象有悖於正在建構的社會主義道德。沒有人會懷疑批判《武訓傳》、胡適、俞平伯、胡風等右派的政治複雜性。而這時的傳媒已經完全在國家的控制之中，民間的、同仁性質的報刊已經被全部關閉。甚至黑板報、標語乃至民間文藝等在民間傳播的媒介，也因流於對主流傳媒的簡單「轉述」而形同虛設。在不斷的整肅過程中，一方面建立了新的社會秩序，進一步純潔了社會主義的道德，一方面也確立了毛澤東無可替代的權威地位。1961 年 9 月，蒙哥馬利元帥訪華時，他曾以「不引人注意的方式」突然向普通中國人提問「最擁護誰？」，得到的回答無一例外的是「毛澤東」。這種心態是「唯一」的。因為他們相信，毛澤東就是真理的化身，是人民利益無可懷疑的代表，他一個人的思想足以處理所有的公共事務和問題。這種絕對的「文化領導權」雖然仍被人民「熱烈地讚同」，是因為作為「屬下」的人民已別無選擇。「屬下」在這時是不能說話的。但是，就在這一領導權達到極至的時候，也正是危機到來的時候。「文化大革命」在這樣的基礎上展開，也同樣因這樣的基礎而導致失敗。社會主義道德在不斷的淨化中演變為一種道德的宰制力量，它不再是一種詢喚和感召，而變為一種向人性和道德宣戰的實踐。社會道德的淨化，是以排除全部日常生活為代價的，任何與人相關的情感和欲望，都被視為是「不潔」和不道德的。這時，「文化領導權」事實上已為占統治地位的意識形態所替代。這是道德理想走向幻滅的重要原因之一。

四

　　「文革」結束之後，社會主義文化領導權開始了重新建構。它在形態上改變的標示，是將強烈的道德理想追求轉變為現實的物質積累。激進的「新文化想像」在以經濟建設為中心的意識形態覆蓋下，幾近自行崩解。值得注意的是，無論是道德精神的滲透，還是轉向經濟建設，對於中國更廣大的人民來說，他們都是首先從傳媒上獲得消息的。美國學者曾不無誇耀地說，由於中國傳媒的

神秘性，「美國的學者發展了許多技術，以嚴密的方法去『破譯』中國報刊裏的『密碼』。例如，研究上層政治的人要審慎地盯住那些高層領導人在《人民日報》上公開露面，消失，在照片上的排列順序，領導人常常提到的口號的變化，以及領導人的職務變換。」〔註29〕而對中國的普通民眾來說這早已不是什麼秘密，因為國家控制的報紙和其他傳媒是獲得各種消息的唯一來源。

　　但是，隨著改革開放不可遏止的發展，市場經濟必然要為傳媒帶來相對廣闊的生存空間。各種傳媒不同的目標和利益關懷，使社會主義文化領導權有了重新闡釋的可能。它具有的「不確定性」，我們可以將它稱為「後社會主義文化領導權」。這種重建的文化領導權，分解了「文化霸權」的一體化統治。這既符合「弘揚主旋律，提倡多樣化」，「建設有中國特色的社會主義」的主流意識形態的要求，同時也適應了冷戰結束後實現國家新的戰略目標的需要。特別是進入 90 年代之後，各種傳媒包括權威傳媒的變化應該說是前所未有的。但需要指出的是，它的開放性和寬容度還僅僅限於市場號召和消費主義的引導。利益的驅動已經不加遮掩，娛樂性節目和報刊有驚人的收視效率和發行量，而它的背後則是巨額的商業廣告在拉動。特別是白領趣味的媒體，它們事實上已不關心讀者的真實需要，他在悄然地改變著年輕人的生活觀念，培育著他們狂熱消費，享樂欲望的同時，所做的一切都是為了迎合廣告商人或跨國投資者的趣味，因為廣告收入已成為進入市場的傳媒的主要利潤來源。它在無情地將思想文化性和不具有市場號召力的傳媒擠出市場的同時，也以其對現實問題的拒絕觸動而獲得了「合法性」。事實上，它的意識形態宣傳從來也沒有停止過。因此，一種隱形的支配正在形成新的文化「領導權」，這也正是當下學界密切關注的「全球化」問題的表面形式之一。

　　因此，當社會主義文化領導權的危機在重建中得以緩解之後，我們所面臨的恰恰是一個被放大了的文化邏輯：即文化帝國主義試圖實現的全球一體化的文化統治。所謂「全球化」事實上就是美國化。這一逐漸實施的美國文化戰略，不僅引起了第三世界知識界廣泛的關注，同時也引起了其他發達資本主義國家的密切關注。所謂「資本主義反對資本主義」，也正是在這樣一種語境下發生。因此，在重建社會主義文化領導權的過程中，對「文化帝國主義」和傳媒政治的警惕顯然是十分必要的。

〔註29〕王景倫：《毛澤東的理想主義和鄧小平的現實主義——美國學者論中國》，時事出版社 1996 年 12 月版，第 10 頁。

中產階級話語空間的擴張

一、社會分化與新階層的形成

關於中國社會階級分析的經典文獻，是毛澤東 1926 年寫成的《中國社會各階級的分析》。此後的許多年時間裏，這篇文章是我們界定社會階級關係最重要的依據。毛澤東通過階級劃分確立了識別「敵人」和「朋友」的標準。在毛澤東看來，不同階級的經濟地位，決定了他們的政治態度，因此也決定了他們和革命的關係。這種劃分方式一直延續到文化大革命時代。值得注意的是，毛澤東在這裡也使用了諸如「中產階級」和「小資產階級」的概念。「中產階級主要是指民族資產階級」，毛澤東認為這個階級具有兩面性，並沒有以本階級為主體的「獨立」革命思想。〔註1〕但在中國 20 世紀漫長的歷史敘述中，「中產階級」這個概念的使用頻率不高，這當然與這個「代表中國城鄉資本主義的生產關係」的階級，在內憂外患的歷史處境中難以生長壯大有關，自然也與他們對中國革命主體的矛盾態度有關。

與「中產階級」不同的是「小資產階級」這個概念，這個階級根據經濟狀況又分左中右三類。但無論他們對革命的態度如何，他們最終都會參加革命。值得注意的是，儘管「小資產階級」是革命的同情者或參與者，但它的命運卻幾乎是悲劇性的，或者說，在現實生活中，「小資產階級」作為一個階級的存在，雖然不是國家的主人公，但他們仍然可以平靜地生活，並沒有失去什麼。可怕的是一旦被命名為「小資產階級」，事實上就成了一個「異類」，就是可疑的、不潔的、甚至是危險的。因此，在 20 世紀 70 年代之前，「小資

〔註1〕 《毛澤東著作選讀》（上），第 4～10 頁。

產階級」這個概念的經濟意義不大，而更具有政治符號學的意義。事實上它是對個人或群體同主流意識形態的關係、態度乃至立場的評價。在知識分子這個群體裏面，他們被命名爲「小資產階級」的可能性是最大的。

文化大革命結束之後，由於階級鬥爭思想路線的終結，毛澤東所劃分的中國社會各階級，也相對失去了對社會闡釋的有效性。當經濟生活在社會生活結構中的合法性得以確立，讓部分人先富起來成爲新的意識形態之後，再用「階級論」分析社會生活，就是「政治上不正確」。因此，這個概念在某種意義上甚至成了社會「禁忌」。但是，社會生產關係的變化，經濟地位的變化，必然形成新的社會分層。特別是 90 年代之後，這一現象引起了越來越廣泛的關注。來自官方的報導說，中國社會科學院重大研究課題之一「當代中國社會結構變遷研究」首批成果已告完成，中國社會群體被劃分爲十個階層。《當代中國社會階層研究報告》日前由社會科學文獻出版社出版發行。該報告首次詳細闡述了中國改革開放二十年來社會階層結構的變遷。報告對當前中國社會階層變化作了總體分析，提出以職業分類爲基礎，以組織資源、經濟資源、文化資源佔有狀況作爲劃分社會階層的標準，把當今中國的群體劃分爲十個階層：國家與社會管理階層；經理階層；私營企業主階層；專業技術人員階層；辦事人員階層；個體工商戶階層；商業服務人員階層；產業工人階層；農業勞動者階層；城鄉無業、失業和半失業人員階層。報告對每個階層的地位、特徵和數量作了界定。研究人員指出，改革開放使中國社會發生了深刻的變化，經濟體制轉軌和現代化進程的推進，也促使中國社會階層結構發生結構性的改變。原來的「兩個階級一個階層」（工人階級、農民階級和知識分子階層）的社會結構發生了顯著的分化，一些新的社會階層逐漸形成，各階層之間的社會、經濟、生活方式及利益認同的差異日益明晰，以職業爲基礎的新的社會階層分化機制逐漸取代過去的以政治身份、戶口身份和行政身份爲依據的分化機制。這些迹象表明，社會經濟變遷已導致新的社會階層結構的出現而且趨於穩定。〔註2〕

〔註 2〕 見中國社會科學院網站 2002 年 4 月 2 日報導。而且調查顯示，中國目前的基尼係數爲零點四五八，已超過國際公認的零點四的警戒線，進入了分配不公平區間。據國家統計局二〇〇〇年對中國四萬個城鎮居民家庭收入情況的調查顯示，百分之二十的高收入者擁有相當於百分之四十二點五的財富。近幾年，農村居民人均純收入增幅遠遠低於城鎮居民人均可支配收入的增長，城鄉居民收入差距進一步擴大。

　　新的社會階層的出現，不僅在主流研究的成果中得到證實，而且在人文知識分子對日常生活的觀察和體驗中得到了證實。上海學者王曉明曾描述說：像我這樣從小見慣了「階級」、「剝削」和「經濟結構」一類字眼的人，一說起社會內部的新的差異，首先就會想到最近十多年來社會階層的巨大變動。的確，「市場經濟改革」的最觸目的結果，就是完全打亂了已經持續三十年的「社會主義」的階層結構。一方面，像工人、農民、國家幹部、軍人和知識分子這樣一些原有的階層，雖然各有變化，但就整個國家而言，它們都還繼續存在；可另一方面，在譬如沿海地區和大、中城市裏，又冒出了一系列新的階層，它們的形成和擴展是如此迅速，以至其中的某個階層差不多快要凌駕於社會之上了，社會還沒有形成對它的統一的稱呼。即以我居住的上海為例，經過十五年左右的「市場經濟改革」，從原有的階層中間，至少已經產生了四個新的階層：擁有上千萬或更多的個人資產的「新富人」，在整潔狹小的現代化辦公室裏辛苦工作的「白領」，以「下崗」、「停工」和「待退休」之類名義失業在家的工人，和來自農村、承擔了上海的大部分非技術性體力工作的男女「民工」。這些新階層的不斷擴大，極大地改變了上海的經濟、政治和文化格局。比如「白領」，這些經常是疲憊不堪的青年和中年男女，雖然總數遠未達到歐美「中產階級」在社會人口中占到的那種比例，卻已經被許多傳媒和廣告奉為中國社會「現代化」的標誌，新的巨大購買力的代表，以至今日上海的消費品生產業、服務業和房地產業，都把大部分眼光牢牢地盯向他們，全不顧這個階層實際上是怎麼回事。與「白領」階層的這種吹氣泡式的社會影響力相比，「民工」階層的情況正好相反。「民工」沒有上海的城市戶口，因此不算是「上海人」，在統計報表上，在一些討論上海現狀和「發展」規劃的會議上，他們經常會被忽略，彷彿根本不存在一樣。可是，這個總數量已經超過二百萬的「民工」階層，分明已經成為上海錄像廳和電影院裏的最熱忱的觀眾，書攤上的武俠、言情和低價通俗雜誌的主要的讀者群，他們的文化趣味，正越來越有力地影響著錄像廳和電影院的排片表，影響著許多出版社和通俗雜誌的選題目錄。在某種程度上，「民工」階層正悄悄引導著上海的很大一部分文化生產，當然，也決不僅僅是文化的生產。〔註3〕

〔註3〕　見《天涯》2000 年 6 期。事實上，王曉明並不僅僅是描述了中國社會分層的
　　　　事實，重要的是他對在較短的時間裏發生的社會不同階層的巨大差距深感震
　　　　驚。下面這段話，既是我們熟悉的生活場景，同時也表達了一個學者的某種

　　在新的社會分層結構中，過去我們曾很少使用的那個概念──「中產階級」，這次卻格外引人矚目。嚴格地說，這個階層在過去並不屬於中國。即便在毛澤東的時代，「民族資產階級」更應該稱為「資本家」。事實上，在歷次政治運動和各種歷史本文中，「資本家」這個概念比「中產階級」更有效地表達了這一階層的政治身份和社會地位。在新的社會分層結構中，「中產階級」之所以有效地表達了一個新階層的出現，一方面是全球資本主義的一部分，另一方面，當代中國的「新富人」確實具備了「中產階級」的所有特徵。

　　美國左派運動之父Ｃ·賴特·米爾斯曾分析過美國的新老中產階級。他認為：老中產階級就是「小企業家的世界」，「小企業家是循著中產階級的資本主義路線來建立其世界的：這是一個按照自平衡方式建立起來的非凡的社會，在其中心很少或根本就不需要什麼權威，需要的只是對傳統的廣泛揚棄和一小群財產捍衛者。」〔註4〕「美國的工業化，特別是內戰以後的工業化，並未將爬升的機會帶給廣大的小業主階層，而是帶給了工業界的首領。他們是我國國民對作為企業家的中產階級形成的第一個印象，而且從來沒有誰能夠取而代之。在傳統的想像中，這種首領既是熟練的建設者，又是機敏的金

立場：在上海的大街小巷，這些新的階層正和原有的階層混居在一起。很可能就在一套公寓裏，父親正為國營工廠那一點菲薄的工資不敷日用而發愁，剛從外資企業下班歸來的小兒子卻春風得意，暗暗憧憬著將來攢錢買一輛轎車；從這人家的窗口望出去，民工們的簡易棚房更是和高墻圍住的豪華樓宇遙遙相對。面對這樣的奇特景觀，我想誰都會強烈地感覺到，即便同一塊彈丸之地裏，也早已經並存著多種完全不同的社會體制、秩序、規則、倫理乃至趣味吧。就拿社會的經濟分配制度來說吧，倘若單看那些每天騎自行車上班的人，你會覺得「社會主義」的「二次分配」制度 依然在平穩運行。至少，當一位「下崗」工人向民政機關申請救濟，理直氣壯地抱怨說：「共產黨總要給我一口飯吃嘛！」的時候，他是相信自己依然有權力享受那「第二次分配」的。但是，一旦把視線轉向另一些方面，比如公共服務價格（交通、能源、醫療、通訊、住房……）的持續上漲，比如初中以上的教育的逐漸「市場化」，更不要說一些國有企業的相繼關閉了，你不由得要認定，那「二次分配」式的經濟制度，是正在被另一些完全不同的分配制度所取代。如果再走進譬如淮海路、衡山路一帶的一些會員制俱樂部，目睹其中的浩大氣派和奢華場面，看那些「新富人」如何兼營數「道」（所謂「紅」、「黃」、「黑」道），一擲千金，你就更會堅信，若干以巧取豪奪為特色的經濟新秩序，事實上已經運作得相當有效，你也因此能明白，那本該屬於「第二次分配」的巨大的財富，是如何經由這些新的秩序和渠道，轉入了「新富人」的口袋的。

〔註4〕賴特·米爾斯：《白領──美國的中產階級》，浙江人民出版社1988年版，第19頁。

融家，但首先必須是一個成功者。他是他所創造並進行經營的產業的進取型所有者，在他的蒸蒸日上的企業裏，沒有任何與業務有關的問題能逃得出他的審視或漏過他的熱心照管。作為一個雇主，他可以為選拔出來的最棒的夥計提供如何工作的機會，這些夥計則會將自己的薪水省出一部分來通過小的私人投機以使之成倍增加，再運用個人的聲望借上一些，爾後便可站在自己的產業上崛起。」〔註5〕由於擁有了個人財產，老式中產階級也就擁有了個人的工作領域，因此他是獨立的。

但是新中產階級，也就是通常所說的白領，與老式中產階級有本質的不同。在米爾斯的分析中，老式中產階級是指農場主、商人和自由職業者。新中產階級是指經理、掙工資的專業人員、推銷員和辦公人員。至 1940 年，美國的老式中產階級只剩下了 1/5。老式中產階級比例的急劇下降和新中產階級的迅速上升，使美國成為一個雇員國家，而雇員已經沒有個人財產而言。因此米爾斯說：「消極地說，中產階級的轉變是從有產到無產的轉變；積極地說，這是一種從財產到以新的軸線──職業──來分層的轉變。老式中產階級的本性及其健康狀態可以從企業家財產的狀況中得到最好的說明；而新式中產階級本性和狀態，則可以從職業經濟學和職業社會學中得到最佳的解釋。中產階級中較老的、獨立的那些部分的人數下降是財產集中化的伴生結果；新的掙工資的雇員的數量增加則是由於工業結構導致了造就新中產階級的各種專門職業的出現。」〔註6〕米爾斯對新老中產階級的分析，對我們認識這一階層有極大的啓示意義。我們現在所說的新出現的中產階級，與美國新中產階級既有相似形又有很大的不同。相似的是，專門化的職業是中產階級共同的職業特徵。在中國，白領階層是中產階級的重要組成部分，他們是部門經理、是跨國公司的高層管理人員、是大公司的技術專家、是高新技術產業的領導者或組織者等等。但是，演藝界明星、包工頭等通過非正常經濟秩序獲得高額收入的階層，又是中國所特有的。因此，90 年代以後，社會對貧富差距的議論，對新富人階層的議論成為媒體關注的重要的話題之一。

「中產階級」這個概念近年來雖然頻繁使用，但在中國對其具體的界定

〔註5〕 賴特‧米爾斯：《白領──美國的中產階級》，浙江人民出版社 1988 年版，第 21～22 頁。

〔註6〕 賴特‧米爾斯：《白領──美國的中產階級》，浙江人民出版社 1988 年版，第 85 頁。

仍然是相當模糊的。在美國，它可以具體地指年收入在 2.5～10 萬美圓的家庭，這個階層占美國總人口的 80%左右，他們被認爲是美國社會的主體，也被認爲是美國發達資本主義的象徵和社會穩定的主要因素。但中國在不同人的心目中「中產階級」的所指是不明的，它可能是白領階層，也可能是中上收入階層。但這個所指不明的概念卻明確地透露出中國社會分層已經存在的事實。對文化研究來說，我們更關心的也許不是這一階層的具體收入和占總人口的比例有多少，而是消費主義和商業主義霸權建立起來之後，「中產階級」文化趣味在社會各個角落普遍的彌漫和滲透。這種狀況正像米爾斯在 50 年代所描述的美國社會一樣：「正是在這個白領社會裏，我們才能找到 20 世紀生活的主要特徵。由於他們在數量上日益表現出來的重要性，白領職業已推翻了 19 世紀認爲社會應由企業主和工資勞動者兩部分人組成的預測。由於其生活方式的大眾化，他們已改變了美國人的生活氣息及其感受。在最爲公開的形式中，他們傳遞和體驗著許多具有我們這個時代特徵的心理問題。不管採用哪種方式，任何位於主流中的理論派別都不會把這些問題漏掉．總而言之，他們是一群新型的表演者，在供他們表演的舞臺上，推出的都是 20 世紀的主要劇目。」〔註7〕中國作爲後發的現代化國家，在全球資本主義化的覆蓋和影響下，發達資本主義國家「中產階級」的文化趣味已經有了標準的中國版，而「中產階級」的身份嚮往，已經成爲我們這個時代未被道出的最大時尚。

二、中產階級話語空間的建立與擴張

八、九十年代之交，文化市場上流行的閱讀刊物還是《大眾電影》、《電影世界》、《中外電視》以及《現代服裝》、《上海服飾》、《健美》等消閒初級階段的大眾刊物，閱讀的等級制度還沒有建立起來。但在 90 年代初期，在具有「民間性」的圖書發行渠道——「書攤」上，卻赫然擺上了印製極其精美的「十元刊」：「十元刊，是一種大而化之的稱謂，專指那些售價在十元上下，以城市白領爲主要銷售對象的刊物。國際流行的 16 開本加進口銅板紙加精美的封面設計，使這刊中新一族在書攤上顯出鶴立雞群的貴族氣派。」〔註8〕這些「貴族刊物」是指《世界時裝之苑》、《時尚》、《現代畫報》、《精品》、《今

〔註 7〕 賴特·米爾斯：《白領——美國的中產階級》，浙江人民出版社 1988 年版，第 1～2 頁。
〔註 8〕 徵之：《十元刊，報刊攤上正當紅》，見《焦點》創刊號。

日名流》、《世界都市》等。現在這些刊物的售價已在 20 元左右，品種還要加上《瑞麗》、《新娘》等。一個有趣的現象是，這些昂貴的刊物起始於極具民間意味的「書攤」。著名文化研究學者戴錦華說：「類似雜誌在其問世之初，其定價之高昂，超過了大部分書攤光顧者的消費能力，但它不僅存活下來，而且成功流行。這固然說明中國社會首先表現在消費上的分化或曰分層已開始發生，但它同時透露了一個有趣的信息：那些並不屬於類似雜誌的預期讀者亦間或成為類似刊物的購買者，因為甚至其包裝形態，已然負載著『未來生活』的構想，而『先後致富』則是指稱這種未來想像的信念式表達。於是，類似雜誌便以超前的、展示與指導者的角色進入了我們的文化視野。直到 90年代中期以後，類似刊物的後繼者創刊伊始，便安居在它們應有的位置：星級賓館的大堂或豪華商城的圖書精品屋中。此時，消費的分層伴隨著社會分化以開始清晰並穩定。」〔註9〕

這些白領雜誌也可以稱為「中產階級」雜誌。自這些雜誌的登場開始，中產階級的話語空間得以建立；當這些雜誌成為文化消費市場的中堅並迅速流行的時候，也就是中產階級話語實現了擴張的時候。因此，這些雜誌作為文化符號，是這一階級文化的陳情者和代言人。其中最具代表性的是創刊於 1993 年 8 月 8 日的《時尚》雜誌。〔註10〕在近 20 年的時間裏，《時尚》因其捷足先登和明確的中產階級定位，已經成為中國中產階級標誌性的雜誌。因其是國家旅遊局的下屬刊物，在創刊時還是把持著審慎的低調。在「主編寄語」中，刊物表達了如下的觀念和辦刊理念：

> 在忙忙碌碌的生活中，我們越來越真切的發現隨著社會的進步，經
> 濟的發展，觀念的更新，人們越來越注重生活的質量、時尚的感覺。
>
> ……

〔註 9〕 戴錦華：《書寫文化英雄——世紀之交的文化研究》，江蘇人民出版社 2000 年
　　　 10 月版，第 265 頁。

〔註10〕 1993 年 8 月 8 日，《時尚》雜誌創刊。1997 年 1 月起，《時尚》雜誌改為月刊，
　　　 分「伊人」和「先生」兩個專刊出版。1997 年 9 月，時尚雜誌社與美國 IDG
　　　 合資成立時之尚廣告公司，開始尋求國際版權合作。1998 年 4 月，《時尚·伊
　　　 人》與美國著名女性雜誌《COSMOPOLITAN》進行版權合作。1999 年 4 月，
　　　 《時尚家居》創刊。2000 年 1 月，因無獨立刊號而停刊。1999 年 9 月，《時
　　　 尚·先生》與美國著名男性雜誌《Esquire》進行版權合作。這一《時尚》雜
　　　 誌的大事年表所表達的《時尚》的成功，隱含著顯而易見的跨國性炫耀和對
　　　 全球化的文化認同。

時尚不是追波逐流的時髦，不是淺層次意義上的標新立異；時尚是一種文化，一種品位，是富於深刻內涵的社會現象。

時尚不是盲目的消費，當然更不是荒唐的揮霍；時尚是價值的實現，是修養的外化，是消費領域足以折射人的素質的全方位的關照。

作爲旅遊消費雜誌，《時尚》將反映海內外最新潮流，引導人們在吃、住、行、遊、購、娛這現代旅遊「六要素」中的種種文明消費，成爲是實用指南。

《時尚》雜誌是生機勃勃的最新流行通訊，她將爲目前快速擴展的白領階層打開一個全新的窗口。新的職業，新的挑戰，新的體驗，願每一位時代青年跟隨時代生活的步伐，享受美好的人生。

《時尚》是時代風尚。努力反映生活方式的變化給人們的觀念帶來的衝擊，側重於體現消費文化的傳播。……

《時尚》雜誌確實實現了它引導消費和時代風尚的初衷。翻閱 20 年來的《時尚》雜誌，標榜中產階級的消費趣味是《時尚》一以貫之的追求。在創刊號上，「白領麗人的生活觀」、「時裝」、「美容」、「精品長廊」、「時尚購物」、「美食」等欄目，是它的主打欄目。在 90 年代初期，這種初級階段的消費引導，恰如《時尚》雜誌一樣構成了中產階級的身份標誌，同時又與方興未艾的商業主義意識形態不謀而合。這樣，《時尚》不僅在那個時代得風氣之先，而且又因其與主流意識形態的不期而遇而獲得了合法性。但是，「消費並不是通過把個體們團結到舒適、滿足和地位這些核心的周圍來平息社會毒症（這種觀點是與需求的幼稚理論相聯繫的，並且只能回到一種抽象的希望上去即讓人們重歸極端貧困狀態以迫使他們進行反抗），恰恰相反，消費是用某種編碼及某種與此編碼相適應的競爭性合作的無意識紀律來馴化他們；這不是通過取消便利，而是相反讓他們進入遊戲規則。這樣消費才能隻身替代一切意識形態，並同時隻身擔負起整個社會的一體化，就像原始社會的等級或宗教禮儀所做到的那樣。」〔註11〕

在《時尚‧先生》專刊的創刊號上，它的「第一句話」是：「《時尚‧先生》

〔註11〕讓‧波德里亞：《消費社會》，劉成富、全志鋼譯，南京大學出版社 2001 年版，第 89 頁。

是一個熱愛生活、興趣廣泛、關注世界潮流、講究生活品位的現代男人」。但這位「時尚先生」的品位卻是嚴格地鎖定在「王府飯店名品專營店」裏。那裏有專賣英國著名的 G·Hawkes 男裝及服飾,有法國名牌 Celine、有意大利 Magli 名牌皮鞋、手袋,有范思哲服裝店,有路易·威登精品店,當然還有大衛杜夫雪茄店,專營瑞士公司生產的雪茄煙、煙斗、香水和領帶等。因此,「時尚先生」的品位,就是在想像性的消費中來確立自己對地位和名望的追求。「這種對地位和名望的追求是建立在符號基礎上的,也就是說,它不是建立在物品或財富本身之基礎上而是建立在差異之基礎上的。只有這樣才能解釋『潛消費』或『隱性消費』的悖論,即名譽過度區分的悖論,這種過度區分不再通過張揚的方式(即維布倫所說的『惹人注目的方式』)來自我誇耀,而是通過審愼、分析和刪選的方式,這種過度區分從來只是一種富餘的奢侈、一種走到了張揚反面的張揚的贅生物,因而只是一種更加微妙的差異。」〔註12〕

　　這些表面的、裝飾性的符號,如果說是中產階級文化爲自己確立的「品位」的話,那麼,在中國這類「中產階級」大概已經所剩無幾。〔註13〕更值得注意的是,「在消費的全套設備中,有一種比其他一切都更美麗、更珍貴、更光彩奪目的物品——它比負載了全部內涵的汽車還要負載了更沉重的內涵。這便是身體。在經歷了一千年的清教傳統之後,對它作爲身體和性解放符號的『重新』發現,它(特別是女性身體,應該研究一下這是爲什麼)在廣告、時尚、大眾文化中的完全出場——人們給它套上的衛生保健學、營養學、醫療學的光環,時時縈繞心頭的對青春、美貌、陽剛／陰柔之氣的追求,以及附帶的護理、飲食制度、健身實踐和包裹著它的快感神話——今天的一切都證明身體變成了救贖物品。在這一心理意識形態功能中它徹底取代了靈魂。」〔註14〕還有,中產階級的符號性「體面」不僅僅體現於外部不甚張揚

〔註12〕讓·波德里亞:《消費社會》,劉成富　全志鋼譯,南京大學出版社 2001 年版,第 85 頁。

〔註13〕在《時尚》1996 年第 3 期上,一位男裝設計總監闡釋了中產階級的男裝哲學:少而精。他的要求是:西裝至少要有十套;便裝:春夏秋冬至少各有一件夾克衫或取代西裝的短外衣,再爲假期準備兩件色彩活躍、時髦又舒適的便裝;褲子:四季各有四條常規顏色的正裝西褲,條絨、帆布等質地的休閒褲至少兩條;襯衣和領帶:從不嫌多。至少要有七條領帶,其中兩條是一流品牌,還要準備 1～2 條領結,2～4 條絲巾,要有一打襯衣;此外,還要準備符合中產階級身份的外套、運動衣、鞋、襪、內衣、手帕、配飾、以及皮具。

〔註14〕《時尚》1996 年第 3 期,第 139 頁。

的誇張中，男人以「體魄」爲中心，女人以「美」爲中的文化信仰，是中產階級修辭的另一種隱秘形式。在這些貴族刊物中，健身、美容是長盛不衰津津樂道的話題。健身不只是爲了體魄的強健，同時它更包含著「瘦身」的內容。「瘦身」之所以成爲中產階級時尚，我們在保羅・福塞爾的《格調》中所引用的一則廣告詞中得以告知：「您的體重就是您的社會等級的宣言。一百年前，肥胖是成功的標誌。但那樣的日子已經一去不復返了。今天，肥胖是中下階級的標誌。與中上層階級和中產階級相比，中下階級是前者的四倍。」〔註15〕肥胖在中產階級看來是對他們實施的不能忍受的美學冒犯。一個中產階級美學趣味的代言人曾這樣描述了來到美國的移民後代：一代又一代，這些家庭的成員慢慢吃成了美國人。如今他們全都身材相仿：同樣寬大的臀部，同樣的大肚皮，同樣的火雞式鬆垂下巴和抹香鯨似的軀幹，同樣見不著脖子。女人們勉強擠進粉紅色彈力褲裏，而男人們從格子襯衫和滌綸便褲的每一條縫和每一個紐扣之間鼓凸出來。〔註16〕龐大的身體敘事在過去是成功的象徵，而今在中產階級的眼裏卻粗俗不堪。波德里亞在分析中產階級「身體」時揭示了隱含其間的最大隱秘：身體之所以被重新佔有，依據的並不是主體的自主目標，而是一種娛樂及享樂主義效益的標準化原則、一種直接與一個生產及指導性消費的社會編碼規則及標準相聯繫的工具約束。換句話說，人們管理自己的身體，把它當作一種遺產來照料，是因爲把它當作社會地位能指之一來操縱的。〔註17〕

〔註15〕 保羅・福塞爾：《格調》，梁麗眞、樂濤、石濤譯，廣西人民出版社 2002 年版，第 84 頁。

〔註16〕 保羅・福塞爾：《格調》，梁麗眞、樂濤、石濤譯，廣西人民出版社 2002 年版，第 86 頁。

〔註17〕 《時尚》1996 年第 3 期，第 143 頁。爲了達到「瘦身」目的，中產階級話語還塑造推出了不同的偶像和榜樣。影視明星是最常見的符號。搜狐網站不僅發表了產後林青霞的照片，而且附有如下文字：

產後的林青霞，身體開始不可避免地發胖，爲了戰勝「地心的引力」，還自己一個矯健苗條的身材，林青霞有自己的一套：

每次進食，都只吃自己餐盤中一半的食物，另一半不吃。

每當你想吃巧克力或冰淇淋的時候，就以喝水來代替。

一周量一次體重。

享用中式烹調之食物，既豐盛又無脂肪。

用低脂植物油炒菜，時用噴壺來噴灑色拉油，而不要用傾倒的方式。

想吃肉排或肉球的話，寧願用烤的而不要用炸的！

隨身攜帶口香糖，餓的時候就吃一塊，可以抑制胃口。

身體敘事當然不是中產階級的專利。在前衛的女性作家那裏，我們對來自女性心靈深處的自白或獨白早已耳熟能詳。但在前衛女性作家那裏，身體敘事不僅直接表達著她們的女權主義訴求，同時也間接地對道德秩序提出了極端化的挑戰。那些在話語層面的實踐並不意味著他們一定要在現實生活中去實踐。但中產階級的「身體消費」需要是必須訴諸於實踐的。當女性的整體裸露尚不合時宜的時代，意味著關愛的局部裸露就成為一種身份的表徵。「浪莎」絲襪，露出修長的大腿；「做女人挺好」，挺立起女人昂揚的胸膛；「瘦身專家」，露出女人婉轉的腰枝……。於中產階級女性來說，美麗變成了宗教式絕對命令。美貌並不是自然效果，也不是道德品質的附加部分。而是像保養靈魂一樣保養面部和線條的女人的基本的、命令性的身份。上帝挑選的符號之於身體好比成功之於生意。此外，美麗和成功在它們各自的雜誌裏都包容了同樣的神秘主義基礎：在女性身上，是那開發著並「從內部」提示著身體所有部分的敏感性──在企業主那裏，是對市場的各種潛在性的充分預感。它們都是上帝選擇和救贖的符號：這與新教倫理相距並不遙遠。而事實的確如此，美麗之所以成為一個如此絕對的命令，只是因為它是資本的一種形式。〔註18〕

中產階級話語空間的建立和擴張，強化了急於奔「小康」人們的貧困感和焦慮感。〔註19〕另一方面，中產階級在炫耀優越感的同時，也遮蔽了他們

早餐吃一根香蕉，只含 8 卡路里的熱量即可填飽肚子。

拒絕白色──白米、白糖、白色麵包、乳類製品……則可杜絕許多發胖的機會。

切成條狀的紅蘿蔔、青椒、小黃瓜、花椰菜，以及芹菜，皆可作為點心，既可存放冰箱隨時取用，亦可隨身攜帶當作零食。

買一些無法引起食欲的東西放在冰箱裏，打開冰箱便覺得乏味，就不會多吃。晚餐後便堅決不吃任何東西。

〔註18〕 同上，第 144 頁。更有趣的是，中產階級話語不僅要「創造」時尚，同時也要附庸風雅地為她們「創造」的時尚附加以意義。《時尚》雜誌 2002 年 4 期倡導同年夏季流行色時說：眾所周知對時裝界來說，2002 的春夏開始的並不平靜。2001 年 10 月份的春夏時裝發佈緊在震驚世界的「9‧11」之後。經受戰爭驚嚇的人們渴望遠離硝煙，於是設計師們不約而同將白色的和平與花朵的浪漫寄託在即將到來的 2002 年。

〔註19〕 中國家庭網站曾發表過這樣一則短文：

1995 年是中國社會迅速商業化的一年，每個人都意識到了金錢的重要性。「非主流」的這個圈子也面臨商業化的衝擊，「曾經是我榜樣力量的『非主流』，他們對掙錢是同樣的渴望。崔健有錢了，吳文光有錢了……理想可以繼續談，

疲於奔命的另一事實。更糟糕的是，中產階級在享受制度化、格式化的物資
生活的同時，卻也付出了巨大的精神尊嚴的代價。而這一切，在它們的話語
空間中是從未得到表述的。

但要先解決生存。」鄭浩明白了「錢的重要性」後，萌生了往商業領域發展
的念頭。有機會拍了「太陽神口服液」的廣告，接著又拍了井岡山的《我的
眼裏只有你》的 MTV，在圈裏聲譽雀起。鄭浩有一句口頭禪──「我最看不
得的事是錢從我眼前飛」。不是説他有多貪婪，而是説明了他觀念上的一個大
轉變，「沒有錢並不榮譽，只能説明你的無能。」鄭浩用「趕潮來形容當下這
個「天下攘攘，皆爲利往」的社會，在他所熟悉的圈裏邊，沒有人閒著，都
在打聽哪裏有錢掙，誰都怕失去機會，「張藝謀不也在拍『黃河電器』、『美的
電器』，鞏俐不也爲『野力乾紅』做廣告？」「我不是藝術家，我是一個商業
導演，一個符合市場規律的創作導演。」「CCTV_3 都快成我的窗口了，每天
都有我的兩三個 MTV 播出，特煩香港回歸的 1997 年，鄭浩多達每個月拍兩
三部片，現在也保持著每個月一部片的數量，勞動強度可想而知，「連續十天
十夜、20 個小時不睡覺是常事。」以前還有點小愛好，蹦個迪、泡泡吧，工
作一忙，全都「拜拜」了。沒有生活，只有工作，「要衣食富足就得這樣拼命。」
沒有做李嘉誠的野心，鄭浩「只求有一個中產階層的生活」。
這則短文形象地揭示出了中產階級生活的另一方面。

媒體與文學的時尚化
——在中國社會科學院研究生院的演講

　　在同一個外國學者的交流中，他提出一個很尖銳的問題：90 年代之後中國整個民族的審美水平，或者說是審美願望正在不斷地跌落，究竟是爲什麼？這是一個非常具有挑戰性的問題。我說，先不正面回答你問題。我可以先講一下我個人的經驗。2000 年去日本的時候，我對日本人民愛好讀書感到極其震驚，車上每一個人都拿著一本書在讀。出於好奇心，想知道他們在讀什麼，結果看到他們讀的都是漫畫；2001 年去歐洲，發現在歐洲的地鐵裏面賣的書籍和嚴肅文學是不相關的；2002 年去俄羅斯的時候，情況可能更糟糕，我看到每一個圖書報刊攤點賣的書，和 18、19 世紀或者我們學院經典教育的作品根本沒有關係。所以，我的答是：審美要求和審美水平的不斷跌落不只是中國的問題，而是全球性的問題。文學的時尚化，已成爲一個全球普遍存在的問題。

　　最近所裏的趙京華先生翻譯了柄谷行人的一本書，他是日本三大批評家之一，也是當代日本最有影響的一個批評家。這本書叫做《日本現代文學的起源》，成書於 70 年代，在這本書的中國版的序言裏面，柄谷行人指出，讓文學重新去尋找意義的時代已經永遠的結束了。20 年前他就做了這樣的宣告。在包括歐美的一些文學批評家那裏，也逐漸聽到一些關於文學的噩耗：文學已經死亡了，我們搞文學批評的人都是爲文學哭喪的。對於這種現象我們當時聽了之後都非常不理解。這和我們從事文學專業有關係，對這個專業我們可能還有一種和職業相關的理解。到了九十年代中期以後，我們逐漸感

到這種現象在中國已經不期而遇。最近不同的傳媒、不同的學術團體都相繼開一些會議，如《南方文壇》這一期可能有一個專欄，主要談文學究竟要呼喚什麼，《文藝報》和河北師大剛開完一個會，專門討論文學時尚化批判的問題。《文藝報》最近可能要開一個專欄，叫做「文學是否真的喪失了想像力」等等。我們通過國際的學術交往，和國內同行們所表達出的這種憂慮，包括討論這個話題本身，就能深刻地感受到文學時尚化這種現象，在我們今天的文學生活裏或者文化生活裏，已經成為一個普泛性的現象。另一個方面，中國也好，其他發達國家也好，這個現象的普泛化，應該是和媒體的興起有直接的關係，在我們今天的文化生活裏，媒體的霸權主義和媒體帝國主義的宰制，已經成為我們今天日常生活裏面最重要的文化意識形態。

大家讀過葛蘭西的著作，在他的理論裏，有一個很重要的概念——hegemony，我們通常把它們翻譯成「霸權」，事實上，它的本意應該是「領導權」。他在提出「領導權」這個概念的同時，還提出了兩個概念，一個概念叫做運動戰，一個概念叫做陣地戰。在他看來，東方這種專制的國家是可以通過運動戰，也就是通過訴諸於革命暴力，推翻原有政權，建立起一個新的意識形態和新的政權。俄國、中國都是採取這樣的一種方式。但是在歐美發達資本主義國家那裏，他覺得陣地戰是非常重要的。也就是說，通過傳媒提出一種意識形態，通過民間社會，比如說像教會、學校、工會等這樣一些民間社會，使文化領導權能夠被民眾所自願地認同。就是說在發達資本主義國家裏，通過暴力推翻一個東西，這種可能性是很渺茫的，因為它的日常生活相對比較穩定。只有一種理論、一種意識形態被民眾所認同、所接受，你才能顛覆一個東西。陣地戰通過傳媒不斷去影響民間社會、影響民眾，從而獲得文化領導權。這個意思是說，文化領導權和意識形態霸權是非常不同的。意識形態是一種統治，是強制性的，文化領導權依靠自覺認同。我曾有一個不太恰當的比喻，把文化領導權比作婚姻，兩個男女青年只有互相認同才能結婚；比如合同，兩家企業只有互相認同的時候，才能簽署合作契約，所以文化領導權是雙方的事情。陣地戰對中國來說情況可能要複雜一些，我們大概從延安時期開始，共產黨在解放區，在局部領域裏逐漸創辦了影響廣泛的傳媒，比如像《解放日報》以及很多文學性的報刊雜誌。那時，延安的民主性、自由性還可以使文藝家獲得某種自由。進入共和國之後，統一的革命政權建立了，傳媒是我們主流意識形態的一個重要工具，這時候，它的自由性可能

逐漸地就不存在了。傳媒主要是表達執政黨、國家和主流意識形態的一個傳播工具，這個情況持續到 80 年代初期，對報紙、出版社、雜誌社領導、監控、審查，以及對來自不同方面聲音的過慮的要求是極其嚴格的。所以 50 年代一直到 80 年代初期在我們傳媒裏面不會出現不同的聲音，只有一個聲音——就是國家主流意識形態的聲音。

80 年代中期以後，這種情況逐漸發生了一些變化，大家都讀雜誌、報紙，可以非常明顯的感覺到這個變化。特別是 90 年代以後，中國經歷了一個巨大的日常生活的世俗化運動，這個運動和八九十年代之交的啓蒙話語受挫，中國知識分子集體失語有很大的關係，當然也和中國不斷地改革開放，特別是對文化生活領域不斷地開放有很大的關係，我們的傳媒發生了非常大的變化。比如平面傳媒，在 90 年代中期就開始發生變化，很多作家協會的刊物紛紛倒閉。80 年代的時候，像《人民文學》、《詩刊》、《收穫》、《十月》這些雜誌的發行都在 10 幾萬、100 萬冊，當時發行量最大的雜誌是《大眾電影》，發行量達 800 萬冊。那個時候，它可能是不斷出現靚男俊女圖片的唯一一家雜誌。到 80 年代中期以後，文學雜誌的發行量銳減已經成爲普遍的現象。

九十年代以後具有時尚化的雜誌出現了，比如說《時尚》、《瑞麗》、《世界服裝之苑》這些表達中產階級趣味的雜誌，已經成爲我們文化市場的「主打」品牌，那裏宣揚的意識形態、生活方式和文化趣味已經在很大程度上爲讀者認同。這種時尚性的文化雜誌，所帶來的其實是一種新的意識形態，而不是與意識形態沒有關係的，它隱含的是一種消費主義的和中產階級的意識形態。《時尚》雜誌創刊於 1993 年，它的發刊詞當時還比較曖昧，對時尚的闡釋可能還不準確。經過十年的成長它已成爲同類雜誌中最具競爭力的一份雜誌，在文化市場上幾乎所向披靡，並建立了許多分支機構。《瑞麗》也一樣，現在已經發展爲三種類型，有三種《瑞麗》，有專門給中學生看的，有針對中年女性的，還有面向青年女性的。雜誌的選題、圖片、文字的設計都極其專業和精細。《瑞麗》特別像日本的雜誌，製作非常細緻、圖片非常考究，這些中產階級雜誌在中國建立起來的中產階級的生活趣味，可能是我們這個時代，最具主宰力和最具支配力的一種意識形態。

我和陳曉明討論這個問題的時候，我持有非常激進的批判的態度。陳曉明問我，中產階級傷害你什麼了？這個問題讓我覺得很難回答，但是這是兩個不同的問題，對文學時尚化的批判態度可能還處在兩難的境地之中。中產

階級並沒有傷害我，關鍵是作為知識分子，如果知識分子還存在的話，我們還以這個角色來定位，並且在社會生活裏以這種身份自我認同，那麼我對中產階級是持批判態度的。當然不是說只有我持這種態度，比如像西馬的很多理論家，也包括像中產階級最發達的美國，像丹尼爾·貝爾和賴特·米爾斯，他們一個是左派運動之父，一個是最具保守主義傾向的理論家，他們在理論層面的爭論持續了多年，唯獨在對待中產階級和白領階層批判這一點上，他們完全一致。為什麼一個激進的左派和一個右傾的自由主義知識分子，他們卻共同去排斥和否定資產階級的意識形態呢？他們做過一個區分，美國白領是新興的中產階級，和美國老式的中產階級是不同的。美國老式的中產階級有礦山、有學校、有醫務所、有銀行，也就是說有一個企業或實業在支撐著他，這使他們必須具有處理、判斷現實問題的能力，他不依附任何人，有獨立性；但是新興的中產階級不是這樣，他們是董事、經理、醫生、大學教授、律師等等，在一個公司裏、在一個企業裏的經理、董事，不能對老闆的意志說三道四，如果不是這樣，他就很難在這個位置上做下去。他只有唯命是聽，做個執行人。中產階級的這種身份，決定了他們不在可能有獨立思考和批判現實的能力。回過頭來看我們中國，以《時尚》、《瑞麗》、《世界服裝之苑》為代表的中產階級雜誌，和我們對現實的關係是一種認同的誘導關係，它們沒有任何批判的願望。我們社會生活存在那麼多的不合理，貪污腐敗，環境污染，農民失去土地，在上面那些雜誌中，我們能夠看到對中國問題的關懷嗎？他們有這種願望嗎？從這個意義上說，這些傳媒對生活是一種虛假的承諾，那裏提供的一切是只可期望而難以指望的。它以幻覺的方式對民眾和消費者構成了一種誘惑。我是從這個意義上批判中產階級和他的文化代言人的。這種爭論可能由於每個人的立場不同，內心的訴求不同而不同。我個人持有非常激進的批判態度，中產階級和時尚生活的文化代言人，可能構成了媒體霸權主義最具有代表性的形象。

媒體的文化霸權主義在社會文化領域裏造成了等級概念，有的批評家說，大眾文化和嚴肅文化界限的消失，使我們的等級觀念徹底地消失了。比如《人民文學》過去就是至高無上的，《佛山文藝》就等而下之，這種關係就構成等級支配關係。這種看法有道理，但今天等級關係消失了嗎？實際上在我們生活裏這種等級關係比比皆是。白領和藍領，老闆和打工的，這種等級關係消失了嗎？經濟造成的等級關係甚至比政治造成的等級關係更加殘酷無

情！我們看到沿海發達地區的一些報導，工廠裏的女工受到侮辱，外國的投資者對中國女工或者普通工人造成的傷害，這種等級關係消失了嗎？沒有。中產階級的文化趣味當然是一種等級關係，一個白領閱讀一本《時尚》雜誌是和他的身份相符的，一個打工仔只能閱讀《佛山文藝》，因為裏面反映打工生活，只能用這種的方式來滿足自己的文化要求。

中產階級雜誌有非常虛幻的東西。就裏面的廣告來說，名車名表名服裝，豪華旅遊，一個體面的男人應該有 4 套西裝，12 件襯衣，16 雙襪子如何如何。事實上它只是用一種幻覺的方式，給你構成了一種只可期望但不可指望的生活。這種虛幻的意識形態使人只是對自己未來生活的幻覺構成了一種假象關係，對現實完全喪失了批判的要求，這是現代性的一個最重要的特徵之一，現代性的過程使我們批評性的資源越來越耗盡了。

時尚是由媒體製造出來的，媒體的聲音在今天幾乎無處不在，它的誘導和侵蝕力是非常大的。搞社會學的學者說，中國的城市化或民工潮不斷湧現是和電視傳媒的興起有很大的關係。他們通過電視發現了城市生活，只有通過電視才能把城市這種燈紅酒綠的東西用一種幻覺的方式帶到了他們眼前。在偏遠的地方過了這麼長時間才發現城裏生活，很多小說寫到這種情況，最初誘發農民到城裏來有貧困的原因，但不是唯一的原因，因為祖祖輩輩都貧困。其中一個原因是他知道了外部世界。就像我們改革開放後大家都去美國，以想像的方式理解美國的自由民主。現在大家都回來了，海歸了。

音像傳媒近 20 年來在中國的發展是最快的，80 年代以後電視業迅猛發展，但我們缺乏電視文化的生產經驗。這些經驗在中國是通過臺港文化的反哺實現的。中國接觸最早的是處於「半地下」狀態的臺港文化。「半地下狀態」是因為這些文化被認為是「帶菌的」、不健康的。許多人感到憂慮。但是這種文化卻不脛而走。到 90 年代初期以後，港臺文化具有了合法性，被主流傳媒所認同了，電視臺放映《霍元甲》、《萬水千山總是情》、《幾度夕陽紅》、《月朦朧鳥朦朧》等等。這些作品實際上都是非常時尚化的東西。特別是 90 年代以後，時尚文化的高漲，可能成為一個最重要的文化現象。比如像韓流——韓國的勁歌勁舞，包括韓劇到中國之後刮起的巨大旋風。很多少年男女頭髮都染成黃色的，學勁歌跳勁舞，聽不懂也願意聽。但時尚化刮得再猛烈也會稍縱即逝，韓流很快又被臺灣的文化像《流星花園》、F4 取代了。

時尚的製造有時是國家意識形態支配的，它背後有經濟訴求的原因。比

如韓國文化觀光部的目標是，讓韓流在東亞獲得的成功帶動韓國出口貿易的發展。有些時尚不是通過經濟訴求製造的，比如國內有一年大家都穿唐裝，風靡全國，《宰相劉羅鍋》無意之間使北京的芋頭一夜之間脫銷了！這都變成一種時尚性的消費，這些消費並不是通過傳媒有意策劃的，不像韓流，它是通過韓國文化觀光部有意策劃的，像金喜善、安在旭這些人深入到我們日常生活裏面來了，電視裏經常看到三星手機的代言者韓國美女金喜善。時尚化和媒體所建立起的關係是我們要警惕的。影像文化可能還不具有代表性，最具代表性的是網絡文化。

網絡文化的興起，是社會文化時尚最具覆蓋性和煽動性的媒體，我們稱之第四媒體。在網絡裏我看到的不是因爲它的表意形式，比如說網絡裏有各種各樣的閃客，也不是它標題的設計有極大的鼓惑性，引誘人們去閱讀，更重要的是網絡文學。中學生以上的小知識分子到大學的低年級學生，網絡語言成了流行語言。我們看過《第一次親密接觸》，《成都今夜請將我遺忘》（慕容雪村），甚至嚴肅作家，比如林焱，他重寫《白毛女》，發表在《大家》雜誌上。包括最近的《沙家濱》的改編。一種新的語言，就像流行感冒一樣風行於世。我們每個人都用手機，不斷接受的信息，使用的基本上都是網絡語言。中國作協創研部的蔣巍，過去是個著名的報告文學作家，獲過幾次全國大獎。他模仿二十歲女孩子的口吻寫了個長篇──《今夜我讓你無眠》。這個長篇在網上發了幾章，就收到了很多帖子，大家都以爲他是個二十歲的美眉。我對此感到非常不理解，一個五十多歲的中年作家，模仿一個美眉的方式去寫小說，我不知道爲什麼。如果作爲個人來說，變成二十歲的美眉感到很幸福，我要祝福他，但作爲一個作家我感到非常失望。這樣一種時尚性的東西不僅在青年階層流行，甚至影響到了過去很嚴肅的作家。

在這樣一種情況下，文學時尚的表達方式或文學的時尚化可能逐漸地成爲一個潮流。從九十年代到今天，文學批評家大概都認爲，能夠超越 1949 年以前重要的長篇小說的作品可能不多。在傳媒那裏認爲中國 20 年來，整個文學生產、文學創造在不斷發展，但我個人認爲它可能還是數量的意義。近年每年生產的長篇小說大概是 1200 多部，如果按照過去經典化的評價方式來要求這些作品的話，應該說能夠達到 1949 年前，比如《子夜》、《家》、《財主的兒女們》等這種水平的長篇，可能就不多了。

女性文學這些年的變化非常大，它由意識形態的話語逐漸走向了時尚話

語。過去我們沒有女性主義文學，解放後像宗璞、劉眞、茹志娟這樣的作家只有在風格學意義上才能夠談論她們的女性寫作。評論界評價她們的時候用詞都是細膩、雋永、空靈等等，不是女性主義的文學立場。90 年代之後，女性主義的小說在中國應該說是在半個多世紀以來第一次出現，像林白、陳染、海南她們的小說，把過去女性內心受到的壓抑通過小說的方式表達出來。這是對文學一體化、文學意識形態化的一個有力挑戰，爲建立一個多元的文化格局是有貢獻的。但從女性作家整體創作來說，並沒有脫離男性話語的敘事策略。我曾表達過一個看法，過去男性壓抑、歧視女性是不對的，但在女性主義小說裏出現「逆向性別歧視」，對男性進行歧視也是不對的。看陳染的小說，嚴歌苓的小說，對男性的萎縮、卑微無限誇大，這種寫作策略仍然是個男性的寫作策略，敘事策略上沒有發生革命性的變化。

　　90 年代之後女性文學逐漸走向時尚化，最先提出批評的，不是來自文學界的批評，而是來自意識形態的批評。如衛慧的《上海寶貝》，我們不是從道德化的角度來評價它，而是從審美的角度，它沒有給我們提供任何新的審美經驗。和亨利·米勒《北回歸線》比較，衛慧對男女情愛的描述大概還不如人家。進入新世紀後，女性時尚化寫作有增無減。今年年初，有一個長篇，一個旅加拿大的作家貝拉寫的，小說命名爲《9·11 的生死婚禮》，據說被一個國家用 103 萬美元的天價買了版權。這個十幾萬字的小長篇，敘述的是中國留日女學生純潔，先是愛上了比她小五歲的日本男孩海天，後來又愛上了比她大很多歲的美國老男人格拉姆，格拉姆有家室，海天家裏又不同意婚娶。但「純潔」遊刃有餘地周旋於兩個男性之間。對女主人公以「純潔」命名本身就是個反諷。海天對她的追逐非常激烈、堅定、至死不渝。然後兩個人結婚了，作家用了非常戲劇化的方式，寫格拉姆在他們的婚禮上飛車趕到，然後格拉姆把她搶走了。女主人公走還是不走沒有主意，朦朧中還是跟了格拉姆。之後，他們找到一個旅館瘋狂地做愛。這個故事的結局是，格拉姆在 9·11 事件中遇難，海天離開了純潔之後跳了富士山。就是這樣一個漏洞百出的小說在市場上幾乎暢行無阻。裏面最時尚化的表達是個人生活無限的開放性，裏面有一句話，是純潔內心的獨白：「我覺得一個女人是完全可以同時愛上兩個男人的。」日常生活裏面最時尚的東西寫進了作品，更致命的是，時尚還要搭乘美國訴諸全球的反恐的意識形態，它搭乘的是最大的一個時尚。

　　今年還有一些作品，像大家所熟悉的池莉，她的每部作品幾乎都被改編

成電視劇，而且是被高價買斷改編權和版權。她新出的一部作品是《有了快感你就喊》。文學這樣的時尚化追逐確實是越來越成問題，這和文學的市場化有很大關係。很多人在憂慮，就像柄谷行人說的，讓文學富於深刻意義的時代永遠地成爲過去了。我們今天批判文學的時尚化本身也有我們的問題，批判時尚化的起點，就是經典文化和意識形態優越感的失落。另一方面，我們又不得不反省這個批判視角。像文化研究剛剛興起、伯明翰學派建立的時候，它所關注的是在主流文化和學院精英教育建制裏面被忽略的亞文化，如吸毒、朋克、同性戀、肥皂劇、廣告、工人階級寫作等等。在這個意義上說我們對文學時尚化的關注是不是一定要採取批判化的視角呢？我自己也感是一種「兩難」。

最近討論時有人說，文學時尚化應該提到關乎中國文學是否能夠生存的戰略性高度，顯然是積極地支持文學的時尚化，推動文學時尚化的發展。我個人不能夠認同這種看法。我覺得文學和市場是兩回事情，市場應該遵循「有效需求論」，文學能夠作爲產品在市場上流通的時候，事實上它和文學性並沒有建立可靠關係。比如剛才講的，池莉的作品、《9·11 生死婚禮》、《上海寶貝》在市場上可以大行其道，這時候它是個稀缺性的商品，根據凱恩斯的理論就是有效需求的。但文學關心的不是市場，文學關心的是人類的精神生活領域、人的心靈的領域，現在這個領域已經不大被關注。社會發展到一定程度時，人的內心總要遇到危機，總要尋找心靈安放的地方，這就是心靈家園。心靈不能總在流浪。文學恰恰是能夠提供心靈、理想安放的家園的。

文學時尚化是以走向市場作爲訴求，不僅像衛慧、貝拉、池莉這樣的女作家，包括很有影響的男作家，他們的創作裏對文學時尚化的追逐仍然非常明確。李建軍（他是最近非常激進的批評家）認爲中國嚴肅文學的時尚化是從賈平凹開始的。大家讀過《廢都》，書商的宣傳畫寫著「當代《金瓶梅》」，這句話比任何批評家作的批評影響都要大得多。你也可以把它概括成「一個男人和四個女人的故事」，還有什麼評論能夠比這種批評更有影響呢？當然它背後可能隱含著另外一種相對來說比較深刻的想法，比如在市場經濟條件下，過去傳統知識分子究竟如何能夠獲得自我確認變成內在的一個焦慮，但是他把個人的經驗植入作品裏，也就是說在女性那裏男性才能夠獲得自我確認。這種東西在那個時代恰恰是個最大的時尚。

去年有部小說《桃李》，在北大開研討會，很多同學都指責張者：如果愛

北大的話就不該這樣寫北大。張者說誰告訴你寫北大了？我沒寫北大。他本科在西南師大，西南師大的同學和老師說你不能夠這樣寫西南師大。小說寫一個教授、博導和研究生的關係，和社會生活之間的關係，和漂亮的女性之間的關係。這種寫作如果說它是個個別的現象，對豐富我們多元化文學創作的格局是值得肯定的，小說有各種各樣的寫法。但是大家都在追逐這個東西，我就感到不安了。不知道我們的文學除了時尚化、市場化是否就別無選擇了。去年還有一部寫得比較好的作品《經典關係》，作者莫懷戚本身就是重慶師大的寫作教師。《經典關係》寫的都是師生、夫妻、朋友、翁婿、父子等等，日常生活裏最重要的關係，所以把它叫做經典關係。看完之後你才知道這個社會生活是多麼可怕！最親密的人你不知道他在想什麼，不知道他幹什麼！前面走的就是你的親人，後面他幹的恰恰是一種非常惡劣、糟糕的事情，背叛、欺詐等這種東西。「經典關係」都變成這個樣子，那麼我們這個時代、社會、民族還有什麼值得我們信任？

對時尚化的批判之後要建設什麼成為一個很大的問題。20 世紀以來我們形成的思想文化傳統就是一個批評性的傳統、破壞性的傳統。我們從打倒孔家店開始，一直在破壞，舊世界破壞掉了，但新世界是否建立起來了，新的文化是否建立起來了變成了一個問題。所以我們始終在變，這與中國的現代性有關，中國的現代性始終是個不確定的方案。這個「不確定的方案」還沒有成為過去，尤其是在思想文化領域裏面，什麼樣的文化應該批判或應該弘揚並不是自明的。

最後一點，對文學時尚化的批判，作為一個批評家也好，作為一個讀者也好，我內心是矛盾的。回到我們開始說到的話題，我們的審美趣味和審美意願在不斷跌落，但是另外一方面，審美的東西在生活裏面被普泛化了。比如汽車，都是流線型的，高樓大廈都是玻璃牆的，造型越來越優美，商場裏面花枝招展，城市到處是綠地、花園，情人節要獻花，聖誕節要買聖誕樹。生活到處充滿了美。在日常生活裏大家對這種時尚的追逐沒有反感，生活的時尚化每個人都不反感不拒斥，而對文學的時尚化就一定批判它、不能容忍它？這是不是構成了某種矛盾呢？

第二點，文學藝術本身是關乎人類精神事物的藝術形式，關注人類心靈矛盾、不安、焦慮、悲劇的這樣一種藝術形式。它和時尚能夠構成同構對應關係嗎？社會生活有什麼樣的時尚，我們的文學作品就一定要追逐它嗎？時

「中國想像」與午夜的都市

——以瀋陽爲例

　　瀋陽現在是東北地區最大的中心城市。關於瀋陽的歷史和現實可以有無數種敘事：它曾是契丹人烽火狼煙大展宏圖的「瀋州」，也是女眞人滅遼建元後的「四方城」和盛京，是大清的陪都，那裏有中國的「第二故宮」，是奉天府時代的留都，是現代「東北王」張作霖「大帥府」的所在地，是「遼瀋戰役」的中心；進入當代中國以後，瀋陽是中國最大的機械加工製造業中心，它與周邊的工業城市一起被稱爲中國的「總裝備部」，它的地位在全國舉足輕重，他擁有那個時代瀋陽所有的榮譽。那是工人階級當家作主的時代。在鐵西工業區，分佈著無數個擁有 10 萬人的大廠。每一個黎明，工人階級騎著自行車、迎著朝陽，懷著驕傲、自信與共和國的理想一起走進自己的工廠。在五、六十年代，瀋陽創造了自己的奇跡和新的歷史。但是，這些已經成爲過去的瀋陽歷史，只存留於文獻資料和城市的記憶中。對於瀋陽當下的都市形象來說，歷史作爲一個象徵資本，僅僅成爲一個可供憑弔、誇耀和懷舊的背景。

　　歷史很快地進入了 21 世紀，新世紀初，青年導演王兵拍攝了一部長達 9 個小時的記錄片《鐵西區》。在這部影片裏，鐵西區褪去了它最後的輝煌，在「工廠」、「鐵路」和「艷粉街」不同的時空裏，鐵西區在轉型時期面臨的所有困境被呈現得一覽無餘，它的破敗猶如一個末路英雄或風燭殘年的老者，它再也不能激起我們的光榮心。它預示了大工業時代宏大敘事的最後終結。一個精英知識分子就這樣以鏡頭的方式冷靜地記錄和處理了一個行將結束的

時代。事實的確如此，今天如果你再去鐵西區，看到的不是喘息的蒸汽機車、不是工業化時代的巨大煙囱、也不是無所事事染著黃毛的少男少女。你看到的是瀋陽最寬闊和平展的道路，是規劃整齊的商品房小區和彩色霓虹燈艷麗的廣告牌，各種娛樂和消費場所比比皆是。置身在這裡，五六十年代的理想、八九十年代的悲壯和尷尬已蕩然無存，國家主人的幻影或繁重的勞動、粗鄙的生活已經成為過去，空氣質量無須治理就已經好於北京，陳舊的歷史已了無蹤影。這時，我們大概會想起這樣一段啓示錄式的思想：「回憶就是人生。由於總是一群活人在回憶，它遂成為永恒的演進。它受限於記得和遺忘的辯證法，覺察不出它連續的變化，它可以有各種用途，也可以作各種控制。有時它可以潛伏很長時間，然後突然復蘇。歷史永遠是為已不存在的事物所作的片面和有問題的復原。記憶永遠是屬於我們的時代，並與無窮的現在依偎相連。歷史是過去的再現。」〔註1〕

鐵西區的過去和現在僅僅是瀋陽的一部分。值得注意的是，當我們在大眾文化的層面談論瀋陽的時候，包括鐵西區在內的瀋陽的過去並沒有建構進瀋陽的想像中。在全球化的時代，瀋陽的城市形象在中國也難以超越「城市一體化」的命運，高樓大廈建構起的鋼鐵水泥的森林，同樣也是瀋陽當下興旺繁榮的都市形象。如果在正常工作的白天，瀋陽和其他城市並沒有什麼區別。即便是 2006 年的春天，可能除了氣候的原因會給瀋陽「世園會」的承辦者帶來麻煩或不便之外，諸如城市管理、商務活動或日常生活都井然有序。

但是，一旦到夜晚，瀋陽便迅速成為一個發燒或瘋狂的都市。這並不是指到處閃爍的霓虹燈或巨幅廣告牌，也不是指車水馬龍的燈光河流。而是指以大衛營西部酒城、午夜陽光俱樂部、星辰好萊塢酒吧、畢豪斯俱樂部為代表的、遍布瀋陽各個角落的大眾文化娛樂場所。這些大眾文化娛樂場所都是瀋陽近幾年來陸續建立的。對這一現象我相信站在商業文化立場和精英文化立場所持的看法會完全不同。站在商業文化立場上會看到：這些場所應該是文化產業的一部分，是文化繁榮的表徵，它促進了消費繁榮了市場，同時也增加了就業機會甚至增進了國民經濟的總產值；站在精英文化立場上會認為：這種由消費主義霸權掌控的文化現象和消費方式，是對西方娛樂文化——從內容到形式的模仿或挪移。任何文化消費方式都負載著一定的價值觀念，影響大眾日常生活的信念並最後改變他們的生活方式。

〔註1〕艾瑞克·霍布斯鮑姆：《帝國的年代·序曲》，江蘇人民出版社 1999 年。

　　不僅是瀋陽的大衛營西部酒城、午夜陽光俱樂部或星辰好萊塢酒吧會遭遇兩種截然相反的態度，事實上，自鄧麗君進入大陸開始，港臺大眾文化、大陸自己生產的大眾文化、美國的好萊塢大片乃至韓流日劇等等，所遭遇的都是相同的命運。在我看來，這種截然相反的態度所表達的不僅僅是一種對大眾文化對立的思想立場，同時它還反映了中國學者以及普通民眾，對中國現代化進程的困惑或迷茫。事實是，沒有一種理想的現代化在等待我們。尤其在中國，在「不爭論」的思想指導下，試錯的過程就在所難免。我們當然不會相信美國學者爲全球化、特別是美國強勢文化推行的文化趨同所作的辯解，同時我們也不能不看到作爲一個後發現代化國家，只爲經濟利益對大眾文化沒有邊界的認同和推行。大眾文化就是「帶菌的文化」，對「帶菌的文化」當然需要識別和批判。

　　大衛營西部酒城是瀋陽的大眾文化娛樂的經典場所，它自己的廣告詞是：
　　　　來自瀋陽大衛營的瘋狂演繹。

　　　　激情、火爆、動感、刺激，瀋陽大衛營西部酒城，刺激你的神經，吸引你的視線，將酒城的獨特文化，毫無保留奉獻給您，引導娛樂新時尚，動感生活，從西部酒城開始……。粗口、絕活、幽默、搞笑，全國頂級夜總會演繹先鋒。帶給您超爽快感，忘卻煩惱，增添快樂。開拓娛樂新境界，幽默搞笑，全國之最，本晚會演出人員均來自國內各大娛樂城，演出節目前所未有。爲達到演出效果，演員在表演時有過激語言及行爲，未成年人不宜觀看。本晚會純屬娛樂，不含有其他任何觀點。

　　這則廣告詞雖然用了注意力經濟的策略修辭，但它並沒有誇張。只有來到現場你才會感受到什麼是「粗口，絕活，搞笑」的含義，才會領略到「全國頂級夜總會演繹先鋒」的風采。在這裡，不僅有法國紅磨坊式的開場舞蹈，也有紅旗飛舞中的《國際歌》，不僅有中國式的瘋狂搖滾，也有插科打諢式的挑逗……它動用的一切手段都是爲了讓你擁有「超爽快感，忘卻煩惱」。觀眾則回應以尖銳的口哨、喊叫聲和驚人的啤酒銷售量。大衛營的徹夜狂歡不是「文革」中激情的群眾集會，不是舊式貴族高雅的沙龍，當然也不是新興中產階級虛僞的客廳，它更像是混合著各個階級、各色人物沒有目標的宣泄的狂歡儀式。

　　午夜陽光俱樂部的廣告詞是：「令人心醉神迷的聚會活動。想認識和你一

樣熱情奔放，活力四射的帥哥美女嗎？」對這家俱樂部網友評價是：老外非常多，他們一方面聽樂隊現場，一方面尋找中國女孩……如果午夜時分來到午夜陽光，一進門就是震耳欲聾的重金屬音樂的轟鳴，舞臺上十餘位男女歌手輪番演唱；歌手休息時，有蹦迪的音樂伴奏，整個大廳天搖地動，男女老少捉對起舞。在大廳的幾個制高點上，則有穿著搶眼、身手不凡的少女極盡表演之能事。這是一個既可欣賞亦可自娛的場所。

距此一箭之遙的是好萊塢酒吧。它命名爲好萊塢並非譁眾取寵。推開酒吧的大門，你確實會有一種進入好萊塢電影世界的感受，墻壁四周掛滿了主人收藏各種好萊塢的電影海報或圖片；店內的一角站著一位仿眞的外國佬；菲律賓樂隊在這裡整晚地演唱著一曲又一曲好萊塢電影插曲和外國民歌；來到這裡你才會瞭解瀋陽是一個國際大都會，因爲這裡的外國人遠遠超過了中國人。

午夜的瀋陽不是風情萬種的嫵媚，它是如此的斑斕、絢麗、曖昧、粗野甚至瘋狂。它使所有外來者發現了另外一個瀋陽。對瀋陽的這一大眾文化現象，如同對全球化一樣，簡單的抵抗或認同是沒有意義的，因爲它是全球化語境中多樣現代性的一部分，也是「中國想像」的一部分。因此對午夜的瀋陽我們可以作出如下闡釋：首先，改革開放二十多年來，社會生活拓展了新的社會空間，大眾文化處於國家的監控之外，高度的商業化使它必須以「注意力經濟」的方式尋求生存和發展。1997 年，西方學者提出了「注意力經濟」的理論，在這個理論看來，當今社會最重要的資源不是貨幣資本、也不是信息和競爭力，而是人的注意力。按照稀缺理論來說，信息在當今不僅不稀缺而且已經過剩。但人的注意力是有限的，誰能夠吸引人的眼球、誰就搶佔了人的注意力，因此也就取得了獲得財富的可能。每年一度的奧斯卡頒獎典禮是「注意力經濟」最典型的範例。它既是世界電影人的節日，也是向世人炫耀向同行致敬的儀式。但對有敏感商業頭腦的商場精英來說，它早已是一個世人矚目的「事件」。而對一刻也離不開「事件」的傳媒來說，更是將這樣一個典禮炒得世人皆知。每一座小金人背後隱含的價值評判，掌控著世界商業電影的走向和入圍影片的票房成績。每秒 5.7 萬美元的廣告價格，獲提名者價值不低於 10 萬美元的禮袋，奧斯卡成爲標準的「注意力經濟學」。奧斯卡頒獎典禮上的廣告時段每年都供不應求，早被訂購一空。而 ABC 電視臺就像是一個批發商，它不僅把轉播權分銷給美國其他電視臺，還遠銷到海外上百個

國家和地區。美國國內的廣告收入和海外的電視轉播費這兩項加起來，一次奧斯卡頒獎典禮就能給美國的電視業帶來 1.17 億美元的收入。〔註2〕

就像上面描述的那樣，無論是拼貼的大衛營西部酒城的節目，午夜陽光瘋狂的舞蹈，還是星辰好萊塢的異國風情，都能夠最大限度地獲得人的注意力，特別是年輕人的注意力。因爲它前衛、時尚、引領文化消費的風潮。在這樣一些地方，不僅有成功人士、也有風塵女性，有中產白領、也有青年學生，消費者幾乎遍及社會各個階層。大衆文化消費市場競爭力的加劇和買方市場的形成，「注意力經濟學」就這樣顯示了它的「先知」的眼光。

其次，是現代化後發地區對「發達」的想像和突顯。任何一個後發的現代化國家和地區，總是要盡力突出它的「發達」，就像所有的發展中國家一樣，到處都是喧囂的建設工地或巨大的煙囪，而眞正發達的國家和地區恰恰是綠茵草地和茂密的森林。同樣的例證在中國也可以找到，當北京的迪廳和三里屯已不再火暴的時候，恰恰是在「雕刻時光」咖啡館裏人頭攢動比肩接踵。因爲北京的文化時尚已經超越了「躁動」期而轉向「品位」的模仿，儘管我們知道那也是裝模做樣。但「雕刻時光」的文化意味適應甚至引領了這一文化消費潮流。《雕刻時光》是來自於蘇聯導演安德列‧塔可夫斯基所寫的電影自傳，意思是說電影這門藝術是借著膠片紀錄時間流逝的過程，時間會在人物或外部世界留下印記，也就是雕刻時光的意義所在。安德烈‧塔可夫斯基：一九三二年生於俄羅斯札弗洛塞鎭，一九六一年畢業於蘇聯電影學院。他導演的電影曾經贏得多項國際性大獎；第一部長故事片《伊萬的童年》於一九六二年獲得威尼斯影展金獅獎。第二部電影《安德烈；盧布廖夫》獲一九六九年的戛納影展大獎。然後他陸續拍攝了《索拉里斯》、《鏡子》、《潛行者》《鄉愁》、和《犧牲》等。這些作品受到西方國家熱烈的歡迎和推崇。一九八六年十二月，塔可夫斯基因肺癌病逝於巴黎，享年五十四歲。許多影評人都曾試圖準確地詮釋塔可夫斯基，卻難以如願。在這本《雕刻時光》裏，他記錄了自己的思想和經歷，並第一次披露了他的創作靈感和藝術想像被觸發的契機，深入探討了電影創作的多種問題。《雕刻時光》和塔可夫斯基影片在文化圈的流行，在某種意義上成就了「雕刻時光」咖啡館。它地處北大東門外，地理位置和它獨特的、充滿人文氣息的優雅靜穆的風格，滿足了北京知識階

〔註2〕 劉亞力：《奧斯卡：娛樂營銷重頭戲「注意力經濟」大斂財》，見新華網 2006 年 3 月 6 日。

層對生活的想像和品味的認同。〔註3〕

　　瀋陽歷史上也曾是都城，但它畢竟不是現在的北京。雖然它已經名列中國城市綜合實力的前十名，是最具競爭能力的城市之一。但瀋陽畢竟還處在一個產業結構的轉型期，還沒有完全從老工業基地所欠的歷史債務中擺脫出來。要讓一個城市在這樣的現實中能夠從容平靜地建構正常的大眾文化娛樂方式，是不可能的。另一方面，這一現實也催發了瀋陽當下文化極力突出「發達」的強烈心理。另一個極端的例子還有世園會的舉辦，這是主流文化突出「發達」的變形動作。欠發達地區的虛榮心是可以理解的，但當要表達這一想像的時候，因其勉為其難而怪模怪樣。

　　第三，是文化整體性破碎之後，大眾娛樂必然要成為公共話語，成為這個時代的文化精神，消費就是一切。當精英階級批判大眾文化的時候，不僅基於審美的唯一維度，批判大眾文化的商業屬性，而且還先在地持有一種心理戒備：大眾文化是「帶菌」的文化，它不僅是不健康的，而且有誘導犯罪的嫌疑。事實上，精英階級的批判除了自我的身份界定外，並沒有考慮到這一文化出現的更複雜的社會背景。大衛營西部酒城的演出，是文化整體性破碎的形象詮釋。它沒有章法隨心所欲，每一場演出都是碎片的拼接，不僅觀念上相互矛盾，而且形式上也荒誕不經。但也正是這樣一種光怪陸離的娛樂場景，才本質化地表達了當下一個地區和時代的文化和精神處境。

　　這一處境很容易讓人聯想起法國的紅磨坊。紅磨坊則是地道的法國式歌舞廳。印象派大師奧古斯特；雷諾阿的名作《紅磨坊》使這個歌舞廳蜚聲世界。紅磨坊的歷史可以追溯到19世紀下半葉。來自世界各地的流浪藝術家，在蒙馬特高地作畫賣藝，使那一帶充滿藝術氣氛，成為巴黎最別致、最多姿多彩的城區之一。由於藝術活動活躍，蒙馬特高地街區彎曲的卵石坡路的兩側，小咖啡館、小酒吧生意興隆。後來，這些小咖啡館、小酒店裏來了一些舞女，她們穿著滾有繁複花邊的長裙，伴著狂熱的音樂節奏，扭動著臀部，把大腿抬得高高的。當時英國人稱這種舞蹈為「康康舞」，認為它很放蕩，很下流，禁止在英國演出。但是，康康舞在蒙馬特高地很受歡迎。社會學者在分析康康舞盛行的原因時指出，1871年普法戰爭失敗後，法國萎靡不振。現實生活中醜聞充斥，金融財團明爭暗鬥，勞資矛盾加劇。人們厭倦了民族主義者的大話空話，整個民族感到極度的空虛。在重新找回生活座標之前，法

〔註3〕見「雕刻時光」咖啡館網站。

國人感到空前的苦悶和徬徨。他們很快就學會了用玩世不恭來取代苦悶,這就促使一種放蹤的風氣在巴黎彌漫。

1889 年 10 月 6 日,紅磨坊歌舞廳在康康舞的樂聲中正式誕生。第二次世界大戰德軍佔領期間,國難家愁當頭,但舞女不知亡國恨,紅磨坊仍然歌舞昇平。戰後,因為這段不光彩的歷史,紅磨坊受到嚴厲批評。現在紅磨坊已成為一家大型的歌舞表演廳,是巴黎的一個旅遊景點。如果說它仍保持著百年前某些特點的話,那就是舞者的裝飾大致不變,上身裸露,披掛著華麗的羽毛服飾或金屬片,但是觀眾與舊日看客完全不能同日而語,觀眾是現代文明觀眾,懷著發現巴黎的心情來看演出,演員把演出作為一種光明正大的演藝事業。紅磨坊是法國娛樂業中一家效益良好的企業。其觀眾 55%是外國人,45%為法國外省人,年營業額有兩億法郎左右。〔註4〕

瀋陽的娛樂業當然不能與巴黎紅磨坊相提並論,它產生的歷史背景也不盡相同。但可以肯定的是,在社會轉型期遠沒有成為過去的今天,消費主義意識形態已經成為社會生活最具支配力的意識形態,它甚至已經完全取代或置換了馬克思主義意識形態和傳統的價值觀。追求享樂和消費主義的價值觀毫不掩飾地表現在電視情節劇、電影和流行音樂中。得到鼓勵的消費又推動或促進了大眾文化的發展。文化整體性的破碎使人們沒有皈依感,集體觀念的瓦解使大眾娛樂成為表達個人化的最好場所。它超越了政治,超越了美學,在午夜的包裹中,也超越了光天化日下的空虛和迷茫。

在這些大眾娛樂場所中,我們才真正感受到歷史的斷裂。在距這些娛樂場所的不遠處,有著名的遼寧省博物館,有故宮博物院,這些見證歷史的場所或展示經典作品的地方幾乎很少有人光顧。在故宮博物院,帝國的餘輝還隱約可見,但作為一段陳舊的歷史遺跡,它難以結構進現代生活之中。它們被冷落的境地與那些狂歡的場景形成了鮮明的對比。無論瀋陽人還是外來者,對歷史和經典都不再感興趣,因為已經過去的歷史與今天無論如何都難以建立起聯繫。歷史已經失去了對今天的影響,無論哪個時代的人,無論有過怎樣的過去,在今天都整體性地成了無根的人。過去精心建構起的歷史以及經典藝術和經典美學,就這樣無可避免地終結了。

但是,如果簡單地批判這些大眾娛樂形式,就不能夠回答在中國如何現代化的問題。因為現代化在改革開放一開始就是不確定的,即便有一個現代

〔註 4〕 鄭圓圓:《巴黎紅磨坊,永遠有觀眾》,見《環球時報》2001 年 10 月 12 日。

化的路線圖，在被執行的過程中也難免改變路向。因為中國有比任何國家都更加複雜的因素存在。雖然這些大眾文化娛樂場所有很多可以批判的問題，就像巴黎紅磨坊的「康康舞」當年在英國禁演、法蘭西自己也曾為德國佔領期紅磨坊仍「舞女不知亡國恨」而感到羞恥一樣。西部酒城、「午夜陽光」和星辰好萊塢也有「生命不能承受之輕」或極端粗糙、粗鄙的可詬病之處。但是，可以相信的是，當年巴黎紅磨坊的放縱已經為現今的文明觀眾所替代。紅磨坊的變遷史也終將會成為瀋陽大眾娛樂場所的變遷史。大眾文化是「帶菌」的文化，但這些病菌在流行傳播的過程中，大眾也獲得了免疫力。我們不必為此擔憂，穿越午夜紅塵，一個陽光和文明的文化瀋陽形象、或者說文化中國形象就會出現在午夜之後。而當下我們看到的，那是現代化必然要付出的文化代價。

從公共空間到私人空間

　　自上個世紀 90 年代中期以來，中國都市居民生活的最大變遷，事實上是以「家居」為中心展開的。住房條件的改善，從某種意義上可以說集中代表了都市居民生活條件的變化。這個變化不僅拉動了內需、帶動了經濟的發展，同時也從一個方面無言地表達了改革開放給民眾帶來的具體利益。我們發現，在日常生活中，「購房」、「裝修」、「傢具」等詞彙，已經成為使用頻率最高的關鍵詞之一，使用者興致盎然的背後，隱含著他們對生活的夢想、滿足甚至誇耀。事實表明，語言是社會生活發展變遷的表意形式和符號，它不僅傳達著人們對生活關注的興奮領域，同時也表達了人們生活觀念和對生活理解的變化。

　　城市建設，或者說如何安置城市居民的居所，幾乎是所有國家城市建設無可迴避或必須解決的問題。在英國，曾經歷了新城建設的三個階段，即興建小鎮、建設新城和新社區。三個不同的概念並不僅僅是口號的區別，而是城市開發建設從起步到成熟的過程。在美國，為了解決工業化初期遺留下來的問題，城市建設則提出了「新城主義」的口號。所謂「新城主義」，就是建立公共中心形成以步行距離為尺度的居住社區。專家指出：「新城市主義帶來的新的生活就是具有傳統特色、高密度的、小尺度的親近行人的建築空間。住宅的風格則採用了更多體現當地文化、風俗、習慣的建築形式，甚至採用深受人們喜愛但是比較老的十六、十七世紀的傳統住宅風格。住宅成組成團的圍合出一些公共空間，這些公共空間也布置了一些喚起傳統記憶的教堂、圖書館、零售商店，營造親切的社區氛圍。」這些老牌帝國主義城市住宅建設的經驗，雖然不全然適合於我們，但它卻從不同的側面給我們以某種啟示。

　　在我國，十多年的時間裏，房產開發已經走出了簡單的改善居住面積的思路，多元的開發理念驟然間便亂花迷眼，從小區開發到打造新城，開發商在比拼實力和魄力的同時，也適時地將居住文化鑲嵌於商業訴起求之中。於是，居住的公共空間幾乎無不與文化建立起血緣關係。公共空間的文化美學不僅實現和滿足了開發商的商業利益和成就感，同時也開啓了業主對公共空間的想像和要求；另一方面，業主擁有了新的居所也就意味著擁有了一個夢想，私人空間的裝飾，不僅體現著擁有者的經濟實力，同時更聯繫著他們的趣味、品位和對生活的想像力。因此，居住文化從公共空間到私人空間的時尚化潮流，在都市生活中風起雲湧此起彼伏。在這一生活潮流中，大眾傳媒和家居類的時尚雜誌起到了引領潮流、豐富想像的巨大作用。在這個意義上甚至也可以說，這類傳媒是居住文化的代言者，也是當下中國都市居民生活趣味和追求的鏡中之像。

　　在以往的社區或生活小區的開發中，一個簡單的命名似乎僅僅是爲了表達區域的概念，它只有方位和地理學的意義。比如「方莊」、「望京」、「西三旗」等。這些小區命名的簡單化，從一個方面反映了小區早期開發建設的實用性。那時，城市居民最急切的願望是改善居住面積，只要把老少三代從一個房間分離出來，他們的臉上就會綻放出燦爛的花朵，解放的幸福感就會溢於言表。但是隨著國家經濟實力的不斷增加，以及都市建設的現代化要求，潛隱的居住文化必然要浮出水面。於是，我們發現，在樓盤和小區開發中，文化和「詩意」的表達幾乎是開發者共同追求的。這種文化不僅有本土的，同時還有異域的。現代性的發展從某種意義上斷裂了我們和歷史的聯繫，凸現本土文化爲消費者建造了同自己民族的歷史和傳統建立起聯繫的橋梁。因此，在居住文化中，民族文化的「回溯風格」被普遍採用。另一方面，在全球化的語境中，域外文化的湧入也爲開發者帶來了異國風情的靈感。這兩種完全不同的文化，卻奇妙地支撐起都市居住文化的公共空間。曾給消費者帶來過震動和驚喜的智慧住宅、陽光住宅、水景住宅、綠色住宅等房地產概念，突然間因顯得陳舊而流於陳詞濫調。我們看到的引領時尚風潮的往往是這樣一些描繪和陳述：

　　　　萬科西山庭院：地脈，依時間沉澱，一種天然的流露與養成，
　　累積出四百年顯貴之氣，高華氣質，深藏內斂。

　　　　萬科西山庭院位於圓明園西路與五環路交叉口往北約 300 米，

農大南路附近，南望中關村大街，北接上地高科技園區，北大、清華分佈周圍。

此地自古就是皇室貴冑崇信的上風上水之地，陂池潛演、湖脈通連、含霞飲景、禽鳥棲波。乃貴冑雅士築居之濫觴，及至皇家園林圓明園、頤和園的敕建，愈顯龍兆地脈、氣韻氤氳。

萬科西山庭院踞此龍脈之地，山水之妙音、地脈之祥祐，盡享無遺。

上地佳園住宅社區是上地基地內最後一個住宅項目，(上地基地已通過 ISO14000 環境認證)。上地者，上風上水之地也，毗鄰北京大學、清華大學、體育大學等多所高等學府，依傍圓明園、頤和園、望兒山等皇家園林和名勝古蹟，環境幽雅、風景秀麗、眾多國內外知名 IT 企業紛至沓來，如聯想、方正、神州數碼、IBM、中國寶潔、三菱四通、浪潮、諾維信、華為等等。上地已成為中關村科技園區中一顆璀璨的明珠和展示北京市新技術產業化的窗口，堪稱物華天寶，人傑地靈。

這兩則自我陳述，前者突出了久遠的歷史感，地脈與皇家氣象烘托出顯貴和深沉。然後將北大、清華、中關村等現代文明象徵的「能指」，與自己的商品一起幻化為消費符號。傳統與與現代，歷史與現實為萬科西山庭院營造了一種亦古亦今的完美結合。後者則巧妙地利用了「上地」的區域命名，突出了上風上水的民族文化心理，同時將周邊的名勝、大學以及高科技名家網羅於自己的「麾下」。但目的都是為了突顯文化的魅力，並以此證明自己的文化品位。通過這兩則文字，我們可以明確地感到，被現代性遮蔽的歷史傳統文化，又被最具現代意味的商業訴求重新打撈出來。它被納入了消費領域，但這一表達卻又在客觀的意義上激發了我們的歷史感和光榮心：我們的生活彷彿又和久遠的過去，和正在消失的歷史發生了關係，過去的一切並沒有遠去，它就在我們生活的空間裏散發著甚至可以觸摸的氣息。也正是在這樣的想像中，傳統文化具有了消費的意義和可能性。

另一種更具時尚化的陳述，則藉重域外風情的力量，以假想和「挪移」的方式，調動消費者的身份幻覺和體驗衝動。比如：

玫瑰園……，前兩期開發的合稱「五洲別墅區」。包括美國區、歐陸區、日本區、太空區，散落於美麗的維多利亞公園四周；三期

新品「爵士別墅區」，佔地 32 萬平方米，又分爲渥太華區，溫哥華區，多倫多區，紐芬蘭區，依勞倫遜湖與楓葉大道因勢因景而建，爲玫瑰封園傑作。

園內另有四個會所和一條商業街，它們分別是位於美國區內的「蒙大拿俱樂部」，位於日本區內的「名古屋料理部」，位於歐陸區的「加勒比浴館」，位於太空區的「布勒斯堡健康館」，以及一條「密蘇里小步街」。

如果不是發表在中國的傳媒上，大概誰都會誤以爲這是來自歐陸或美洲的房產廣告。玫瑰園的陳述方式特別酷似大眾文化的修辭，它虛擬了數個大眾熟悉的異國空間，在修辭上特別強調了它的異國情調。這些或中或外的「詩意」表達，從一個方面透露了開發者對居住公共空間文化理念的追求。沒有人不知道這些修辭是一種「敘事」，也沒有人不知道這些虛擬的文化空間的虛假浮華。但是，認購者在認購的同時顯然也認同了這一「文化」的存在，它不止是對一種文化虛榮心的滿足，而是在這種滿足和反覆敘事中將其轉化爲真實。這就是語言的力量。

對與個人來說，似乎再也沒有比「家」這個概念更重要的了。「家」是一個溫馨的夢，是一個寧靜的港灣，是最初的出發點和最終的停泊地。因此，「家」是個人擁有的唯一的私人空間，幾乎構成了個人生活的全部。正因爲「家」如此重要，「家居」的購置和裝飾才顯得重要無比。特別在這個人人談論的「裝修時代」，裝修業及其相關材料產業，不僅成爲新的經濟增長點，而且也促就了家居裝飾文化的興起和繁榮。與居住公共空間不同的是，公共空間是可以直觀並有量化標準的。而私人空間的多元化要求決定了它的多樣性。傳統的、現代的、前衛的、本土的、西方的、富麗的、簡約的、溫和的、氣派的等等，體現著私人空間的個人性和個性化品格。

由於私人空間的私秘性，它不可能像公共空間那樣可以向所有的人開放。因此，在引導、提供參照方面，大眾傳媒的家居裝飾推廣、特別是專業媒體的創辦起到了不可替代的作用。1994 年 4 月創辦的《時尚家居》，爲自己的功能和追求作如下陳述：《時尚家居》

是中國第一本關於現代家居潮流的精品期刊，也是國內最成功的且發行量最大的家居類雜誌。《時尚家居》是針對追求高品質家居生活的人士精心設計的，在介紹分析國際家居潮流、推介一流精品

的同時，又強調其實用性和專業性，用個性化語言向讀者傳遞時尚的家居理念，全面關注家庭生活空間，精緻、舒適、實用是這本雜誌的核心，我們力求能為現代人提供家居生活的全方位信息。

《時尚家居》不是一本單純的家庭裝修設計雜誌，也不僅僅是展示、炫耀豪華傢具的畫刊，她是為大家編織的一個對家的夢想，我們相信熱愛生活、熱愛家庭的人最執著的莫過於把夢想變成現實，這是人們生活中最大的幸福和最強勁的動力。

《時尚家居》創辦三年來，應該說踐約了自己的承諾。它在提供家居生活信息的同時，也以健康的生活尺度幫助人們打造個人生活的夢想。在介紹典型、新潮、時尚的家居裝飾信息時，不僅有當今的成功人士、夕日的耀眼明星，同時也有餐館老闆、前衛青年；不僅有專家對潮流的整體描述，同時也有親歷者的個性化體驗。比如業內人士稱「中產階層品位逐漸成為家居主導潮流」。理由是：儘管富裕階層是最先購買商品房及實施裝修的，但經歷過幾輪裝修風潮後，中產階級的家居品位漸漸形成明顯的風格從而成為家居潮流的主導。而且中產階層對家居的態度也正成為這個社會家居態度的主導，其生活方式作為時尚的一個內容被媒體關注，被大眾倣傚。這個判斷是否準確並不重要，重要的是一個權威的專業媒體發出的「客觀」或引導性的信號。

這個看法我們從另外一種專業性的媒體那裏得到了證實。在對切近的家居潮流判斷上，它作出了這樣的表達：

2003 年也是懷舊的一年，回想上個世紀那激動人心的黃金年代裏曾風行一時的設計元素又成為當今家居界最 in 的標記，遙遙呼應這已經流轉了半個世紀的光陰。當年的活力與激情成為流行的靈魂，依然前衛時髦，新鮮如初。瑞麗家居作為時尚的前沿者當仁不讓為讀者隆重推出特別策劃《回到黃金年代》，帶著讀者回到那時、那景、那人，領略懷舊元素在當今家居用品上的運用。

然後，這家雜誌選擇了「一個倚山伴水的居室」的主人，形象地闡釋了「黃金年代」的遺風流韻。但是，這種倡導也僅僅是諸多潮流和想像中的一種。《時尚家居》在網上調查「中國都會家居潮流方向演變」時，反饋的信息會超出任何人的想像。比如，有人強調簡約，有人強調舒適，有人強調實用，有人環保。但在強調個性化這一點上卻是不約而同的。個性化在家居裝飾上的普遍認同，反映了這個時代社會生活和個人生活的歷史性進步。只有通過

家居的個性化表達，才能眞實地抒發個人的生活趣味、生活理想。

十餘年來，私人生活空間的變化應該說是前所未有的。不放過任何細節的時尚而舒適的私人空間才是有質量的生活。在社會和工作上承擔了巨大壓力的人，一旦回到屬於個人的生活空間中，猶如漂泊的船帆回到了港灣，是風平浪靜的「家」，使自己內心的壓力或焦慮得到了緩解，自己創造的賞心悅目的一切，悠長持久地溫暖著生活的愛意和對未來的嚮往。可以說，我們能夠接受對流行文化的時尚化批判，因爲這種時尚化的背後隱含著未被言說的利益訴求。但是，我們不會批判生活的時尚化。無論是公共空間還是私人空間，對它的美化只能提高我們的生活質量，改善我們的生存環境。

戰鬥的身體與文化政治

在革命時期的文化或文學歷史敘述中，潛隱著一種沒有敘述的歷史，這個歷史是戰鬥的身體的歷史。不同的是，這個戰鬥的身體的歷史被對待革命的情感和態度遮蔽起來。於是，我們看到的不是身體的戰鬥，而是革命／反革命、進步／反動、左／右、無產階級／資產階級、地主／貧下中農的對抗和鬥爭。身體的敘事被置換為精神領域的事件。20世紀激進的歷史敘事在國家主義的框架內展開，它敘述的主要內容還是被限於思想／精神領域。即便是異性之間的關係，身體的戰鬥也被認為是瑣碎或無關宏旨的無聊事件。個人情感領域的故事始終受到壓抑而難以走進歷史，與我們遵循的歷史敘事原則是有關的。

1980年代以後，個人情感體驗的敘述和對身體的關注，以突圍和悲壯的姿態得以表現，但它的想像也還是限於男女之間接觸的細節。那個時代的張賢亮、張潔、張弦、王安憶、鐵凝等，因對異性之間情感細微處的描寫而名躁一時。但到了1990年代，異性之間的肉搏戰鬥真正展開，《廢都》、《白鹿原》等小說以前所未有的直白甚至誇張講述了兩性之間的身體戰鬥，並引發了大規模的關於「性問題」的爭論。今天看來，那場論爭的學術價值不高，原因大概還是被限於道德層面而難以深入有關。也正是在這個時期，女性主義和文化研究理論進入國門，兩性之間的戰鬥還沒有充分討論的時候，就被「一個人的戰爭」所替代。女性在張揚自我決鬥宣言的時候，因不慎而成為男性眼中又一道奇異的風景，獨白變成展覽，平等、自由的爭取演變為話語實踐。商業主義的敘事策略和西方新潮理論來到中國，因新奇而急於訴諸實踐，總會結出意想不到的畸形果實。遺憾的是，我們對這慘痛的教訓總是不斷遺忘而重新踏上不歸路。

　　但是，身體的故事總是吸引著作家，與兩性相關的秘密似乎永遠是個難解之迷。21世紀初始，小說中身體的戰鬥仍在進行而且大規模展開。《所謂作家》、《白豆》、《醜行或浪漫》、《萬物花開》、《放下武器》、《我的生活質量》、《活成你自己》、《水乳大地》等長篇小說，都有對女性身體迷戀、追逐並訴諸性戰鬥的場面。無論是歷史還是現實，這個場面都是男性的單邊戰鬥，女性只是逃避、無奈或必須承受。在這樣的敘事框架中，男性的文化政治統治是容易解釋的，在女性主義的闡釋或揭示中，男性對女性的霸權地位已經昭然若揭，性別差異造成的傳統的不平等是女性處於淩弱地位的本質原因。另一方面，女性是男性永遠的焦慮所在，它不僅可以引發反目和流血事件，而且對女性的佔有本身就是男性地位和榮耀的表徵之一。在這些作品的敘述中，越是地位低下的階層，對女性的渴望和佔有就越強烈，對女性訴諸的身體戰鬥也就越粗暴。這種現象一方面隱含了低下階層女性資源的匱乏，佔有的概率越小，出於本能的饑渴就越強烈。不能指望女性資源稀缺的群體會對女性待之以彬彬有禮的浪漫。

　　在一些小說作品的敘述中，不僅表達了男性／女性的絕對權利關係，同時，將女性作為欲望對象的男性群體中，本身存在的權利關係同樣是尖銳的。《白豆》的場景是在空曠貧瘠的「下野地」，那裏遠離都市，沒有燈紅酒綠甚至沒有任何消費場所；人物是農工和被多級幹部挑了幾遍剩下的年輕女人。男人粗陋女人平常，精神和物質一無所有是「下野地」人物的普遍特徵。無論在任何時代，他們都是地道的邊緣和弱勢人群。在這樣的絕對權力和相對權力中，男性的單邊戰鬥是主要的，女性沒有或很少主動參與。更多的時候，女性更像是一個逃匿者。

　　進入「現代」社會以後，由於革命或反革命的暴力已經終結，訴諸肉體的殘殺或消滅的戰鬥業已平息。但是，關乎身體的另一場性質完全不同的戰鬥，卻在全球範圍內全面展開。這是沒有戰線的，持續不斷和花樣翻新的戰鬥，永無休止的身體消費帶來了身體永無休止的緊張。與過去對女性身體佔有的男性單邊戰鬥有所不同的是，女性也開始主動和間或地介入了兩性間的身體戰鬥。比如《我的生活質量》中的安妮，是個有修養和國外教育背景的現代女性，她自願的投入了和市長王祈隆的曖昧關係中；比如《愛你兩周半》——「非典」時期的兩對情人關係：一對是顧躍進和情人於姍姍被「隔離」後的困獸猶鬥；一對是顧妻梁麗茹和情人董強「非典」時期的浪漫之旅。這

兩條線索都是「非典時期的愛情」。第一條線索以想像的方式滑稽地突現「郎財女貌」關係的脆弱和虛假。第二條線索是顧妻梁麗茹和董強的浪漫之旅，在火車飛機洱海麗江，他們享進了風花雪月幾度風情。但是，回到北京後，梁麗茹竟沒有一次想起她的情侶。因此，這時女性積極參與的兩性戰鬥或是利益訴求，或是以遊戲的方式體驗另一種人生，並不是身心投入的真正戰鬥。

值得注意的是，現代社會以女性為主體的身體單邊戰鬥開始打響：美容院、健身房、桑拿浴、按摩室等是身體的戰場，然後是瘦身、瘦腿、紋身、紋眉、紋眼線、人造乳房、整容直至變性。然後是一條直線的「貓步」，三千寵愛的「選美」，旋轉木馬般的偶像、源源不斷的緋聞、街頭搖滾、街頭舞蹈、誇張的床上運動直至「下半身」寫作、木子美和網上女教師的裸體照片。戰鬥的身體滲入到我們生活的所有角落，女性用身體獨白，男性用下半身狂歡。身體敘事是現代社會日常生活最核心的劇情，青年女性則是劇情無可替代的主角。

女性身體的戰鬥製造著時代的時尚，時尚推動著女性身體的戰鬥。但這種戰鬥和時尚的背後一直潛隱著控制、支配、認同的文化政治，或者說，身體的消費水平和塑造程度已經成為這個時代未被言說的女性「身份」的表徵。從全球範圍來說，這個時尚不是第三世界和欠發達國家製造的，而是發達國家和強勢文化製造的；就某個國家和地區來說，不是邊緣群體和底層民眾製造的，而是中產階級引領、製造的結果。選美大賽1921年肇始於美國，它迅速成為未婚年輕女性身體敘事的舞臺，也成為男性「合法」的集體觀賞女性身體的節日。資料表明，美國針對不同女性舉辦的選美大賽每年超過了70萬場次。專業公司、小城鎮商家、大都市實業集團都可以成為組織者。組織者可以從中獲利，默默無聞的小姐們則可因獲獎一夜間暴得大名，然後走向雜誌封面或進軍廣告、影視娛樂業，從而成為家喻戶曉的「英雄」或偶像。選美大賽注重美貌也注重才華，但只有才華沒有美貌，可以肯定的是與「美國小姐」絕對無緣。

美貌對女性的重要，在選美大賽中被極端化地敘述出來。於是，女性對自己容貌和身體的關注成為生活中最重要的事情。據調查表明，不同比例的女性開始「經常留意」自己的容貌、想改變自己的體重、想減肥、對腰圍感到不安、想改變體形、掩飾年齡、改變胸部、改變大腿、小腿、改變身高、改變膚色、頭髮、手或鼻子………時尚戰勝了造物主。這些「改變自己」的

想法並非是女性與生俱來的，她們不得已而爲之的原因是文化政治支配的結果。除了選美大賽之外，時裝展示是另一種意識形態。在時裝設計師那裏，他們選擇模特的標準幾乎無一不是苗條的女子。選美要苗條、時裝要苗條、戰無不勝的美國女明星也是苗條；女性雜誌、電視節目、健康講座、街談巷議、節食手冊等，所有的聲音和圖像都在呼喚女性的苗條。體形的意識形態的製造者不僅征服或支配了民間，同時也支配著學校入學和社會就業。過於肥胖女生和身材苗條的女生，以同樣成績申請高校的比例是 1：3。社會就業的比例狀況可能還要嚴重許多。因此，形體的意識形態爲社會規定了隱形的測量尺度和評價標準，它是上流社會和底層社會、聰明和愚蠢、健康和病態、勤儉和懶惰、性感和性冷漠的尺度和標準。體形關乎成功、金錢、生活質量以及「出境率」、被追逐、被贊美、被議論的程度。於是，和體形、身體相關的產業和故事不斷被製造出來，減肥藥品、健身場所、保健方式、瘦身秘訣、整形整容醫院、吸脂術、染髮藥水、指甲藥水、紋身、服裝業等商業行業等開始興起並興盛起來。

但是，在美國身體戰鬥的過程中，在「美國小姐」、影視明星、成功人士走向上流社會然後陷入被製造緋聞、被「狗仔隊」盯梢、拍照、被出賣、被暗算、被綁架等煩惱和恐懼的過程中，我們也發現了性別、商業、階層、身份等文化政治的宰制和支配。這似乎是一個悖論的世界，一方面女權運動和女性主義理論在崛起，解構中心或霸權的聲浪此起彼伏，女性的聲音由於「政治正確」似乎無往不勝，但消費女性的事業一刻也沒有停止。在世界範圍內，對女性的「整體消費」是不合法，起碼是不道德的。但對女性「局部」的消費幾乎愈演愈烈：女性的面部、頸部、胸部、腰部、腿部、腳、手、眼睛、鼻子、頭髮等能夠展示的部位，每天都大量裸露地出現在電視屏幕、音像或其他媒介上。她們被用於商業目的或其他與女性無關的動機。這種「性別歧視」和男性欲望被隱藏於對「美」的誇張的宣揚中。一方面是性別和商業權力的控制，女性被「自願」或「合法」地利用；一方面，這些被利用的女性身體爲少數女性帶來了巨大利益和名聲，同時她們又變成了另外一種被控制、被傚仿的力量和對象，構成對弱勢文化群體的宰制。中、下階層在盲目地羨慕和追逐中失去了獨立或自我塑造、把握生活的可能。

在中國，身體的戰鬥是由中產階級引發和推動的。中國的中產階級目前雖然還是一個曖昧的不明之物，但中產階級的趣味卻在全球化語境中提前與

國際接軌。大量關於身體戰鬥的廣告、書籍、手冊、藥品、場所等幾乎應有盡有。在《時尚》、《體線》、《瑞麗》、《世界服裝之苑》、《精品》、《今日名流》等中產階級雜誌中，打造身體、容貌等是他們推出的核心內容。「中產階級話語空間的擴張」，是當下中國最引人注目的文化政治現象。它們雖然價格昂貴，甚至超出了大量低收入者的購買能力，但這些雜誌不僅存活下來，而且成為文化消費市場搶手的商品。中產階級雜誌的成功是中產階級話語擴張和「允諾」的結果，或者說，在這一話語中，負載著中、下階層對未來生活的期待，儘管它並不負責「允諾」的兌現。在獲得了「奔小康」的主流意識形態的合法依據後，中產階級話語在竊喜中實現了它的話語功能。就身體敘事而言，中產階級女性的「優雅」、「體面」、「勻稱」、「靚麗」等，加劇了中、下階層的焦慮和羞愧。急於投入身體的戰鬥變成了時代的號角和宣言。

　　表面上女性是自己投入了身體的單邊戰鬥，事實上，任何一種時尚或女性的「自我」要求，都是社會文化政治合力支配的結果。戰鬥是為了征服，但女性的身體戰鬥是在妥協的前提下去征服男性和世界的，或者說，她們在文化政治的支配下，在喪失獨立塑造和把握個人生活的前提下，去戰鬥、去征服的。即便如此，女性單邊緊張的身體戰鬥在媒體帝國主義和商業霸權主義的統治下是難以停止的。抑或說，女性身體被文化政治支配的命運幾乎就是宿命的。

「傷寒瑪麗」與「文化帶菌者」

　　1907 年，美國華盛頓特區生物學會的會員們被告知，第一例已知的「慢性傷寒菌傳播者」或「健康帶菌者」被發現。這個「帶菌者」的名字是瑪麗‧瑪爾倫，一個愛爾蘭的女性移民，她的職業是一個家庭的廚娘。這個不幸的女人將背上「傷寒瑪麗」的惡名受到追蹤、注意和調查。於是，在這個偶然發現的「帶菌者」的同時，也出現了社會控制和「帶菌者」的兩種敘事，並生成了一個探討和利用這一事實且特徵和特性清晰可辨的特殊故事。在政府衛生部門看來，這是一個明處荼毒人口、暗中威脅社會秩序的傳染疾病。為了社會的健康，醫學群體和媒體聯手合作，媒體支持的醫學理論將成為以科學為基礎的社會政策，並為處理這一事件的正當性提供了合法的輿論和社會條件。而「傷寒瑪麗」卻以「無辜者」的抗拒匿名潛逃了。〔註1〕

　　「傷寒瑪麗」的故事對於大眾文化來說，是一個完整的隱喻。大眾文化的過去和現在從來都被視為是「帶菌的文化」，它在夾縫中生存並腹背受敵。主流意識形態認為這種文化類型裏經常含有的「不健康文化」，於社會來說是有害的，它普遍流行的後果無疑與「傷寒病菌」相類似，作為文化疾病，尤其對青年的毒害更是後患無窮；在知識分子文化看來，這是一種「低俗的文化」，是與學院文化和經典文化不能相提並論的文化垃圾。在這樣的敘述中，我們可以再次想到大眾文化與「傷寒瑪麗」的相似性關係：瑪麗的身份是一個「愛爾蘭移民」，她不是美國本土公民，作為一個外來的「他者」，她的身份本來就是可疑的，或者說，她的「不潔」與她的身份先天地聯繫在一起；作為「愛爾蘭人」，種族的問題也隱含於「帶菌者」的敘述中，或者說，「傷

〔註1〕普利西拉‧瓦爾德：《文化與帶菌者——「傷寒瑪麗」與社會控制科學》，見
　　　王逢振主編：《「怪異理論」》，天津社會科學出版社 2000 年版。

寒病菌」是外來的，對於美國的沙文主義來說，他們頓時擁有了另一種恐慌。一位醫學博士在一篇文章中曾這樣寫到：「從去年好幾個星期到今年冬天，亞洲霍亂光顧了歐洲人民，在俄國尤其如此。每天早晨，美國的讀書人、領導人、傑出的務實家、還不包括像小鳥一樣早早起來翱翔的自由人以及所有諸如此類的人，這些美國公民們一邊瀏覽報紙，一邊爲那些遭受著痛苦的不幸者感到悲憫，他們因爲無知和懶散而不得不承受痛苦。美國公民像往常一樣，在早餐的咖啡杯面前慶幸自己沒有像那些盲目的、糊塗的、和迷信的帝俄農民一樣無可奈何地承受和死於霍亂。這樣美滋滋地思索著的美國公民在他的某個閾下意識層上擱置了或不在考慮美國的傷寒病。」〔註 2〕在這樣的敘述中，美國幻想的安全感和優越感躍然紙上。但是，「傷寒瑪麗」使美國和帝俄的農民的區別變得困難和複雜；性別歧視也同樣隱含在「傷寒瑪麗」的敘事中。這個愛爾蘭女性因這個惡名而被妖魔化。她被描寫成一個醜陋的女人，一個壯實的如同男人一樣的女人，一個老處女卻同骯髒的男人睡覺的女人。在這樣的敘述中，「傷寒瑪麗」的惡名被一再放大，於是她也就成了一個十惡不赦的「帶菌者」。

　　大眾文化的一再爭論和不被信任，源於意識形態和經典文化的優越感，就像美國沙文主義面對亞洲霍亂一樣。意識形態的秩序和國家民族關懷敘事以及知識分子經典文化信仰，使處於邊緣的大眾文化不僅在文化「等級」上倍受歧視，而且因其對文化尊嚴的冒犯也始終難以確立其合法性地位。大眾文化一旦被指認爲「帶菌」之後，它動蕩不定的「身份」和命運就幾乎是宿命的。在學院經典文化維護者那裏看來：大眾文化是「通俗的（爲大眾欣賞而設計的）、短命的（稍現即逝）、消費性的（易被忘卻）、廉價的、大批生產的、年輕的（對象是青年）、詼諧的、色情的、機智而有魅力的恢弘壯舉……」〔註 3〕這些特徵以凱旋的方式顛覆了傳統的文化支撐點，並以「文化幻覺」的方式製造了新的意識形態。用麥克唐納的話說，「大眾文化的花招很簡單——就是盡一切辦法讓大夥高興。」〔註 4〕這些文化英雄主義的判詞，使大眾文化命定地成了文化結構中的丑角。然而，這一揭示對中國大眾文化來說卻並不

〔註 2〕　普利西拉・瓦爾德：《文化與帶菌者——「傷寒瑪麗」與社會控制科學》，見
　　　　　王逢振主編：《「怪異理論」，天津社會科學出版社 2000 年版，第 17 頁。
〔註 3〕　見丹尼爾・貝爾：《資本主義文化矛盾》，三聯書店 1989 年版，第 120 頁。
〔註 4〕　見丹尼爾・貝爾：《資本主義文化矛盾》，三聯書店 1989 年版，第 90 頁。

全然有效。

20 世紀以來，大眾文化在中國經歷了一個極為複雜的歷史過程，或者說，不同的政治、文化訴求，都在大眾文化這一領域有所表達。因此對大眾文化的討論、改造、轉換，從來就沒有終止過。對大眾文化的討論，最為經典的起碼有三次：第一次是五四時期。在民族危亡、西學動東漸的社會背景下，先覺的知識分子要推翻舊文學建立新文學，要把貴族的文學還與平民。胡適的「八事」主張、陳獨秀的「三大主義」、周作人的「平民文學」等，主張重建的都是「通俗行遠之文學」、「明瞭通俗」的「社會文學」和「普遍」、「眞摯」的文學。這一時期的討論隱含著明確的新文化要求和想像。它密切地聯繫著近代以降建立民族國家的神話和夢想。但還於平民的文化實際上是在知識分子的訴求和想像中展開的，它所表達的情感、內容以及痛苦、感傷、迷惘的情緒，與大眾並沒有關係。即便他們寫到了「人力車夫」，但仍然是居高臨下的「乘車人」。

第二次討論的意義尤為重大。20、30 年代之交的「文藝大眾化運動」及其討論，在革命文藝家內部幾乎延續了 10 年之久。並為《在延安文藝座談會上的講話》所制定的「文藝為工農兵服務」的文藝方針提供了文學理論的背景。這一方針的提出，成為半個世紀以來文學藝術所遵循的準則和尺度。而這裡隱含的明確的政治意識形態業已成為不爭的共識。應該承認，上述兩次討論儘管有明確的意識形態目標，但卻有著無可爭辯的歷史合理性。從某種意義上說，它作為主流話語達到了倡導者設定的期許。百年來中國動盪的社會處境，使所有的有關文學藝術的討論和期待，難以訴諸於純粹的文學範疇而不得不負載著更為沉重的社會性內容。國家民族危亡的述說和救還的籲求在這些大眾化的作品中得到了廣泛的表達。作為知識分子或文學藝術家，也正是或只有通過這一形式來表達他們對社會生活的介入和關懷的。中國知識分子和文藝家們的幸與不幸全部都隱含於這一矛盾和說不清的情境之中。但是，這一情況也已說明，我們所討論的「大眾文化」的內涵不僅在不同的時期有所不同，同時它與作為一個文學藝術的類型概念也不完全相同。在西方，大眾文化包括多種含義：它可以是為大眾的文化或出自民間的文化。在形式上，它是指歌謠、詩歌、寫實的或形象生動的故事、浪漫故事或懺悔錄，諧諧小說或沿街兜售的詩文小冊子，西部小說、恐怖小說、科學小說或幻想故事、寓言和諷刺小品、勸善書冊、連環漫畫和畫頁，甚至圖畫明信片。也可

以用於指某種新聞文字，還包括戲劇文學的整個領域，從獨角戲、小型喜劇到未經刪節的戲劇。而它的作用則是「僅供消遣」〔註5〕但中國大眾文化的上述討論，並不是在這一範疇內展開的。無論大眾化還是「化大眾」，它更多指涉的是一個「爲什麼人」的文化意識形態問題。

但是，值得我們注意的是，大眾文化的兩次討論，不僅實現了舊文化向新文化的轉變，同時也實現了知識分子話語向民間話語的「轉譯」。在這個文化語境中，中國的文藝家第一次創作出了活潑朗健的中國農民和士兵的形象。它對於實現戰時的民眾動員，讓最廣泛的民眾參與救亡圖存的民族自救，起到了難以估量的作用。因此，動蕩時期或戰時的大眾文化討論，在清除「帶菌文化」的同時，它的建設性應當是更重要的。然而，這一文化意識形態一旦成爲主流之後，卻也帶來了兩個始料不及的後果：一是農民文化及其趣味的普及。在這次討論之後，誕生了中國文化史上的第一批「紅色經典」，值得注意的是，這些作品的產生，是在 1938 年「文章下鄉」和 1942 年「走向民間」的背景下完成的。周揚肯定《小二黑結婚》時說：「作者在任何敘述描寫時，都是用群眾的語言，而這些語言是充滿了何等魅力啊！這種魅力只有從生活中，從群眾中才能取到的。」〔註6〕然而這裡的「群眾」事實上就是農民。包括《小二黑結婚》在內的一些作品，在實現了向農民文化轉移、傾斜的過程中，在表意策略上也同時實現了向舊文化的某種妥協。或者說，這些農民喜聞樂見的作品，在結構形式上所沿襲的仍然是「才子佳人」、「英雄美女」的模式。小二黑、小芹，劉巧兒、趙振華，都是在這樣的結構模式中得到表達的。因此，第二次「大眾文化」的討論，其「除菌」的對象事實上是知識分子的「個人主義」及其迷惘、感傷、痛苦的「小資產階級」情感；第二，農民文化趣味的思維慣性一旦形成便沒有盡期地遲遲延宕。新中國誕生以來，對「帶菌文化」的清理就成爲日常性的文化政策。戰時的緊張和焦慮並沒有因和平時期的到來獲得緩解，戰時的文藝主張幾乎完整地置換於和平時期。歷次文化批判運動所清理的對象，事實上都被指認爲「文化帶菌者」。不僅娛性的大眾文藝失去了生產和存在的可能，就是嚴肅文藝中與人性、人情相關的作品，也都被指認爲「帶菌者」而遭致不斷的清算。從《我們夫婦之

〔註 5〕 上述資料來源均見《簡明不列顛百科全書》第二卷，中國大百科全書出版社 1985 年 7 月版，第 414～415 頁。

〔註 6〕 王曉明等：《曠野上的廢墟》，載《上海文學》1993 年 6 期。

間》到《達吉和她的父親》，從《美麗》到《紅豆》，人的正常的情愛表達都
被視為罪惡的。這種狀況自然與毛澤東的「新文化猜想」有關。在毛澤東看
來，要反對舊文化同時要建設新文化。但是舊文化在毛澤東的視野裏不僅指
傳統的封建文化，同時還有資產階級文化、農民文化甚至知識分子文化的某
些部分。而新文化卻是始終不明確的，它雖然被表述為「新民主主義文化」、
「無產階級領導的人民大眾的反帝反封建的文化」，並期待它是一種「革命的
民族文化」，它要有「民族的形式，新民主主義的內容」，它是「新鮮活潑的，
為中國老百姓所喜聞樂見的中國作風和中國氣派」的。但對於具體的文藝形
式來說，究竟什麼樣的文化才符合「新文化猜想」，始終是所指不明的。但可
以肯定的是，毛澤東所期待的新文化是一個不斷透明、純粹、簡單的文化。
這一點，我們可以從文化大革命時期毛澤東對「革命樣板戲」的盎然興趣中
得到證實。也正是這種透明、純粹、簡單的「新文化」要求，使農民文化可
資利用的某些方面被一再放大凸現，並籍此排斥、打擊、拒絕其他被視為「帶
菌」的文化。因此，第二次關於大眾文化的討論和此後形成的文化主流，事
實上也是一種排斥打擊知識分子的文化。文化「除菌」運動塑造的文化不再
是人間關懷的文化，因此也與「大眾文化」不再發生關係。

　　大眾文化的第三次討論發生於90年代，這是一個全新的歷史語境。這個
時代的大眾文化由於與市場發生了關係，因此也就變的更加複雜。事實上，
當市場的意識形態在社會生活結構中的合法性確立之後，大眾文化的商業性
因素便無可避免地迅速生成並瘋狂膨脹。值得注意的是，就在這次討論產生
之前，大眾文化已經在80年代的民間悄然流行。並且是港臺文化「反哺」的
結果。那是一個樂觀浪漫的時代，社會上的各種氣氛和情緒預示了國家民族
光輝燦爛的未來。鬆弛的環境為民間多種欲望的釋放提供了可能。在尚未產
生本土消費文化的時候，「外來形式」執行了它的消閒功能。鄧麗君在大陸的
成功引發了港臺文化「反哺」現象的規模展開。金庸、梁羽生、古龍、溫瑞
安的武俠小說，瓊瑤的愛情小說，三毛的溫情散文，席慕容的純情詩歌以及
大量的港臺、新加坡華語電視劇迅速流行。這一現象幾乎全面改寫了大陸的
文化生活和民眾的文化消費趣味。被人們經常以輕蔑的態度喻為「文化沙漠」
的港臺文化輕易地占據了大陸的文化市場。它的被接受顯然向我們傳達了大
眾文化生產的某些內部規律，並示喻了商品經濟條件下域外對大眾文化生產
的豐富經驗。它們以幻覺和想像的形式出現，與現實生活並不發生直接關係，

它的文化內涵大眾不僅熟悉，而且充滿了觀賞／閱讀的心理期待：它們講述的都是道德、倫理、情愛、血緣等人間關係。它不是政治家們的政治目標，也不是知識分子的終極關懷。那些尋常事、平常心於百姓來說是「關己」的。這樣的大眾文化雖然含有無可迴避的商業動機，然而它又確實是以大眾作為關懷對象，在實現商業訴求的同時也體現了商業文化的道德意識，因此也就以「文化幻覺」的形式實施了對大眾的「文化撫慰」。這種大眾文化生產的規範和成熟，與我們 80 年代大眾文化初期生產的狀況相比，它顯然已經經過了「除菌」過程。但對於剛剛試圖欲望釋放的中國大陸大眾文化來說，正在經歷的恰恰是「渴望傷寒感染」的未免疫期。

富有歷史責任感的知識階層在這時發現了中國大眾文化的「傷寒瑪麗」。於是掀起了第三次關於大眾文化的再討論。這次討論略有不同的是，它不是由主流意識形態發起並規約目標的。或者說，當市場經濟的大潮已經沖毀了傳統的人文堤壩的時候，當知識分子所固守的人文精神遭致了威脅的時候，他們對無處不在的世俗生活氣息不僅深懷失望同時感到了難以承受的壓迫。他們認為現實世界出現了「精神危機」，人們「對發展自己的精神生活喪失了興趣」〔註7〕，於是，在一場被命名為「人文精神」的大討論中，大眾文化又一次作為具體對象被提出。在這次討論中，對大眾文化以意識形態立場的「除菌」意圖幾乎完全淡出。精英知識分子希望在商品經濟的時代，人們也能關注自己的精神處境，也能多少保有一些理想主義的情懷。因此這次討論所針對的主要是「商業主義文化」，這是現代意義上的大眾文化。它的仿真、複製、消費和時尚號召，是後工業時代意識形態的表徵。它的全部複雜性也只有在這一時代才能得以反映。精英知識分子的激進批判，雖然因其國家民族和精神關懷進一步展示了他們的社會責任感，但在紅塵滾滾的時代事實上這一批判不僅失去了傾聽者，而且根本無法改變它的瘋狂生產和消費主義的意識形態策略。只有這時，我們才深刻感知知識分子的話語權威地位已不復存在。這一激進的表達只是知識分子最後的蒼涼手勢，一個最後的優雅姿態。我們曾經崇拜、迷信的「大眾」已經散去，時代的轉型使那些可以整體動員的「大眾」已經變成了今日悠閒的消費者。

但這次討論卻取得了知識層面的收穫，比如，討論澄清了過去被認為是不證自明的「大眾文化」這個概念。事實上，大眾文化和通俗文化是兩個完

〔註7〕周揚：《論趙樹理的創作》，載《解放日報》1946 年 8 月 26 日。

全不同的概念。「造成二者混爲一談的原因之一，是大眾文化製造者的策略，以掩蓋其文化消解性及對人的生活的反作用；一旦將大眾文化說成是通俗文化，大眾文化便可以在『我們要高雅文化，也要通俗文化』的響亮口號下堂而皇之地製造出來，實際上，大眾文化與通俗文化完全不是一回事，它在我們今天這個時代已變爲一種商品製作，它最重要的特徵，不是文化本身的創造性，而是商品性與製作性：它製造了大眾的情感和生活趣味」。〔註8〕這個揭示的重要性在於：「傷寒瑪麗」是被製造出來的，它爲了取悅於「渴望感染」的趣味要求，以投其所好的方式滿足了「被感染者」。

在漫長的「除菌」過程的浸潤下，也同時培育了大眾與之相適應的文化趣味。我們發現，中國當代文化的經典作品，事實上都有大眾文化的敘述因素。其中最爲明顯的就是「暴力崇尚」情結。「三紅兩創」（《紅日》、《紅岩》、《紅旗譜》、《創業史》、《李自成》〔創王〕）以及《烈火金剛》、《鐵道游擊隊》、《林海雪原》、《戰火中的青春》等等，它的戰鬥和血腥場面，與大眾文化中的暴力、仇殺敘事有極大的相似性。以至於當紅色革命的暴力敘事資源難以維繫再生產的時候，大眾的欣賞興趣很快地轉移到了武俠小說上。在80年代末期，就是大學教授，一面在課堂上講學院經典，而在課下，腋下夾的也是武俠小說。進入90年代之後，當大眾文化中的色情、暴力敘事逐漸轉向歷史和民間奇觀以後，而恰恰在「嚴肅文學」或「高雅文學」中，大眾文化的主要能指得到了空前的使用。我們在《廢都》、《白鹿原》、《羊的門》、《國畫》、《塵埃落定》等作品中，「性」幾乎是最重要的能指，它們引起紛紛揚揚議論的主要問題也大多緣於此；而在「女性文學」中，「身體敘事」已經成爲批評界的共識。身體暴露是女性文學主要的表意策略之一。由此可見，大眾文化的無處不在具有極大的侵蝕性。於是我們都成了「文化帶菌者」。

這是一個欲望無邊的時代，也是一個「游牧文化」在「千座高原」自由馳騁的時代。「眾神狂歡」眞的給了我們絕對的自由嗎！我們在呼喚這個自由時代的同時，是否也呼喚出了妖魔？我們在「除菌」的過程中，是否自己就是道德意義上的「傷寒瑪麗」？漢娜‧阿倫特在《公共領域和私人領域》一文中，引用了亞當‧斯密的表達，無情地解構了「通常叫做文人的那班落魄的人」：「公眾的贊賞……常常是他們報酬的一部分……。對醫生來說，這要

〔註8〕黃毓璜等：《「大眾文化」給我們什麼》，見愚士編：《以筆爲旗──世紀末文化批判》，湖南文藝出版社1997年版，第488～489頁。

佔……相當大的一部分，對律師來說，所佔的部分更大，對詩人和哲學家來說，幾乎佔了全部。」她認為「不言自明的是，公眾的讚賞和金錢的報酬屬於同一性質，兩者可以互相置換。公眾的讚賞也是某種可姿利用的東西：地位身份」〔註9〕。阿倫特在這裡所要論證的是，當公共論域已經開放之後，事實上，每個人所處的位置並不相同，因此他們的言說方式和所要維護的東西自然有別。但對於熱愛言辭的我們來說，已經是「傷寒瑪麗」卻還一定扮演「文化除菌者」，為了表達我們的知識分子身份，我們一定要站在批判的立場上，似乎除此之外我們已別無選擇。然而值得我們注意的是，大眾文化從內涵到生產策略的變化，從來也不是因為知識分子的批判才改變的。市場作為隱形之手的控制才是最有力量的。我們發現，當下大眾文化的生產，已經遠離了80年代的色情和暴力，這一層面的欲望滿足已經飽和。它向優雅、懷舊、戲說、家族、情愛和善惡等方向的轉移當然並沒有離開利益要求，但對大眾文化的傳統指責顯然已經不再有效。用審美批評的方式對待或要求消費文化，本來就是錯位的批評。

還應該指出的是。我們可能和大眾文化一樣，如果固守於一種不變的、被「真理意志」控制的立場，那麼我們就會是「傷寒瑪麗」一樣的「文化帶菌者」。但我有理由相信的是，經歷了「傷寒」之後，我們也就獲得了免疫的抗體，因此我們也就不再是道德審判的「文化帶菌者」。

〔註9〕 漢娜·阿倫特：《公共領域和私人領域》，見汪輝、陳燕谷編：《文化與公共性》，三聯書店1998年版，第87頁。

左翼文學與當下中國的大衆文學

　　20 世紀二、三十年代之交誕生的中國無產階級文學，用今天的話來說，是「全球化」的一部分。也就是說，一種世界性的、聲勢浩大的無產階級文學潮流在中國獲得了應有的回應。中國的無產階級文學是世界性的「紅色 30 年代」的組成部分。應該說，左翼文學的某些方面是延安以降中國「紅色經典」的直接來源。這個來源和它此後的發展、變化，是中國現代性的表意形式之一。

　　在我看來，左翼文學的發生，不僅適應了那個時代「全球化」的趨勢，重要的是它以文學的形式表達了中國社會發展的潛在要求。它對底層生活的關注和深切的同情，不是創造了文學的歷史，而是改變了中國文學的歷史。它把「五四」時代知識分子試圖把文學還於民眾的努力訴於實踐，並以規模生產的方式引領了中國文學創作的潮流。因此，左翼文學的先鋒性和它的民眾性，是它能夠在相當長的時間裏領導中國文學潮流的內在原因。在後來的歷史敘事中，左翼文學大概有兩種截然相反的命運，這就是或者把左翼文學置於唯一具有合法性的地位，認爲只有左翼文學才有資格居於現代中國文學的正統地位，這種歷史化的敘事排斥了對其他文學研究或評價的正當性。也正是這一敘事導致了沈從文、錢鍾書、張愛玲等邊緣作家在八九十年代的過份渲染。事實上，這些作家中有人的二流地位是難以改變的；或者認爲中國文學的「極左」傾向肇始於左翼文學，清算中國文學的「極左」傾向必須從左翼文學做起。於是徹底否定左翼文學在一個時期裏曾成爲一種「學術時尚」。這是對左翼文學兩種不健康的立場和評價。

　　左翼文學的問題並不在於這種簡單的意識形態立場，這種整體主義的肯

定或否定，並不具有學術意義。或者說，這種肯定／否定的簡單模式其背後都隱含著另外一種話語，都有另外一種力量作爲依託。因此，那並不是對「左翼文學」的研究。在我看來，左翼文學的問題，更多的是來自「歷史化」的敘事，特別是左翼文學被納入「制度化」之後。左翼文學的多樣性和複雜性被實用主義地「抽取」爲簡單的「革命」。於是，左翼文學便和毛澤東的「新文化猜想」構成了直接關係。或者說，從革命文學到樣板戲被認爲是一脈相承的血緣關係。這是不對的。樣板戲是毛澤東新文化猜想實踐的結果。就是說，毛澤東所期待的新文化，即不斷透明、純粹、簡單、健康的新人形象，最後在樣板戲那裏獲得了實現。這裡有一個不斷的濾及過程。在左翼文學那裏，起碼還存在「革命加戀愛」的模式，但在樣板戲那裏，一切和日常生活、男女情愛相關的內容，都會被認爲是不健康的。這種被「新文化猜想」過濾的過程，我們能把它的問題全部算到左翼文學那裏去嗎？

今天，我們又一次與「全球化」不期而遇。不同的是，這個「全球化」不是無產階級的全球化，而是資本神話的全球化。這個全球化既是一種無處不在的意識形態，同時又是一種支配全球生活的無所不能的現實力量。在當下中國，社會主義的性質沒有改變，但這並不意味著社會生活各個方面不會受到這種力量的宰制和影響。一個明顯的事實是，在這種語境的制約下，不僅使一些「體制內」的作家無所作爲而歸於沉寂，同時也造就了像王朔、余秋雨這樣的「傳媒英雄」。資本神話的時代按照它的需要，毫不掩飾地拋棄了不具有市場價值的人並舉薦炫耀新的奇跡。眞正的文學在這個時代已幾近奢侈，更不要說對底層生活充滿熱情關注的文學了。這時，我對左翼文學充滿了憧憬和懷念。懷念左翼文學，不只是要呼喚它的革命精神，而更多的是剛才說過的左翼文學的豐富性。當下文學更多的是「物」的迷戀和炫耀，是白領趣味的張顯和生活等級的渲染。我們在當下文學中已經很難再讀到浪漫和感動。而左翼文學的最大特點可能就是它的浪漫精神和理想主義，是它的批判精神和戰鬥性。我們在魯迅的雜文中、在蔣光赤、洪靈菲、柔石等人的小說中，在殷夫、胡也頻的詩歌中，或被一種巨大的浪漫情懷所打動，或被他們對現實的批判和戰鬥所感染和鼓舞。文學從性質上說，是關注人類精神事物的，它是最適於表達人類精神世界的一種形式。因此，文學的浪漫、理想、批判、戰鬥的品格，我們今天在左翼文學中可能體驗得要更爲清楚。

在 20 世紀晚期，左翼文學的命運和無產階級文學的衰落，自然與國際共

運的命運相關,與無產階級奪取政權後對這一文學的教條主義理解和要求相關。於是,在無產階級文學不斷衰落的同時,西方文學潮流開始在中國興起。這正如盧卡奇在分析西方哲學思潮在東方重新被重視時所說的那樣:「當社會主義國家的人們對斯大林主義感到失望的時候,他們轉向西方哲學,這是可以理解的,這很像一個遭到自己丈夫欺騙的女人倒在任何人的懷抱,道理完全一樣。」但他同時又說,「從心理上說,我能夠理解爲什麼今天的馬克思主義者總是到西方去爲他們的改革尋求支持,但是從客觀上說,我認爲這是不正確的。我認爲,我們應該正確地理解馬克思主義,我們應該回到它的眞正的方法上來。」如果說,盧卡奇是一個馬克思主義者,他的上述分析與他的思想信念相關的話,那麼,俄國的宗教唯心主義者弗蘭克也指出了歐洲文化信仰在俄羅斯的衰落過程:「當我們這些物質和精神都一貧如洗,失去了生命中的一切的俄國人求教於歐洲思想導師之時,我們都驚奇地發現,我們沒有誰可以求教也沒有什麼可以求教,甚至當我們自己總結我們不幸的痛苦經驗、吞下我們自己的苦果之後,我們也許能教給人類某些有用的東西。」這些思想告知我們的是,對自己歷史與現實的認知,要遠比求教於西方導師更爲重要。但是,20世紀80年代以降的中國文學,走的完全是一條相反的路,向西方學習的熱情幾乎在所有的文學新潮文本中奔湧,而包括左翼文學在內的無產階級文學終結之後,那裏是否還有我們值得繼承的文化遺產,幾乎鮮再有人提及。或者說,這一在20世紀誕生也在20世紀終結的文化現象已經被等同於「極左」文化或者災難性的文化。這一認同的背後,潛隱著新的意識形態合法性的維護:它既無須承擔任何風險又表達了時髦的拒絕姿態。另一方面,無產階級文化經過市場包裝之後,在另一個意義上又被空前利用,它在賺取了大量的剩餘價值的同時,又被裝扮得怪裏怪氣,但它同樣具有合法性。因此完全可以說,包括左翼文學在內的無產階級文化在它晚期遭致的悲慘命運,與兩種市儈或投機分子對它的「妖魔化」是有關的。這是在清理無產階級文化「問題」過程中出現的新問題,他之所以引起我們的注意,就在於它「政治上正確」的背後,隱藏著致命的庸俗。

中國的工人階級寫作

——以平莊礦區的工人寫作爲例

在全球化和金融資本統治一切、無產階級文化已經終結和消費文化滲透世界每一個角落的時候，工人階級的寫作不被關注，徹底淪爲邊緣的命運是完全可以想像的。在這個時代，任何一種消費文化或大師文化，都可以輕而一舉地不戰自勝。低俗的文化消費者對狂歡刺激的追求和附庸風雅的中產階級對優雅閒適的追求一樣，都是他們對身份和姿態的刻意裝點。就其內心而言，優越的身份對他們來說比什麼都重要，他們不再關心潛心投入的刺激和裝點門面之外的其他事物，因此事實上他們並不需要什麼文化。在這種情況下，生活在底層的工人階級及其寫作顯然在他們的視野之外。這一狀況不僅在中國，在歐洲、美洲同樣存在，這是又一種「全球化」的表徵。這個「全球化」比以美國推行的強勢文化爲代表的「全球化」還要可怕：它不僅將世界劃分爲等級並重新安排秩序，而且將這種等級和秩序具體化並落實到工人階級等弱勢群體的頭上。如果說弱小國家需要依靠強國大國的承認才有出頭之日的話，那麼，工人階級的寫作是否也需要被大師文化或文化消費市場承認，才有可能重見天日？這種「承認的政治」在今天不是已經被摧毀，而是正在大行其道。

我們不能不關注這一不平等的文化現象。事實上，西方知識左翼早已發現了這一現象的存在。威廉姆斯在 40 多年前完成的《文化與社會》一書，就對文化精英主義頗有微詞，他理想中的文化不是由少數精英建構的，「文化」這個詞的內涵和邊界是不斷擴大的，它不僅包括文化精英建構的知識，同時

也指涉人類社會的生活方式，包括文學藝術和日常生活行為等實踐活動。文化不是抽象的概念，它是由各個階級共同參與、創造建構的。威廉姆斯注意到，在英國社會，對文化的論述從來都是從統治階級出發，以統治階級、貴族階級和中產階級為中心來討論的。工人階級文化則被排除在主流文化之外，這種文化階級論是不正確的。因此他反對任何利用文化觀念來貶抑社會主義、民主、勞工階級或大眾教育。這就是《文化與社會》的寫作動機和用心所在。

工人階級的經驗應該是社會經驗重要的組成部分，但在中國，工人階級寫作歷來薄弱。在現代中國工人階級寫作幾為真空，當代中國的工人階級寫作雖然不成熟，但卻引領過風潮。胡萬春、蔣子龍、陳建功等工人作家的小說，李學鰲、戚積廣、王方武等工人的詩歌，以及反映工人階級生活的文學藝術作品，都在當代中國產生了積極和重要的影響，並成為當代文學經驗的一部分。當然，當代中國工人階級的寫作並不完全是工人階級的經驗，尤其不全部是工人階級情感或心靈經驗，他們寫作的時代局限和其他寫作沒有任何區別。但那個時期工人階級寫作起碼沒有像現在這樣凋零和完全被遺忘。現在，我們有機會重新體驗工人階級的寫作，是緣於內蒙古平莊礦區工人作家群《太陽城》叢書的出版。這是一套體材相當完備的叢書，這裡有長篇小說、中、短篇小說集、詩集和散文集。

平莊礦區工人階級的寫作，當然離不開今天中國工人階級的現實處境。應該說，在社會生活的整體結構中，工人階級的實際地位已大不如前。儘管它還是我們的領導階級，是國家的主人公。但是，實事求是地說，在計劃經濟向市場經濟轉軌的過程中，受到衝擊最大、犧牲最大的就是工人階級，尤其是底層的產業工人群體。由於歷史的原因，這裡的合理性我們無須多說。但他們承擔的犧牲和面臨的嚴峻的生存困境是不容爭辯的事實。而這些並不能置換為一種道德的優越或悲壯的心理。我們在平莊礦區的文學敘事中，明確被告知的是工人階級以怎樣的理解和寬容，堅忍和頑強面對他們的艱難時世。像《家事》、《落雪無言》、《夢醒何處》、《與煤有關的故事》等小說；《割愛》、《劉民家事》、《感動》等散文；《煤城之謠》、《礦工》、《父親我駝背的父親》、《唯一沒有被污染的河流》等詩歌，這些作品真實地書寫了平莊礦區工人的生活處境和心靈世界。這些作品與 80 年代以前的工人寫作有了極大的區別，那些年代的寫作多是外部世界的描述，是沸騰的礦山、是拂曉的燈光、

是怒放的鋼花。頌歌、贊歌或時代主潮也是工人寫作的主流形式。但在平莊礦區的上述作品中，他們超越了格式化的宏大敘事，但並沒有放棄國族關懷，在不掩飾個人生存的艱窘的同時，在不迴避代際價值觀念衝突的同時，他們對國家民族的關懷仍然是這些作品的主流。在這些作品中我們讀到的是久違的感動和來自心靈的樸素而真實的聲音。

這是一個中產階級話語建立和擴張的時代，是資本神話大肆張揚和戰無不勝的時代。但是，在這一意識形態主宰下的文學，再也沒有感動和浪漫，傾心的交流和人間的暖意正決堤般地流失，實利主義、金錢拜物教和欲望的展示，聯袂出演了這個時代的「人間喜劇」。雖然這不是這個時代文學的全部，也沒有或不能構成這個時代文學的主流，但它們被大量生產和消費還是令人擔憂和焦慮。與這一現象構成鮮明比較的是平莊礦區的工人寫作，他們對這個時代的時尚和潮流並非一無所知，甚至他們可能一覽無餘，但他們堅持和崇尚的，還是沒有被污染的淳樸和誠實，還是底層生活的本真、善良和博大。洶湧的時尚不能改變他們內心的堅守，短暫的困難當然也不能改變他們的信念。於是，他們的文學在紅塵滾滾的今日就尤其顯得高貴和珍貴。

女性文學的話語實踐及其限度

　　女性話語成了這個時代最具衝擊力的理論話語之一。這個舶來的命題雖然在西方依然是個眾說紛紜、莫衷一是的古舊話題，但湧進國門後，都同樣出人意料地風起雲湧。先是理論界的「先覺者」；勇敢地「浮出歷史的地表」，接著便是一場空前的女性文學的話語實踐。詩歌、小說界的女性作家一如被壓抑已久，暢快淋漓地敞開了心扉，向這個男／女共同擁有的世界傾述尚未解放的精神／肉體的傷痛，盡情訴說著對權威／男性的女式憤感。於是，中國當代小說與詩歌陡然間又別有洞天：那陌生的人間體驗和隱秘的女性情感如洪水泄閘四方彌漫。各種同情和闡釋也一再激活了沉悶的批評界，一如愁腸百結的思想者又發現了可資開掘的思想資源。但是，時至今日，這一熱鬧一時的話語竟也逐漸調零，女性話語的想像在這片國土上終未兌現，新的緘默替代了往日的激進。

　　中國女性主義文學批評的評介及闡釋者對這一話語曾寄以厚望，她們借助於歐美 60 年代末期興起的理論潮流，期待能為有更漫長的女性壓抑史的中國文化和文學帶來新風，並重塑女性形象。這些評介者和闡釋者們大都受過系統的學院式訓練、深受西方文化薰染的青年女性，她們的專業知識和女性的敏感一起意識到了這一理論／實踐對當代中國文學的意義和價值，幾本並不暢銷的著作都有如石破天驚。《浮出歷史的地表）（孟悅、戴錦華著）、《當代女性主義文學批評））（張京媛主編）、《女權主義文學理論））（瑪麗·伊格爾頓編、胡敏、陳彩、林樹明譯）等，在知識界曾傳為一時。但是，當這些理論評介到中國或重新被闡釋之後，在實踐的層面都遭遇了不盡如人意的期待／限度的矛盾。西域理論產生的不同文化背景和目標，在當代中國女性文

學的實踐中無疑遇到了問題。它的具體體現是：不僅並未有效地觸動男性作家固有的「陳腐」的男／女性別觀念，同時，女性作家以覺醒者姿態的話語實踐，究竟在多大程度上實現了理論原創者及闡釋者的期許尚是問題。看來，拯救中國女性意識並顛覆男性中心的努力，路途尚還漫長。這些想法，源於近來我讀到的幾位不同性別的作家，批評家的作品而引發的。

天津作家林希有一中篇小說《天津胖子》，這是一部充滿了地域風格和市井氣息的有趣作品。昔日天津的古舊風情和充滿了生活趣味的天津人，被作家生動酣暢地躍然紙上。但是，如果從「女性批評」的觀點出發，這卻是一部典型的「男權中心」的小說文本。富家子弟王學禮未出國便開始了「留學生涯」，德意志帝國被人搬到了塘沽，並有一個俄國姑娘來「陪讀」。這樣，小說便發生了特殊的男／女、中／外的人物關係。俄國少女會講德語、法語、會跳芭蕾舞、彈鋼琴，王學禮自遇見了這位名叫林娜的俄國少女後，一改富家子弟生活狂放的惡習。當王學禮的母親偷偷來到設在塘沽的「德意志」探望兒子時，只見王學禮：

> 大大方方地端坐在一張小方凳上，撅開琴蓋，叮叮咚咚，十指飛舞，便演奏起來，演奏時學禮還搖頭擺腦，如癡如迷，真真正正是一個不食人間煙火的僊人了。

不論西方文化的魅力還是異域少女的魅力，王學禮被「顛覆」，改造了卻是事實：他學會了英語、德語、鋼琴，文化征服了愚頑，女性征服了男性。他可以放棄從政、可以不當議員，只是他不能沒有林姑娘。但是這些都是文本表層過程。在小說的整體結構中一個不能改寫的事實是：無論王學禮的命運發生什麼變化，卻都沒有改變林娜命定般的位置和命運，她無論怎樣高貴，無論有多麼深厚的西方傳統文化的教養，都不能改變她作為王學禮欲望的對象，不能改變她最終還要回到藍扇子公寓做妓女的宿命，在王學禮或其他男人的眼裏，她更是一位來自西方的「奇觀」，她的所有魅力只不過滿足了男性對新奇異性的佔有欲望。沒有人走進林娜的內心，沒有人認真關注她作為異域女性的苦痛和嚮往，她僅僅是一個欲望對象的符碼而存在，其他的均被中國式的男性視野忽略了。在小說中她很少講說，她沒有話語權力，在王學禮等看來，她不能、也無須言說表達自己，一切都由男性任意安置。這不是中／西交流的困難，也不是語言阻隔的障礙，而是中國男權意志不必經意的自然表達。這一由幾千年文化培育的意志表達或不僅適於對中國女性，同樣也

可以用於異域女性。林娜改變了王學禮部分習氣和舉止，卻不能改變王學禮根深蒂固的男性「霸權」意識；林娜創造了一個不同於以往的男性，卻並未被王學禮所創造。這亦如 80 年代名重一時的《綠化樹》，馬纓花作為女性再造了章永璘，使章永璘恢復了男性的功能，但馬纓花卻命運依舊。進入九十年代，當女性批評和創作實踐日益活躍後，男性作家的表達式並未受到有力的衝擊。在一個並不刻意表現女性命運的文本中，作家依然以男性的視角再度將女性放逐於命運的荒原，無意識地再次剝奪了女性的話語權力。男性的敘事策略源於根繁葉茂的男權中心—這裡又加上了華夏中心意志，這一文化觀念不會因異域吹來的一股新潮之風而輕易改變。然而，更令人吃驚的是，這一文化觀念不僅僅屬於男性作家。

嚴歌苓的《女房東》與林希的《天津胖子》在人物構置上恰好換了位置。這是一篇純粹女性視角的作品，作家以全知的敘述方式，書寫了男主人公——一個從中國來到美國的男人從心理到行為的卑微與不潔，這是一個離了婚的男人、一個膽怯而又欲火中燒的男人。老柴來到美國後，被一位「標準」嚴格的女房東選為住戶，這裡同樣面臨了男／女、中／西的人物關係。在小說文本中，作家讓她的男主人公充滿了活躍而非正常的情感和思緒：驚喜、慌亂、妒嫉、失眠，但他終於無所作為，他只能在想像中猜測女房東，他唯一做過的事就是在女房東的浴室中窺視了女人貼身的東西。作家將想像性的體驗置換於男主角的身上，從老柴看到、摸到，直到捧在手裏時的心理、生理感覺，都以一個女性作家特有的細緻纖毫未漏地作了書寫。當女房東的聲音進入老柴的感覺時：

> 老柴以全速離開了浴室，回到自己的臥室，並關嚴房門。
>
> 定定地站了許久，他才感覺到自己不是空著手，他手裏仍然握著它。它不再涼滑，被他的手汗漬濕，皺縮成了一團，它不再有掙扎溜走的意思，那樣嬌憨依人地耽在他的把握之中。
>
> 在女作家酣暢的想像中，這位男主人公徹頭徹尾地成了一個丑角，他的醜惡使他自己不得不逃之夭夭。

小說以第三人稱的敘事方式，以無處不在的視角進入了老柴的世界，在她的視角中，男性的不潔、自卑、無孔不入的惡劣，使敘事有一種報復式的快感存在，敘事人甚至不屑於以主動的方式驅逐男主人公，而是以更為痛快的，讓主人公主動撤離女房東—女性的世界。女性的高雅與芬芳讓「男性」

自卑無比，他唯一的選擇就是逃離女性的聖潔之地。這裡我們不難發現，女作家嚴歌苓使用的是地道的「男性敘事策略」，她以顛倒的方式訴諸於男性，同樣以玩弄的策略實現了一次興致盎然的報復。作家的主能指依然沒有逃離「性」。在男性中心的敘事態度中，女性基本是一個「性」的編碼，而不是「性別」的編碼，在《女房東》中，老柴同樣沒有逃此厄運，女作家同樣以男性的策略對付男性，這一點使這位才華橫溢的女作家無意中落入了「男性策略」的控制。女性話語如果僅在這一層面有所作為，它的意義可想而知。它沒有改變兩性對立的敘事，不同的是，男人成了女人的參照物，是逆向的性別歧視。

北大青年女研究生賀桂梅在一篇題為《性別的神話與陷落》的評論中，以嫻熟的解構方法，精到準確地剖析、學院式的冷靜清理述及了時下「女性文學」的局限。她還認為：「一種分裂的語境迎合了女性話語的私人性寫作特點，而女性文學至今並未形成任何經典的女性傳統或注目於女性立場的文學範示，這種飄散的植根於個人獨特體驗之上的性別神話無法指向任何一種整合性的樂觀前途，其結果是很容易曇花一現。」這一判斷並非妄然。就時下有鮮明性別特徵的女性文學來說，是否走出了男性中心的敘事策略，實現了女性「反控制的敘述」尚是一個有待考察的問題。我們有限的閱讀被告知，女性文學的自我解體不容樂觀，在許多作家那裏，一種「本質先於存在」的觀念、逆向的「等級」觀念、誇大「差異」等，已成為一種普遍的意志，女性文學的限度也正是為這樣的意志決定的。

當然，「性別神話」的構築僅是女性作家創作中的一脈，還有一些未在「風頭」上的作家，她們拋卻了自戀或女性烏托邦，以平實的態度面對生存與寫作，以真實的生存體驗訴說著內心誠實的體會，她們面對的不僅僅是「女性問題」，而是人類生存環境和精神處境共同的困厄，她們以女性的細微和耐心同樣給我們以深刻的觸動。閱讀她們，並沒有刺目的性別意識，而是男／女兩個世界共同的需要，也正因為如此，我們願意認真的聽其傾訴：

> 我對男性的理想越來越平凡了，我希望他能夠體驗女人，為女人負擔哪怕是洗一隻碗的渺小勞動。須男人到虎穴龍潭搶救女人的機會似乎很少，生活越來越被渺小的瑣事充滿。
>
> ……佩劍時代已經過去了。
>
> ——王安憶《關於家務》

　　這同樣是發自女性作家眞實的心曲，在我看來，它比那些設定於「本質」的話題實踐更爲感人，她們與男人站在同一地平線上，共同感知同一生活來源的悲苦與歡樂，而不是劃地爲牢的女性「圈地運動」式的將自己設定在「一間屋」。那些孤芳自賞幻想飛馳的假定性情境，使一些女性作家忽略或迴避了更爲重要的間題，暴露了女性眞實的虛弱；另一方面，她們收穫的或許不是自我期許的「解放」的凱旋，而很可能走向櫥窗，成爲男性視野中又一道可以觀看的景觀。

　　「女性文學」的話語實踐，既可以看作是一種顛覆男性中心的意識形態話語，又可以看作是一種女性自我期許的理想話語，後者的設定如果成立的話，那麼與其在此岸鍛造彼岸式的期待，將其在現實的土地上落實，勿寧讓其理想的光芒照耀自己，以新理想主義的情懷在內心升起不能奪取的高貴與聖潔—它也許更讓人產生「性別」的敬意。